◎ 唐晋枫 著

浙江工商大學出版社
ZHEJIANG GONGSHANG UNIVERSITY PRESS
· 杭州 ·

图书在版编目（CIP）数据

山里人 / 唐晋枫著 . — 杭州 : 浙江工商大学出版社 , 2021.9

ISBN 978-7-5178-4521-8

Ⅰ . ①山 … Ⅱ . ①唐 … Ⅲ . ①散文集—中国—当代②诗集—中国—当代③歌词—作品集—中国—当代 Ⅳ . ① I217.2

中国版本图书馆 CIP 数据核字 (2021) 第 106953 号

山里人

SHAN LI REN

唐晋枫　著

责任编辑　沈明珠

封面设计　徐一品

责任印制　包建辉

出版发行　浙江工商大学出版社

（杭州市教工路 198 号　邮政编码 310012）

（E-mail：zjgsupress@163.com）

（网址：http：//www.zjgsupress.com）

电话：0571-88904980，88831806（传真）

排　　版　杭州红羽文化创意有限公司

印　　刷　杭州高腾印务有限公司

开　　本　710mm × 1000mm 1/16

印　　张　23

字　　数　298 千

版 印 次　2021 年 9 月第 1 版　2021 年 9 月第 1 次印刷

书　　号　ISBN 978-7-5178-4521-8

定　　价　78.00 元

作者简介

唐晋枫，浙江省江山市人。

- ◎ 浙江省音乐家协会会员
- ◎ 衢州市文艺评论家协会会员
- ◎ 衢州市作家协会会员
- ◎ 江山市作家协会副主席

- ◎ 浙江省森林消防教官
- ◎ 衢州市森林消防专家指导委员会委员
- ◎ 衢州市首届“最美林业人”
- ◎ 政协第十届江山市委员会应用型智库成员
- ◎ 江山市8090新时代理论宣讲团导师

做一个清爽的山里人

我读《山里人》

蔡 恭

笔者早已过古稀之年，近年来，记忆力、思维能力明显衰退。早已声明，金盆洗手，不再动笔。不料，遇上自称“山里人”的唐晋枫先生，捧来一本二十多万字的文集《山里人》，请本人作序。

山里人有一种性格，叫“山蛮”；山里人有一句口头禅，是“无柴不下山”。被山里人盯上，推不掉，甩不脱，还得认真应对，绝对是件麻烦的事。

1

半个世纪前，在我非常年轻的时候，在《人才》杂志上读过一篇文章，文章作者研究了世界上众多的大人物、名人大家的出身与经历，发现有两类人成才的可能性最大，成功率最高。其中一类是出生在偏僻闭塞的山乡，经历过艰难困苦生活磨炼的人。这类人，一旦走出家门，进入大城市，发现外面的世界真精彩。强烈的反差，很容易转化为奋发图强的动力。他们的毅力与意志，那种坚韧不拔、吃苦耐劳、不屈不挠、不达目的誓不罢休的精神，是常人难以想象、不可比拟的。

晋枫先生，是仙霞岭山脉腹地廿七都大峦口人。清康熙《江山县志》称：“仙霞岭实为大江以南诸邑之祖山。”《江山县地名志》（1984年版）称：大峦口“四面层峦叠嶂，中间向西北为峡谷溪流，属纯山区”。而他的家，正位于江山港（须江）支流大峦口溪的一条细流的末端，一个名叫“凹坞”的地方。

凹坞并不是聚集着一大片房屋、居住着许多人家的地方，而是沿着一条山溪呈点状散列的二十来户人家。在那里，绝大多数人家都是孤立的，没有左邻右舍，只有“上屋”与“下屋”。上屋与下屋之间，最近的百来米，稍远一点的便是几华里。

他在书中写道：

“我家房屋后面的山丘上，长有三棵大树，呈‘品’字状排列。一棵松树，一棵苦槠树，最大的一棵是枫香树。因为这三棵大树的树龄都在三百年以上……枫香树的胸围有五米，非三人不能合抱；树高有三十五米，要想看到树尖，必要上身后仰，面部朝天……树冠可覆盖方圆一亩多地……村里人在它的根部修建了一座不大的‘土地公殿’，供奉土地……四时八节，香烟袅袅，供品不断。”

“到了晚秋，枫叶渐渐地由绿变黄，再由黄变红，如果站到对面山上看，此时的枫香树就像火树红伞。轻风拂来，如丹如朱的掌状枫叶，像天女散花，纷纷扬扬，把房屋、道路、田地都铺染成红色。”

“应该是出于对这棵枫香树的崇拜，当我出生时，父亲便在排行‘晋’字后面取了一个‘枫’字，连起来作为我的大名，寓意日后也像此树，成功成材。”（以上引自《枫香树》）

出生在大枫香树下，又以这棵大树为名的晋枫先生，上面有两个哥哥、两个姐姐，下面有两个弟弟，兄弟姐妹共七人。要将这七个子女抚养成人，对于生活在大山里的这对夫妻而言，绝对不容易。我却常听晋枫先生说，他从小就没饿过肚子。

于是我想，他应有着何等能干的父亲与母亲。

2

说到这里，我们非常有必要认识一下他心中与笔下的母亲。他说：

“母亲一生没拿过工资，但很会赚钱。年轻时为了养儿育女，她总是变着法子去赚钱，养母猪、扎扫帚、采茶叶、挖草药……但凡能赚钱的门路她都要探索一番。而且，母亲心灵手巧，在别人看来毫不起眼的东西，经她那么一捣鼓，总能变得既好看又好吃，还可以卖钱。”（引自《丢钱也是消费》）

“马铃薯开挖季节，很多女人都会把拇指大小的马铃薯挑拣出来当猪饲料，母亲则会把这些小马铃薯洗干净，放锅里煮熟捞出，剥去表皮，用菜刀将其剖成两半，用竹篱架在火缸上烘烤成金黄色的干片，打包存放。这样的做法，除了母亲，地方上没有一人。”

“如果有谁家的猪养上个一两年，只长猪龄不长个儿，只要一转手到母亲这里，不出十个月，保管体壮膘肥。”

“逢年过节，是母亲最忙的时候，东家酿米酒，西家做豆腐，都要叫上母亲现场指点或者确认酒曲、石膏等成分的最佳用时用量。遇上红白喜事，母亲也是首席顾问的不二人选，一应习俗，往来礼节，归门出户，大都依母亲口说为准。”

“早先，常有石门、界牌一带的乡民，翻山越岭前往周村、定村、双溪口等山区驮木头。为避开政府视线，他们多在夜间出发，到了我家这个必经之地，天刚发白。这时的他们是又饥又渴，必得上门寻茶问饭，以补充体力。面对这些衣冠不整的外来客，母亲总会手脚麻利地给他们烧水做饭、挑刺补衣，且从不收已形成地方惯例的所谓饭菜钱。久而久之，原本的陌生人成了熟客，有的还成了常年走动的好友。所以，在石门这一带，母亲很有口碑。”

“对膝下儿女的言行举止，母亲也有好几个带‘不’字的训诫。比如：吃饭时，桌面上不能遗留饭粒，否则会遭天上雷公打；邻家有好吃的，不许上门张望，这样会给别人造成‘给还是不给你’的为难，也显得自己低微；遇到患有先天性唇腭裂的四奶奶，要叫‘四奶奶’，而不能叫‘烂鼻子奶奶’，因为她是长辈；父亲没回来，绝不能先吃饭，理由很直接，他是当家的。”

“感念母亲，是她为我的细胞植入这些因子，虽非‘高富帅’，倒也没沦落为一介痞夫鄙徒。”（以上引自《持家》）

这位养育了七个儿女、心灵手巧的母亲，应该被尊为“村花”“乡花”或者“山花”。

3

晋枫先生是吃着山苞萝长大的，他对山苞萝有着特殊的感情。他在书中写道：

“家乡廿七都是个大山区，那里，人均口粮田不足三分，且以单季稻居多，自产的稻谷只能解馋，不能饱腹。而且出门三步就爬坡上岭的强体力劳动，使得山里人的饭量还特大。于是，山苞萝、番薯、马铃薯等山杂粮就自然成了我们的当家主食，尤其是山苞萝，一日三餐几乎就没离开过。可以毫不夸张地说，山苞萝养育了我们山里人，也滋润了山里人坚毅、直爽、厚实、纯真的性格！”

“山苞萝有多种吃法，最常见的是，将苞萝籽磨成粉，用番薯丝搅拌后，再放装在饭甑里蒸熟，这叫‘苞萝饭’； 也有将苞萝粉加水揉成团，拍成饼状，再用三个手指一小块一小块地掐入盛有米汤的锅里煮，这叫‘苞萝羹’；将锅水烧开，放入油盐，外加萝卜丝、青菜叶等辅料，将苞萝粉均匀撒入锅中，勾成糊状，这叫“苞萝糊”。此外，还有‘苞萝浆’‘苞萝拌米饭’‘油煎苞萝饼’等。”（以上引自《山苞萝》）

这个吃着山苞萝长大的山里孩子，六岁在本地上小学，又在大峦口东坑、峡口泽岗山读完初中与高中。十八岁时，参加中国人民解放军，在南京警备区服役。六年后，回到地方，辗转乡镇部门工作。

我一直想问问他，当年那个来自大山里的十八岁的大男孩，第一次踏进六朝古都南京城的时候，有什么感觉，心里又是怎么想的。

写到这里，我突然想起，2012年10月，唐晋枫先生突然加入江山市作家协会，进入文学圈。半年后，任副秘书长。2013年5月，作协换届选举时，升任秘书长。按照他入会的时间、资历，这本身就是个奇迹，创造这个奇迹的，竟是个山里人。作协是群众团体，要得到广大会员的认可，并不容易。

晋枫先生文学上有进步，事业上也从未懈怠，在从事林业工作期间，有实践经验分别在省、市、县三级推广，有创新成果被地方法规采用，并多次应邀外出讲学。现为浙江省森林消防教官、衢州市森林消防专家指导委员会委员、衢州市首届“最美林业人”、政协第十届江山市委员会应用型智库成员。

不能不说，《人才》杂志的那位作者，确实具有真知灼见。

4

晋枫先生还写了许多有关山区山民的民风民俗，写了许多童年的回忆，记录了大山里独特的、正在消逝的乡思乡愁。如拜月、守月，如搬蟹、舔山蚓、坐柴龙，如年挂、熏肉，如喊魂等。不但具有文学价值，也具有史料价值。

“无论是初月如钩，或是弦月如弓，还是满月如盘，大人们都会叮嘱自己的孩子：‘你们可不要用手指月亮啊，不然，月亮会割耳朵的。’说来也怪，那时候，也的确有很多小伙伴的耳际会莫名地开裂化脓。于是，我们都一致肯定地认为，他决计是用手指月亮了。”

“每年中秋时节，家家都要拜月。一般在月亮探头东山、银辉斜照西山时分，母亲会搬出两条长条凳，放在正对中堂大门的空地上，凳子上再放上一个直径约一米带边框的团匾（竹制晒器），在团匾中间摆上早些天准备好的芝麻月饼。摆月饼很有讲究，先是在团匾中心摆上一个约莫大白碗口那么大的月饼，再在它的周围均匀摆上六个小月饼，摆好后，点上三炷香，合手肃立三鞠躬，而后将这三炷香插在大月饼的中心……必须等大饼中心的三炷香完全自然燃尽，才可以分吃月饼。”

“我和二姐奉命守月，为了早点吃到月饼，我俩分坐在大门槛两头，一边仰望皓月中天……一边贪婪地嗅着随风飘来的芝麻月饼香味，双手用力去扇香火，使它提前熄灭。”（以上引自《山村月》）

“在我们廿七都山区老家，到了腊月年关，整个小山村连空气都会变得忙碌起来，东家做豆腐，西家蒸米糕，上屋包粽子，下屋剪薯花……每家每户都先将宰杀洗剥干净后的畜禽肉类沥去水分，分别在天井边、弄堂顶……还有的人家会把一方方的猪肉吊在柴火灶出烟口上方，任其经年累月地烟熏火燎，自然演变成具有多种木材香味的陈年腊肉。”（引自《年挂》）

“将各自砍下的柴火捆成柴捆，又将柴捆头尾相接，串成一条长长的柴龙。由个头最高、力气最大、经验最丰的‘龙头大哥’掌管龙头，我们这些小不点分别坐在串起来的属于自己的柴尾上，一声令起，‘龙头大哥’双手紧紧把住肩头上的拉棍，发力拉动长长的柴龙，不论山高坡陡、坎高石低，从山顶起沿青纱帐飞奔直下山脚，柴龙过处，苞萝苗就像飞艇劈浪般向两旁‘喀啦啦’倾倒，坐在柴尾上的人也会有多半像滚石般滑落……现在想起，都不禁后怕。但奇怪的是，当时的我们居然毫发无损。”（引自《山苞萝》）

“山区的孩子很壮实，少病秧子，我也不例外。只是偶尔会莫名地无精打采、软绵无力，母亲便认定，是我的魂在某个地方玩丢了。于是，带我到大门外坐下，左手拿个木制饭勺，右手拿双竹制筷子，面朝南方，一边用筷子轻叩饭勺背，一边如唱诗般地念念有词：‘××喂，如果你在东边嬉忘记归了么，请东边的山神土地把你带归哦……’屋里边的大人接着母亲的呼唤应道：‘归啵……’待如此这般东南西北四方呼唤应答循环数次后，母亲把饭勺放在我的头顶，用筷子快速地敲击，连续说道：‘归啵归啵归啵……’不知是否真有山神土地伴我回来，也不知是否是心理暗示力在起作用，在母亲那旋律舒缓、充满磁性的呼唤声中，我竟自觉精神渐长。”（ 引自《伟大的骗子》）

5

唐晋枫先生的诗，以直白见长。题材多来自生活中的真实场景。画面清晰，语言朴素。如《父亲》，就像是拉家常，把父亲的言行举止表述得细腻逼真，勾勒出一个山里农民勤劳耿直的鲜活形象，使最初的“好想成为父亲”到“不想成为父亲”的心理变化，显得如此合乎情理。读着“锅肚脐里那一碗最甜的焖番薯总是您的”“看到实木扁担的两头都弯了下去”等没有任何修饰的句子，如一股山风扑面而来。

唐晋枫先生的作品善于捕捉容易被人忽略的平凡小事，并以小见大，这是他的作品的另外一个特点。这从他创作的歌词可见一斑。如《妈妈的茶道》，通过采茶、做茶、泡茶这些极普通的农事，表现妈妈的持家之道；如《山里的雪》，通过描写山里孩子在下雪天的调皮事，延伸出“冬天的雪最能养庄稼”的道理；如《轻轻地吹一吹》，把“吹一吹”这样一个下意识的动作，写得生动活泼，让人忍不住也跟着比画一番，觉得生活其实真的很简单。

个性化的语言，在诗歌、歌词中也频频出现。如“潮水按照当下的心情，把沙粒荡漾成喜欢的模样”“看杯中沉浮深浅”“问舌尖浓淡凉热”“轻轻地吹一吹，把米汤送进娃儿嘴”等。

自 2015 年以来，唐晋枫先生创作的歌词，先后获全国原创歌词征稿一等奖，全国村歌十年·江山盛典金奖。在浙江省歌词（歌曲）大赛中分别获金奖、银奖、兰花奖。

6

唐晋枫先生的《山里人》，编入散文、随笔、诗歌、歌词百余篇（首），笔者仅仅凭着自己的爱好，或者说偏爱或偏见，就其中非常有限的几篇（首）谈了自己不成熟的、粗浅的感受，仅供广大读者或专家参考，希望能起到抛砖引玉的作用。

仅此而已，是以为序。

2020－05－12

蔡恭，1943 年生，江山人，老知青。20 世纪 80 年代开始在《东海》《江南》《河北文学》《浙江日报》等报刊发表文学作品。出版有小说集、散文集、当代美术家评传等百余万字。

主编、主撰《廿八都镇志》《江山市军事志》《江山史话》《江山旅游指南》《2008 江山年鉴》等十余部书籍。其中，《廿八都镇志》为首批入选“浙江文化研究成果文库”的作品，由习近平同志作总序，又被列入中国社会科学院“中国名镇志”文化工程；《江山史话》被列入“十二五”国家重点图书出版项目“中国史话”系列。

江山市申报世界文化遗产专家组成员，两次代市政府起草申遗系列文件，引起较大反响。

浙江省作家协会会员，任江山市作家协会第四、五、六届 (1996—2013) 主席。

目 录

醉乡愁

思无邪

问桃李

吟自在

歌性情

醉乡愁

心中有烟火·无处不家园

枫香树

我出生的地方，是一个偏僻的小山村。它三面环山，村前一个出口，算是大路，要走五十多公里，才能到达县城。前人可能就是照着地形的样貌，把此地取名“凹坞”。

为表明归属，生产队置办的谷仓、箴箩、犁耙等农具，都有毛笔写着的“凹坞”字样，还会从柴火灶烟囱内取来烟尘末，和着桐油搅拌成墨汁样，装在竹筒里，给山上的每根毛竹写上“凹坞”两字，并依次编号。这种活，在我们那里，叫“号竹”。

不知是“凹”字不好写的缘故，还是有其他什么原因，在我十来岁时，这里便改称“英坞”了。

山里人盖的房子都是独立的，不像城里人的房子那样紧挨着。即便同在一个自然村，家户之间，相距少则几十米，多则好几里。所以，家户之间，不叫邻居、隔壁，一般都叫上屋、下屋。

我家的房屋自然也是独立的，整体结构叫“一面三架两小厅”。土墙泥瓦，中有天井，一条弄堂，把内部分成上堂大间和下堂小厅。在这里，有我的第一声啼哭，有我冬天睡在竹席上的体温，有我在煤油灯下画一百个问号充当写生字交给老师的滑稽，有我为妈妈捶背的节奏，有十八岁时跨出家门行走远方的回望，还有如今再也回不去的昨天的些许惆怅……

房屋的位置恰巧在村口。站在门外晒场，放眼望去，随风泛波的竹海尽收眼底，转身回看，可辨别是谁家最早升起做饭的炊烟。晒场外沿种有香椿、柏树、棕树、桃树、蜡梅、栀子花等花木，或是树皮颜色较深的缘故，知了特别喜欢在这些树的主干和枝丫上落脚，一拨又一拨地鸣唱："是几呀？""是几呀？""是几呀？"因此，我小时候的夏天是有音乐的。

房屋后面是一个斜形小山丘，村里人叫它水口山，山丘上长有三棵大树，呈"品"字状排列。一棵松树，一棵苦槠树，最大的一棵是枫香树。因为这三棵大树的树龄都在三百年以上，历经沧桑，看惯风云，所以，老一辈人都把它们视为风水神树、镇村之宝。

我和这三棵树都有故事，尤其是和枫香树。

枫香树的胸围有五米，非三人不能合抱；树高有三十五米，要想看到树尖，必要上身后仰，面部朝天；树枝递次向四周飘逸地伸展，形成如伞的树冠，可覆盖方圆一亩多地。

枫香树的挺拔雄伟和丰神俊朗，决定了它在村里人心中的地位。村里人在它的根部修建了一座不大的"土地公殿"，供奉土地。若逢天旱，长辈们会到庙里去祭拜祈雨；有谁生病了，家人也会到庙里去上香许愿；四时八节，香烟袅袅，供品不断。只是听老人告诫，供品是吃不得的，所以，尽管眼热口馋，始终不敢动那些在当时算得上美味的供品，最后，便宜了村里面的鸡鸭猫狗。

供品不敢吃，也没关系，我和伙伴们便到香炉里取两根"香把"，蹲在裸露的枫香树根须上，从干硬的泥地里来回扒拉，口中喃喃说着："山蚓山蚓出来嬉。"说来奇怪，不一会儿，就有一条比米粒略长稍圆的白色小虫钻出来，这种虫儿，我们管它叫"山蚓"。这种游戏，叫"掭山蚓"，赢的标准，是看谁掭出的"山蚓"数量最多。为啥一定得用"香把"掭，口中还得念念有词？"山蚓"是因为啥钻出来的？直到今天，我和当年一起玩的伙伴们谈起，终究说不出个中缘由。

枫香树顶端的三叉枝丫处，有一个硕大的喜鹊窝，时不时会听到"喳喳喳"的声音从空中传来，常听母亲讲："喜鹊叫，喜事到。"所以，这是我喜欢听的声音，最直接的愿望是，有啥客人来家，趁机尝到平日里不舍得吃的好菜。你别说，有时还真的应验了。

山区的夏天，风很凉爽。我会聚集一班孩子，在枫香树下玩“竖蜻蜓”“斗苦槠”“绕树捉人”等原创游戏。碰到上屋读过衢州师范学校的堂哥在家，还会缠着他给我们讲“隋唐演义”“说岳全传”“薛仁贵征东”“薛丁山征西”等传奇故事。在那华盖般的树荫下，太阳屏蔽，山风习习，感觉不到丝毫的暑意。

到了晚秋，枫叶渐渐地由绿变黄，再由黄变红，如果站到对面山上看，此时的枫香树就像火树红伞。轻风拂来，如丹如朱的掌状枫叶，像天女散花，纷纷扬扬，把房屋、道路、田地都铺染成红色。可惜那时没读过晚唐大诗人杜牧的诗：“停车坐爱枫林晚，霜叶红于二月花。”不懂落叶表达的季节变换，只是把它当作上好的引火柴，扫起来，装回家。

应该是出于对这棵枫香树的崇拜，当我出生时，父亲便在排行“晋”字后面取了一个“枫”字，连起来作为我的大名，寓意日后也像此树，成功成材。这棵枫香树，已被江山市政府封为“凹坞枫香王”，我这带“枫”的名字，曾有幸得到《十五的月亮》词作者石祥先生诙谐的评语：“唐晋之枫，挺有古韵的名字呀。”

时至今日，唐晋之枫也好，凹坞之枫也罢，已经不重要，重要的是，它已经成为精神细胞，深深地融入我的生命之中。

2009-09-18

山苞萝

苞萝，是我们山里人的叫法，学名叫玉米、玉蜀黍。但我更愿意叫它苞萝，觉着自然、亲切、原汁原味，就如爹地、妈咪一样，听着虽觉洋气，但怎么也没有像叫爹、娘那样的质朴，那样的贴心贴肉。

山里人，对山苞萝有着太深的记忆，太多的眷恋。

家乡廿七都是个大山区，那里，人均口粮田不足三分，且以单季稻居多，自产的稻谷只能解馋，不能饱腹。而且出门三步就爬坡上岭的强体力劳动，使得山里人的饭量还特大。于是，山苞萝、番薯、马铃薯等山杂粮就自然成了我们的当家主食，尤其是山苞萝，一日三餐几乎就没离开过。可以毫不夸张地说，山苞萝养育了我们山里人，也滋润了山里人坚毅、直爽、厚实、纯真的性格！

山苞萝特指种在山上的苞萝，一般在端午后夏至前播种。种子是从上年收获的万千苞萝棒中，先精选出棒型端正壮实、行数均匀紧凑、颗粒硕大饱满的苞萝棒，再去掉头籽，掐去尾籽，取中间段最均匀的颗粒留存起来的。

山里人种苞萝不叫种，而叫“点”。每到播种时节，山民们都会在腰间扎一个竹子编成的菱形竹笼，当地人管它叫“瞿笼”，里面装上苞萝种，边挖山，边点种。

处暑时节，舒腿展臂的苞萝苗日见茁壮，山民们便挑着人粪尿拌的草木灰，外带少量的尿素、碳铵、钙煤磷等化肥，上山“铲苞萝”。“铲苞萝”不是将苞萝铲掉，而是铲草、间苗、补苗、施肥，在我们那里，人们管施肥叫“点根”。如果天公作美，在铲苞萝后的两三天里下一两场透雨，那么，苞萝苗就会拔节生长，每当夏日的轻风拂过，肥硕的苞萝叶便荡起层层绿浪，绵延不绝，犹如一片动感绿洲。看到此景，山民们的眼角眉梢处便都写满了笑意。书中“旱苗得雨”一词，恐怕也只有在雨后山苞萝的绿波里，在写满山民脸上的笑意中，才能得到精准的诠释。

入秋，苞萝开始扬花打包，根据长势，每株少则一个包，多则两个包，甚至三个包，在苞萝杆的分节处左右交叉分长。初始，苞仔的开口处挂着嫩白的细须，随着生长期的延长，苞仔越长越大，须色也由最初的嫩白变成嫩红，直至最后的棕黑。

这成长的季节，也给我们这些大山少年带来了无限的野趣。在砍柴的间隙，我们常常将苞萝须揪下，用细藤勾串起来，挂在嘴唇上，把自己打扮成传说中的关公、张飞模样，自得其乐一番。有时，我们还会玩一种名曰“坐柴尾”的游戏，就是将各自砍下的柴火捆成柴捆，又将柴捆头尾相接，串成一条长长的柴龙。由个头最高、力气最大、经验最丰的“龙头大哥”掌管龙头，我们这些小不点分别坐在串起来的属于自己的柴尾上，一声令起，“龙头大哥”双手紧紧把住肩头上的拉棍，发力拉动长长的柴龙，不论山高坡陡、坎高石低，从山顶起沿青纱帐飞奔直下山脚，柴龙过处，苞萝苗就像飞艇劈浪般向两旁“喀啦啦”倾倒，坐在柴尾上的人也会有多半像滚石般滑落，那份惊险与刺激，绝不亚于现今冬奥会上的高山滑雪。现在想起，都不禁后怕。但奇怪的是，当时的我们居然毫发无损。也许，这就是我们山里孩子与生俱来的耐贫瘠、抗击打的“苞萝性格”吧。当然，玩这种游戏会损伤苞萝苗，回去以后，轻则被大人斥责一番，重则还得挨揍。

到了霜降后三五天，苞萝就完全成熟了，原来青葱的叶子，绿色的包衣都变得松黄，包衣里绽露出金灿灿、油光光的苞萝棒。这时，大人们便腰扎围裙，肩挑竹篮，蜂拥上山，开始一年之中最忙碌，也是最愉悦的秋的收获。

掰苞萝看似粗活，其实颇有讲究。一般，人们都会在右手中指套上一片淬过火的坚硬竹签，将苞萝顶端的包衣从中剖开，向两边撕下，然后掰下触手温滑如玉的苞萝，这样，既不伤手，速度也快。掰回来的苞萝棒经过一番晾晒后，便开始下籽。山里人挺聪明，下籽时，通常都会取两根口径约三厘米，长约六十厘米的小圆竹，向内均匀锯出斜槽状，再用加工过的竹片相互穿插加拴固定，制成极像微型楼梯的“苞萝刨”来刨。速度较手挪要快上好几倍。照习俗，在下籽前，每家都不忘从中挑选出一部分硕大饱满的苞萝棒，反结包衣，串成苞萝挂，悬挂在房屋正中的横梁上，预示五谷丰登、金玉满堂、生活美满。

山苞萝有多种吃法，最常见的是，将苞萝籽磨成粉，用番薯丝搅拌后，再装进饭甑里蒸熟，这叫“苞萝饭”；也有将苞萝粉加水揉成团，拍成饼状，再用三个手指一小块一小块地掐入盛有米汤的锅里煮，这叫“苞萝羹”；将锅水烧开，放入油盐，外加萝卜丝、青菜叶等辅料，将苞萝粉均匀撒入锅中，勾成糊状，这叫“苞萝糊”。此外，还有“苞萝浆”“苞萝拌米饭”“油煎苞萝饼”等。都说山里的媳妇聪明精致，的确是，她们总能变着法子，把极普通的东西做出新花样，让你味觉不疲，常吃不厌。联想到如今流行时尚的“农家乐”，除了人们对原生态风情的眷恋回归之外，乡下农妇的奇思妙手又何尝不是一种愈久弥浓、令人入迷的乡土文化元素！

最让我难以忘怀且回味无穷的是另两种吃法。一种是“烤苞萝”。从刚掰下来的苞萝中，挑出一些颗粒不齐的我们称之为“癞头籽”的苞萝，投进灶膛，烤得焦黑，张嘴啃去，“哧哧”作响，虽然满嘴乌黑，可那一种嫩滑、厚实、略带焦香的甘甜味，直叫你食欲大振，欲罢不能。另一种是“炒苞萝”。取山涧里的清水沙晾干，放到锅里烧热，将去掉头尾籽后大小均匀的苞萝籽倒进锅里炒熟了吃。抄一把，松脆爽手，嚼一嚼，唇齿流香，诱得身边人垂涎欲滴，直咽口水。在它面前，什么“白箭”“绿箭”，什么“柠檬”“草莓”，都将黯然失色，退避三舍。每逢过年，主人还会在苞萝籽中加少许糖精，先煮熟后晒干再炒熟，那么，这就是炒苞萝籽之上品，一般用来招待客人，小毛孩轻易是吃不上的。

苞萝食特耐饥，食后有力气，能抗重活，而且，但凡常吃苞萝食之人多半牙齿极好，咀嚼功能特强，在山里，七八十岁之人很少有刷牙的习惯，但嚼起炒苞萝籽来，个个都“咔哧咔哧”的，登山越岭，更是如履平地，那份刚劲，绝不亚于年轻人。

星移斗转，物换人非。自20世纪80年代后，山里人不再为温饱而大量地开垦种粮，山苞萝渐渐退出当家主粮的大舞台，那曾经给我们童年带来无限野趣的青纱帐早已隐去，那曾经给我们带来无限希望的金黄色丰收美景早已成为悠远的记忆。虽然，我们在大田里、市场上多少也能看到它的新新同类，但与之相比，只能说是一位柔弱婉约的小家碧玉，绝非坚刚厚重的大丈夫。今天，要想再啃一颗“烤苞萝”几近奢望，要想再吃一把“炒苞萝籽”当属奢侈。

然而，那份铭心刻骨、不可复制的苞萝情结，却依然让我情牵，让我眷恋，让我神往。

2010-05-10

春天，我踏着秋的落叶

一直以来，在人们的印象中，春天的大自然都是绿色的。也难怪，古往今来，但凡文人雅士咏春、赞春、惜春、留春的诗词歌赋，大多离不开一个绿字，诸如王安石《泊船瓜洲》中的“春风又绿江南岸”，杜牧《江南春》中的“千里莺啼绿映红”，宋祁《玉楼春》中的“绿杨烟外晓寒轻”等脍炙人口的美文佳句。似乎一个绿字，便写尽了春天里大自然的勃勃生机和无限生命。

但如果用心观察，则会惊异地发现：早春、仲春、暮春这三春时节，乃至初夏，大自然的景色并非完全是一泓均匀的绿色，那十万葱茏青山，千里依依河岸，但凡针叶、阔叶等常绿乔灌花木的老枝熟叶总是黛绿深深，而逢春而发的新穗初叶却是碧绿浅浅，刚刚孕育的细芽嫩蕾则是鹅黄淡淡。所以，准确地说，春天大自然最真实的本色，应该是黛绿、浅绿、鹅黄相间色。于是，我忽然明白了杨巨源《城东早春》中“绿柳才黄半未匀”这一千古绝句并非是空穴来风，也非是纯写意手法，而是极为细腻、极为逼真的写景寄情之作。

都说一月梅花红，二月杏花白，三月桃花灿，这个季节那真个是缤纷的世界、落红的海洋，再加上多重复式的绿色，仅就颜色而言，春天就足够绚烂了。但如果单说颜色，似乎还不足以还原，乃至揭秘春天的多姿、绮丽与深刻。就在我们痴情于万紫千红、粉妆玉琢的迷离，并由衷赞叹春天把大自然塑造得如此美不胜收的时候，也许，很少有人注意到，春天还同时给我们演绎着一场诗情画意的生命大轮回，虽然少了一份“无边落木萧萧下”那般的壮观，却多了几缕“化作春泥更护花”那般的柔情，那就是春落。

当我们走进野性森林，漫步风情公园，去亲吻含香花露，去倾听如语风声的时候，一片、两片、三四片，或浅红，或老黄，或焦黑，当然也夹杂着几许绿色的熟叶，会在你忘情神游中，悄无声息地从已经长出新芽嫩蕾的老枝上飘然而落。有时，落下的叶子会碰到树枝或其他的叶子，这时的它会发出几声轻微的“嘁嚓”声，偶尔，还会非常凑巧地飞落到你的头上、肩上、脊背上，而后极不情愿地滑溜到地上，若是赶上一阵清风拂来，那么，飘落的树叶就变得纷纷扬扬，率性而洒脱。如此这般走过了三春，走进了初夏，地上早已堆满了厚厚的一层，把已经渐变成腐殖质的秋叶盖得严严实实，如果不加回避，信步而行，那么，脚底下就会发出一阵阵节奏细碎、声音柔和的“沙沙”声。

春落，其实并不神秘，她一直就存在于大自然新陈代谢、生命轮回的过程中。只是我们总是太沉湎于“落叶总是那个秋”的习惯性思维，总是太过于痴迷春天的美艳与张扬，总是太过于关注新生命的娇嫩与妩媚。因而往往忽略那些甘愿为新生命让出空间而选择优雅离开；甘愿为新生命提供二次养分而不惜让自身零落成泥碾作尘；甘愿让人们在尽情品尝诗意春华，同时感悟诗意人生而泰然回归的朴素落叶！

最难忘花信年华，最留恋青春不老。

在匆匆前行的岁月中，我们终将渐渐老去，纵算是人生百年，红颜能有谁驻？更何况，老者去，少者长，幼者生，本就是所有生命循环之定律，就像那老枝熟叶，当她完成了孕育与再生的使命后，必定要选择离开，不是在春秋，就是在冬夏。

所以，作为大自然生命物种一分子的人，我想，倒真的不必太在意生命的长度，而应把无奈收起，让感慨静音，放怀于天地之外，纵情于山水之间，让生命在内涵日深的厚度中升华、重组、延伸。如此，或许还真能妙龄如昨，童心犹在。

这，才是春落给我们传达的哲学信息，叫作生命的扬弃。

2012-05-12

是几呀

在字典里，你叫“蝉”；在很多人口中，统称你为“知了”；而我们大山里的孩子，却喜欢模仿你的鸣唱声，叫你“是几呀”。

“是几呀”，是你结尾部分的声音，开头的“是、是、是……”中间的“是几、是几、是几……”我们都忽略不模仿。

大约在仲夏时节，你和伙伴们集体出场，选择和自身颜色相近的树干隐身。家门口的桃树，小溪边的香椿树，屋后三百多年的枫香树、苦槠树、松树，山上的杉木、柳杉、油茶树，都是你钟爱的地方。当你自认为落脚的位置足够安全之后，你便自信地亮开嗓子，开始鸣唱。

中午时分，是你的主场，鸣唱声从高矮不一的树上破空传来，有独唱，有重唱，有合唱，清亮的“是几呀”填充整个山坳。树上的叶子，都被这立体音带出节奏，田里的水，因此而荡起涟漪，在田塍边闭目打盹的青蛙，也闻歌而醒，应声和鸣。

此时，大人们会枕着你的鸣唱声小睡一会儿，养养精神，下午好接着劳作。而我和一帮小伙伴，则不约而同地聚集到村中水口山上，在三棵大树编织成的绿荫下，或坐在石头上，或躺在草坡上，有的张嘴跟你学唱“是几呀”，有的眯眼搜索你隐身的位置，年龄稍微大一点的伙伴，则凑在一起商量，下午到哪座山上砍柴，晚上要不要去山溪抓石蛙……

如果碰巧你落脚的位置比较低，并且被我看到了，我便会蹑手蹑脚地靠近你，大拇指紧贴食指，其余四指微勾成虚掌，轻轻地把你扑在掌心，五指收拢，然后用另一只手的两指拿着把玩，或者用布线一头系在你的中胸，另一头拿在手上逗你飞。通常情况下，不会伤害你，更不会把你烤熟了吃，玩一会儿，便解开布线，任你自去。

当受到惊吓的时候，你会发出“吱吱”的单音，从落脚的地方飞开去。有时，在山上砍柴，看到你被螳螂用镰刀一样的前臂勾住，啃食你多肉的背部，这个时候，你发出的“吱吱”声是急促的、连续的，这应该是肢体疼痛地嘶鸣。看到这种画面，如果够得着，我一般都会捏住螳螂细长的脖子，迫使它松开你；如果在高处，便用力摇动树干干扰，以期它分心放掉你。

你的同类有好几种，其中一种，个头比你要大，白天静默，在晚霞挂树梢的时分登场，鸣唱声比你更响亮、更悠扬，我们模仿它的鸣唱声，叫它“朗朗音”。

小时候的山村，很宁静，而在有你和同伴们长歌的那段日子里，山村是喧闹的。

2020-07-18

搬　蟹

常常地，会想起老家连绵大山脚下的那一条小溪，不为她春水如蓝时的白练飞瀑，不为她朗月清风下的秋水伊人，不为她寒冬腊月中的粉妆玉琢，最留恋她带给我儿时暑期裸身顶炎阳、赤脚蹚小溪、徒手捉螃蟹的野趣风情。

螃蟹有很多种，我这里说的特指生长在山区小溪里的那种，到底属于什么种类，到现在我也说不上，只听有人说它叫“溪蟹”，也有人说它叫“石蟹”，但不管哪种叫法正确，终因它长有八只脚，所以，打小以来，我们一直形象地管它叫“八脚蟹”。

八脚蟹一般都栖息在溪中有缝隙的石头下，在晌午时分，有些八脚蟹也会爬出水面，躲藏在溪边的石洞里或草丛中，我们管这叫“蟹乘凉”。它是肉食性动物，透过微波细纹但却清澈见底的溪水，我常常看到伏在河床上的八脚蟹用两只有力的鳌钳，一左一右地撕扯着不小心被它抓住的小鱼、小虾、螺蛳，以及谁家丢弃的鸡、鸭、鹅内脏等鲜腐肉往嘴里送，有时，还会看到它吞食刚刚脱壳的同类软壳蟹。

在我们那里，捉八脚蟹不叫捉，而叫“搬”。一个“搬”字，把八脚蟹的生活习性，捉八脚蟹的形态手法尽涵括其中。搬蟹无须工具，但却很有技巧，一般来说，搬蟹要遵循“逆流顺光、缓搬轻放、眼明手快”这十二字诀，在实践中可称为“搬蟹三招”。

逆流顺光，是指搬蟹时人必须从下游向上游移动，使搬蟹人的双脚出入水时带起的浑水流向已经搬过的河段，保持未搬过蟹的河段水流的清澈。同时，必须避开迎面照射过来的刺眼逆光，双眼借助从身后斜射过来的顺光透过水面，对河床进行清楚的扫描，这样，才能清晰地发现歇息着、爬行着或蛰伏在石头底下的八脚蟹。

缓搬轻放，是指在搬放确定有或疑似有八脚蟹躲藏的石头时，幅度要小，动作要缓慢，放下石头时，动作要轻柔，以减少搬放石头时搅动起来的淤泥细沙，不至于让石头下的八脚蟹趁着浑水溜之大吉。

眼明手快，指的是搬蟹人在由下而上俯身游走寻觅时，以及在搬放石头的那一刻，必须准确地发现水下伪装、静卧、游走或开溜的八脚蟹，并及时用手拿住。为避免被它那两只长有锋利锯齿的螯钳夹到手。拿八脚蟹的手法也很有讲究，最为安全有效的，是用食指点压住八脚蟹硬壳的中部，让它不能动弹，继而用拇指和中指同时扣住硬壳两侧，然后拿出水面，放入搪瓷脸盆。

当然，也有事急从权的时候。如果当八脚蟹开溜到将要够不着的深水区，或趋避到搬不动的大石头底下时，必须迅速张开五指合掌拿住。此时，不必太讲究手法上是否优雅，也不必太在意螯钳是否会夹到手。即便被夹破出血，那也没关系，放在嘴里嘬一嘬，水里涮一涮，自然就没事了。

八脚蟹有公母之分。公蟹的腹部中间有一条三角形窄长腹片，而母蟹的腹片则呈圆门形，掰开腹片，还可看到密布的刚毛，这是用来抱卵的。也说不清是怜香惜玉、爱护弱小的天性使然，或是保根留种、来年再搬的潜意识提醒，但凡看到腹中抱有一大堆蠕动着小八脚蟹的母蟹，我一般都不忍下手，任它自去。

搬来的蟹不兴做菜，更不卖钱。回到家后，一不洗脸，二不刷蟹，只是简单地扯掉八脚蟹的腹片，就把它整只按在预先在灶膛里烧得滚烫的火铳上，烤得两面发黄，然后连壳带肉、连脚带钳地塞进嘴里，一股脑嚼下，其香之清，其味之美，难以细表。

那个时候，没有现在这般风声鹤唳的杞人型、贵族味警示，也没有什么“高温橙色预警”“暑假安全提醒”“食品安全”“饮食卫生”等，我和伙伴们大多就是这样，在炎炎赤日下搬蟹，不干不净地吃蟹。奇怪的是，竟极少有人中暑，也鲜有小伙伴淹死，更没听说谁吃坏肚子，反而还都很壮实。

2013-08-01

溜苦槠

在我老家屋后的小山坡上，孤生着一棵三百多年的苦槠树。

每年农历二月，月白色的苦槠花丝在枝叶间散开，一簇簇，犹如升腾的烟云，略带竹笋味的香气随风飘进农家。花谢后，萌生壳斗，斗内有苦槠。到了农历九至十月，苦槠成熟，开始自由落果。这两月，是大人的丰收季，小孩的快乐节。

丰收季，指苦槠可以做成豆腐，为村里人家的饭桌添上一道山珍美味。快乐节，指苦槠还是小伙伴找乐子的天然素材。

苦槠有多种玩法。双方在手心任意握几个苦槠果互猜，叫“猜苦槠”，猜中的一方，为赢家，双方都猜中，则为平局。另有一种玩法叫“丢苦槠”。在操场一角掏个小洞，比苦槠稍大一点的那种，距离小洞约一米处画一条横线，人站线内，身体前倾，屏住呼吸，将手中的苦槠尽可能准地朝洞里丢，十丢算一局，进洞多者为胜，如果苦槠入洞又反弹出洞口，则不算，要重新丢过。

还有一种玩法，叫“溜苦槠”。先在坡地上掏出一个半圆形泥坑，顺着坑的外弧，斜上开一条弯月沟，沟不大，约莫前臂那么长，巴掌宽，呈瀑布状。沟与坑衔接，极像一个泥黄色手提大汤勺。

当这道工序完成后，玩伴们用石头剪刀布确定出场的顺序，然后围蹲在坑边，从衣袋或裤袋里摸出地上捡来的苦槠，依次开溜。

第一名出场的小伙伴将苦槠抵在沟的顶端，然后松手，任凭它自由地顺着沟槽溜下，待其在圆坑某个部位停住。接着，第二名小伙伴出场，以同样的方式操作，若是后者的苦槠击中了前者的苦槠，那么，前者的这颗苦槠就归于后者，如果没有击中，第三名接着上。

有时，前几名出场的小伙伴不巧溜空，坑里边就会滞留多颗苦槠，此时，跟进的小伙伴就极有可能旁敲侧击，产生连珠效应，获得不止一颗的苦槠。当然，这既要有巧妙的手法，还得有不错的手气。

苦槠，是秋天的赠予，溜苦槠，是山里娃的专利。

2020-10-28

山村月

如果没有记错，小学一年级时老师教我认的最初几个字是“山、石、田、土、日、月、星、辰”。

多年来，我并没有感觉到这八个字有何特别的奥妙，是在今年中秋月满之夜，我和一名儿时玩伴相约，缓步熟悉的山间小道，傍着溪水淙淙，聊起当年的趣事，蓦地发现，这八个字竟暗含着天地玄机。

这八个字中，前四个字代表的是“地”，后四个字代表的是“天”。照此推演，那么去认识这八个字的主体就是“人”，字与认字者，正好合成“天、地、人”三才。而之所以首先要去认识这八个字，正是为了让生长在天地间的人，去探索、认知并敬畏天地乾坤的神奇无穷。想到这里，我不能不由衷地赞叹，当时编书的老师该多么地有智慧!

作为一个廿七都大山区的孩子，对于代表“地”的前四个字，在读书之前，虽然不认识也不会写，更不懂她的神圣与高贵，但却和她朝夕相处，就物质本身而言，那是再平常再熟悉不过的了。对于代表“天”的后四个字，虽然在生活中也同样须臾不离，但质感不强，更多的只是痴痴地仰望和神秘地遐想。而其中最让我情有独钟，并终身为之眷恋的是天上月，尤其是高悬在山村夜空那一轮纯净无瑕、朴素高雅的皎皎明月。

少时，谈不上所谓意境、超脱，谈不上什么浪漫情怀，欲望很是直接。对于月亮的喜欢，大多源于她的自然光给我带来太多的便利和欢乐。

早年的山区，极少有通电的，当然也更别谈路灯了，即便有一把手电，那也只是大人应急之用。只有在月明之夜，我才得以趁着月色，呼朋结伴，到生产队的晒谷场，或野外的山坡草地上放纵一番，玩造屋、跳绳、翻筋斗、捉迷藏、老鹰抓小鸡之类的游戏；玩累了，便聚集在村中心那棵大枫香树下，或坐或躺或蹲或倚地凑在一起，任由透过枫叶婆娑的斑驳月影，飘忽不定地在身上游移，互相抢着讲一些道听途说，当然也有从书上看来的神仙妖魔以及将军元帅等故事；有时，还会追逐、抓捕忽闪着莹莹绿光，穿梭在夜空中或落脚在暗处草丛里的萤火虫，把它装在早就准备好的玻璃小瓶里，带回家，放在床头，看着玻璃瓶中透出的明灭荧光惬意地进入梦乡。

月亮不仅给孩子们带来嬉戏的快乐，也给大人们的劳作谋生带来极大的便利，在很多情况下，他们都会选择月夜，借着柔柔月光，趁着习习凉风，到菜地里浇菜，到稻田里割稻。或挑着簸箕、扫帚、箬叶等农副产品，翻山越岭，到几十里开外的集市去赶集，换回钱以及必需的生活用品。

正是因为月亮给了我们太多的恩赐，村子里的人从来对月亮都是敬畏有加，还附着一些现在看起来甚是唯心的禁忌。无论是初月如钩，或是弦月如弓，还是满月如盘，大人们都会叮嘱自己的孩子：“你们可不要用手指月亮啊，不然，月亮会割耳朵的。”说来也怪，那时候，也的确有很多小伙伴的耳际会莫名地开裂化脓。于是，我们都一致肯定地认为，他决计是用手指月亮了。鉴于此，村里的小伙伴们大都自觉地遵守这一规矩，对月亮望而不指、赏而不点。

每年中秋时节，家家都要拜月。一般在月亮探头东山、银辉斜照西山时分，母亲会搬出两条长条凳，放在正对中堂大门的空地上，凳子上放上一个直径约一米带边框的团匾（竹制晒器），在团匾中间摆上早些天准备好的芝麻月饼。摆月饼很有讲究，先是在团匾中心摆上一个约莫大白碗口那么大的月饼，再在它的周围均匀摆上六个小月饼，摆好后，点上三炷香，合手肃立三鞠躬，而后将这三炷香插在大月饼的中心。

当这一系列的程序走完，剩下的就是守月了。所谓守月，就是守护拜月的香火和月饼，这个任务一般由家里的小孩担任。守月也有规矩，必须等大饼中心的三炷香完全自然燃尽，才可以分吃月饼，意指先让月亮娘娘受其香火尝其供品。

记不起那年的我有几岁了，但我却清晰地记得，我和二姐奉命守月，为了早点吃到月饼，我俩分坐在大门槛两头，一边仰望皓月中天，争论着月亮中的那个谁到底什么时候才能把树砍断，一边贪婪地嗅着随风飘来的芝麻月饼香味，双手用力去扇香火，使它提前熄灭。当我们欢快地向母亲报告香火已灭的时候，母亲虽略显诧异，但终究没多说什么，到厨房里拿出菜刀，将已经微微变软的月饼，相对平均地切成小块，分给早已不知吞咽了多少口水的兄弟姐妹们。

时隔数十年，再精美绝伦的月饼，也早已勾不起我半点的食欲，但每每回想起当年这小小的滑稽，在哑然失笑之余，心下也着实愧疚，但愿月亮娘娘能原谅我儿时的孟浪。

人们总喜欢把月亮和花儿联系在一起，制造出一种幽幽的温馨和柔柔的浪漫。“花前月下”就是一个美妙而又动人的联合词组，她会让人非常自然地联想到一对情窦初开的少男少女，怯生生演绎朦胧爱情故事的浪漫场景，只是未必谁都有情景交融的切身感受，尤其是生活在茶室、咖啡馆、网络、KTV盛行的现代都市的俊男靓女。

记得十九岁时，也就是入伍的第二年，我与一位幼年相识并彼此心仪的邻家女孩悄悄相恋，频频地私下传书。离开军营回到地方参加工作后，会趁着夏夜皎洁的月光，相约走在高低不平的乡间小道；或者坐在种满豇豆的菜园地上，闻着田野里散发出的淡淡稻花香，偶尔下意识地摘下几朵月白色的豇豆花，既紧张又兴奋，更多的是羞涩地、有一搭没一搭地说一些不着边际的话，当然也会商量些彼此如何保持联系、当大人知道后怎么办之类的应用性话题。直到月亮西移，月光斜照东山半坡，才一步三回头各自归家。

这段平生仅有一次的纯真初恋，前后保持了六年，虽然由于我的年轻率性而最终没有“花好月圆”，但曾经多少次在月夜里独身穿山路、赤脚蹚小溪、单车双飞骑，只为那两地相思的年轻故事，不仅月亮见证，也成为我成长中一段不可复制的绝版记忆。

“不是寒溪一夜涨，焉得汉室四百年”说的是“萧何月下追韩信”的故事，但我更愿意把这两句话改为“若非汉中一明月，焉得汉室四百年”。

理由很简单，在照明、交通极度原始的古代，如果不是那天正好是月明之夜，萧何怎能即时策马去追？即便寒溪夜涨，阻了韩信去路。文士萧何，漆黑之夜，又怎能追得上韩信？所以，无论是从客观场景，或是从内心情感出发，我更偏向是月亮成就了大汉朝四百二十二年的基业！若非如此，那就应该把这个故事改名为“寒溪夜涨阻韩信”。假如月儿有知，我想她定当颔首赞同，而对于她自己无心成就的这一段千古历史佳话，那又该是怎样的一番情怀！

“月亮在白莲花般的云朵里穿行，晚风吹来一阵阵快乐的歌声，我们坐在高高的谷堆旁边，听妈妈讲那过去的事情……”一首悠扬抒情的《听妈妈讲过去的故事》，还原出月夜山村的素雅与高洁，也启迪我人性中潜在的真善美。

而如今，种稻谷的爸爸和讲故事的妈妈已经离我而去，我成了爸爸，那么，我又该用怎样的劳动和歌声，去唤醒孩子心灵深处的那份清澈呢？

明月知我。

2012-10-01

叭　烟

早年的廿七都山区，多数成年男人都好烟，更边远的地方，有个把女人也会来上两口。但山民不大舍得花钱到供销社买香烟抽。为满足一年四季的用烟，家家户户都种烟叶。

因为种在旱地的缘故，当地人管它叫旱烟，就像种在水田里的稻叫水稻，种在山上的稻叫山稻。

当肥硕的烟叶成熟后，将它剥回家，平叠在薄竹片编成的网状烟笠上，用另一片烟笠合上固定住，趁晴好天气扛到屋外靠在墙上晒。待晒干后，打开烟笠，一片片揭下来，去掉烟叶中间的那根大筋，请专门的铡烟师傅上门，在烟叶表面喷上适量的茶油，包成长条形烟饼，上烟榨压实，稍后松榨取出压实的烟饼，用铡烟刀铡成烟丝，抖得蓬松，取草纸打成约莫二两半重的小包，略烘一下，置放在圆铁箱里。

香烟可以点燃直接抽，旱烟不可以。得先用拇指和食指，把装在布烟袋或铁烟盒里的烟丝扯离，轻轻捻成烟团，装进竹烟筒的孔里，用嘴凑着竹烟筒的节口，对着火笼里的炭火引燃烟丝，也可以换用纸媒、火柴点燃，“叭嗒”“叭嗒”地开始吞云吐雾，待到烟孔里的烟团燃烧至百分之七八十的光景，用嘴“噗”地一声，将残烟从烟孔中吹出，如果没有把烟团完全吹出来，就倒转烟孔，在地上或者石头上把烟团敲出来，重新捻一个烟团装到烟孔里，继续“叭”下一筒。

所以，当地人抽旱烟不叫抽烟，也不叫吸烟，而是模仿抽烟的动作以及发出的“叭嗒”声，叫“叭烟”。

“叭烟”不纯粹是为了过烟瘾，还是为了解乏。每当在田里或者在山上劳作一段时间后，领头的男人会发出指令：“歇一下，叭筒烟哦。”于是，大家便放下手中活计，拣一个相对平缓的地块坐下，抽出别在围裙带背部的烟袋和烟筒，装上烟，点起火，美滋滋地“叭”上那么两三筒，所有的劳累，便随着鼻孔中飘出的青烟散开去。

歇工后，归家的大人用热水粗毛巾擦去汗尘，若在夏天，就直接到山溪里就着泉水打上肥皂洗个澡，然后上桌大口吃饭，大筷夹菜。放下饭碗后，旋即坐在小凳子上，拿起烟筒叭着烟，和家人拉起家常，间或聊些干活时的见闻，偶尔夹杂着的几声咳嗽，也觉得有威严。要是在晚间，当大人烟过数巡，拿竹烟筒在凳脚上啪啪敲打几下，放回小方桌的时候，我们都明白，这是要大家睡觉的信号。

如果有客人上门，凑巧这客人也会叭烟，那么，主人会忙不迭地装上一筒烟，双手横托烟筒，送到客人的手中，口中说道：“你真难得呀，来，坐一下，叭筒烟。”对方则略略推让一下，再接过主人已经装好烟的烟筒，同时说道：“你叭嘛。”有时主人正叭着烟，看见来客，便迅速吹出还没抽完的烟团，把含在嘴里的这一头放在胳肢窝里一拉，算是把唾沫揩掉了，继而装上烟，递给客人。有些客人身上也带有烟，那么，“叭”过主人递上来的一筒后，会装上自己的烟，回给主人，还不忘补上一句：“叭叭我的看，不一定有你的好哦。”

叭烟的器具有好几种。绝大多数山民，使用粗制的竹烟筒；有个别能识文断字的长者，为了标明自己的身份有别于同辈，会选取根部大而圆、竹节紧密、梢尾纤细的小毛竹，请镶铜师傅用黄铜片把根部和烟孔镶包起来，当地人叫“朝烟筒”。如果采到“九寸十八节”的小毛竹做烟筒杆，那么，它就是朝烟筒的极品。当然，这是可遇不可求的。用这种烟筒叭烟，一般都用纸媒点。还有个别比较潮的年轻人，会买一个烟斗，像电影中斯大林同志叼在嘴里的那种；至于旧时乡绅用的水烟筒，见过，但不多。

小时候，我和几个伙伴偶尔也学大人样，在无人处尝试叭烟，只觉着好辣、好呛人。于是，便采集长在山上的一种叫红藤的藤本植物，截成香烟长短，夹在手指间，一边用力地叭，一边学着吐烟圈。

举手仰头间，觉得自己好有模样，挺像个大人。

2020-11-08

清明“裹”

“梨花风起正清明，游子寻春半出城。日暮笙歌收拾去，万株杨柳属流莺。”这首诗，写的是江南三月清明时节的旖旎春色以及踏春人的快意心情。

清明，时值仲春与暮春之交，原本是中国历法中的二十四节气之一，专司农耕，诸如“清明前后，种瓜点豆”“植树造林，莫过清明”“清明谷雨两相连，浸种耕种莫迟延”等朴素直白又富含哲理的农谚，就充分表达了这一节气的时令特点。《岁时百问》一书中就这样描述道：“万物生长此时，皆清洁而明净，故谓之清明。”

不过，在长达两千五百多年的演绎过程中，前辈古人先后把娱乐、保健、纪念、悼亡、踏青等诸多文化元素及其功能融入其中，所以，“清明”这一节令也就逐渐演变成一个特色鲜明、内涵丰富、外延完整的民间传统节日，并与上元、立夏、端午、中元、中秋、冬至、除夕齐名，成为我国民间最为重要、最具传统的八大节日之一。

我国是一个具有悠久饮食文明历史的国家，在饮食上非常讲究季节、风味、美感、情趣、意境、食疗等文化元素，所以，但凡节日，总会有一道与之相对应的时令小吃，而这种小吃，往往都承载着一段历史、一个故事、一种民俗、一个寓意、一份期待。

清明粿，就是清明节典型的特色小吃。一般在清明节前的两三天，主妇们会结伴来到山脚田塍地边采集“鼠曲” 或 “野艾”的细芽嫩叶，回家放在锅里煮熟捣烂，与蒸熟的糯米粉充分揉和成圆筒状，地，而后掐分揉圆出一个个大小相对均匀的圆团，再用双手大拇指从面团正中部位抵出小圆孔，以此为中心，利用其他八根手指配合不停地旋转按压，渐渐地，圆孔变大，粿皮变薄，一个像翡翠小碗般的“粿斗”就做成了。根据主人的口味，分别在粿斗里填入九头芥炒笋丝、生菜炒猪肉、笋炒豆腐干、芥菜斜（即斜切的芥菜竿片）、芝麻糖、豆沙等粿馅后合边成形，制成或咸或甜或荤或素的清明粿。当然，从审美的角度出发，也为了区分不同的粿馅，在制作时，主妇们通常会把清明粿做成不同的形状，有圆形的，有船形的，有半月形的，除了圆形的是通体圆滑外，其他形状的表皮或合边处都或按或掐出数量不等的花纹状皱褶。待到上甑蒸得熟了，一个个油光腻翠、柔韧爽滑、清香可口的清明粿就成了清明节一道特有的美食，也成了清明节一道惠亲馈友的人文风景。

清明粿不仅仅是清明节的时令美食，它还是清明节丰富文化内涵的厚重载体。它给我们讲述春秋战国时期晋公子重耳与介子推之间的生死传奇，讲述明太祖朱元璋、明惠帝朱允炆、明成祖朱棣三代帝王，与大臣朱升、朱同父子的恩怨情仇。

它所使用的原料也很有寓意，比如鼠曲、野艾、竹笋、芥菜等青蔬，皆长于春、采于春、食于春，且在医学上还大都有止咳、化痰、益气、和胃、温中、祛风去寒等功效，野艾则有驱蚊、逐蝇之功能。所以古人用它们做食材，既有让生命苏醒之寓意，也有疗治春季多发病之实惠，还兼有预防夏天蚊虫叮咬之期许。

如果把春夏秋冬四季，与人的少年、青年、中年、老年四个年龄段相对应，那么，清明节恰好是一年四季中的春季，就好比人一生中的少年黄金阶段一样，正是长身体、长知识和思想渐趋成熟的时期，人每年吃一次清明粿，就象征着成长一节成熟一分，而且“清明”与“聪明”近音，寓意少年人吃了清明粿会变得更加聪明，所以每家的大人总希望孩子多吃清明粿，并由此变得聪明伶俐、知书达理。在我们江山，如果有年长者与年少者斗气厮闹，长辈见了往往会批评这个年长者说：“你吃的清明粿比他吃的饭还多，怎么好和他一般见识呢！”

“问西楼禁烟何处好？绿野晴天道。马穿杨柳嘶，人倚秋千笑，探莺花，总教春醉倒。”明王磐的一曲《清江引·清明日出游》，写尽了清明节春风穿花拂柳、原野草长莺飞、佳人秋千回眸的醉人春色,作为清明节典型小吃的清明粿,也同样蕴含着太多的清明文化，它的意义已经远远超越食物的本身。

所以，我更愿意把清明粿中作为名词的“粿”改为动词的“裹”，叫它“清明裹”。因为，它裹住一段不可复制的传奇历史，裹住一个人与自然和谐相处的生命理念，特别是裹住一份流淌在人们心中爱春到、念春好、惜春去、留春住、盼春归的浓浓春性情。

2013-04-08

立夏“耕”

不知是立夏时节缺乏诗情，或是古代文人墨客不事农耕，在众多的古诗词中，不乏赞美清明、中秋、重阳等节令之作，赞美立夏的却屈指可数，即便有几首，也多是写景寄情之作，均少立夏农耕之意，比如宋杨万里的《小池》：“泉眼无声惜细流，树阴照水爱晴柔。小荷才露尖尖角，早有蜻蜓立上头。”描写的也是立夏时节的池塘优美。

立夏，是历法二十四节气中非常关键的节气，它一般在每年的农历五月五日或五月六日，自有历法以来，我国都把这一天作为春归去、夏来临、耕将忙的日子。

我们江山人就特别崇尚立夏，每逢立夏，都要和清明、端午、中秋、重阳等节令一样，自制一种应时应景的节令小吃，借以传达某种特定信息和吉祥寓意，并以之纪念。

在廿七都老家的时候，每年立夏日的清晨时分，也就相当于平时做早饭的时间，山村里的妇女们就开始忙碌起来，她们将略略浸泡过的粳米倒入开水锅里，煮得七八分熟，然后用“渣兜”（一种专门用于捞米饭用的竹器）将饭胚捞起，平放在锅边灶台，取适量清水冲去饭粒外面的黏稠，等水沥得干了，遂将饭胚倒入饭甑、瓷盘、团扁等器物里，待其微凉微干，再将饭胚倾入石臼，反复捣捶至细腻柔滑的饭团状起出。没有石臼的，就直接放在砧板上用双手反复用力地揉，而后分块搓压成扁圆形的年糕状，用菜刀分切成饭胚小片，倾入锅中现成的米汤煮至十分熟，连米汤一起舀入粥盘里，再将早就采集备好的猪肉丝、豆腐干、小竹笋、鲜豌豆、香蒜心、野生菇、腌榨菜等荤素菜混在一起炒熟，起锅后全数倾入粥盘拌匀，一道细腻柔滑、菜色多样、味道鲜美的时令小吃就做成了。如果没有贵重客人来访或家中雇有师傅，那么，这天的中午就不再另行煮饭炒菜，主食就是它了。

江山的立夏小吃有好多种，不同的地域有不同的制作工艺以及不同的形态特征，用上述工艺做出来的小吃，算是最为精致的了，一般只限于峡口以南的廿七都大山区，还有张村、长台一带。像上余、四都等地，大都直接用生米粉放在锅里和菜勾成糊，也有的地方是先将生米粉搓成珍珠颗粒，然后放在锅里和菜煮成羹，还有的地方是将糯米、米仁、赤豆、花生、蜜枣等食材混搭在一起，煮成八宝粥，这种粥，大都是甜的。

虽然在工艺形态上有所不同，但在江山它们都有一个共同的名字，叫“立夏羹”。可我却更愿意称它们为“立夏耕”。

也许有人会问，在见诸报端或其他成文的相关资料中，在人们的使用习惯上，多数把这一小吃写成名词“立夏羹”，也有“立夏馃”“饭胚馃”等，怎么会把它写成动词“立夏耕”呢？

如果仅仅从小吃本身的存在形式，以及汉语字义层面上去理解，或羹或馃，自然也说不上有什么谬误之处。但如果从它所代言的特定时令，以及江山方言所要表达的特定内涵上做深度理解，这种译法，似乎多少就有点肤浅感、距离感、牵强感，甚至平庸感，总觉意犹未尽，还不是那么酣畅淋漓、尽善尽美。

在我们江南浙西一带，立夏时节，正是枇杷黄熟、早稻插秧之时，所以江山自来就有“枇杷黄，莳田忙”“多插立夏秧，谷子收满仓”之说。而在莳田前，都要经过犁田、耙田、耖田三道工序，这三道工序在农事层面总称为“耕”，在中国三千多年的农耕文明史上，“耕”，就含有“治田”“种田”之意，据说在周朝时代，立夏这天，帝王还要亲率文武百官到郊外“迎夏”，并指派朝廷官员分赴各地勉励督促农民抓紧耕作。

从这个意义上讲，立夏日这天吃这种特定的节令小吃，绝非只为一饱口福，实乃意味深长，它意在提醒人们一年中最重要的耕田插秧季节到了，警示人们莫忘农时，莫误农耕，勤勉劳作，以期稻谷满仓。而在以杂粮为主食，菜肴偏单调的艰辛年代，用如此精美的纯白米做主材，用丰富的荤素菜做和料以食，既意在为即将投入耕田插秧的农人添加营养，增强体质，更以此再次强调立夏耕田插秧的无可替代性，以及不可须臾延误性，同时还暗示着稻谷在中国传统五谷中最为高贵性。

尤为巧妙的是，我们江山直白方言中“耕田”的“耕”与“立夏羹”的“羹”声韵相同，都读作“gāng”。所以，把人们在意识上已经接受，使用上已经习惯了的“羹”改写为“耕”，实乃顺天应人、追本溯源的真义正解。这相较于“立夏羹”“立夏馃”“饭胚馃”之类的名词，绝对更加精到，更加深邃，更加鲜活，更富有生命力，更能彰显江山人勤于农耕的优秀品质，更能诠释中国源远流长的农耕文明。

由此联想到国外的色拉、比萨、热狗、料理、三明治等食品名称，它们除了只是给某种食品安上一个虚无空泛的称谓，或贴上一个区别于其他的标签外，其文化内涵，功能寓意，天地人三才合一的哲学含量，又怎能与“立夏耕”这等既朴素而又深刻，既务实而又脱俗的中国食品称谓相提并论！

道理就在于，江山的，乃至中国的“立夏耕”，是有生命的。

2013-05-05

落尽琼花

“江山不夜月千里，天地无私玉万家。”宋朝黄庚短短的两句咏雪诗，巧借“月”和“玉”两个字，把白雪晶莹、纯洁、高贵、典雅的形态神韵和缱倦柔情，表现得淋漓尽致、意味无穷；更用“无私”“月千里”“玉万家”等惟妙惟肖的形容词，赞美冬日白雪庇护、荫佑、福泽大自然的博爱情怀。难怪世人多用“冰魂雪魄”来比喻人的品质高尚，用“冰雪聪明”来比喻人的机智非凡，用“阳春白雪”来比喻文学艺术的超凡脱俗，更用“白雪公主”来比喻妙龄少女的清丽、纯洁和善良。

雪，雅称“未央花”，现实生活中，我们又都习惯地美称她为“雪花”。这是飘洒在腊月天地苍穹间最美丽的花，她形态独特，构造奇妙，无论是大如掌席的燕山雪片，或者是急如刀弓的塞北雪箭，抑或是柔若烟羽的江南雪绒，她总是以错综复杂但却很有规律的六角形晶体组成，优雅地现身于半空之中，晶莹剔透，无枝无叶，轻若羽毛，宛如无数只玉色蝴蝶，在天地间曼妙起舞。所以古人才有“草木之花多五出，独有雪花分六出”的说法。

下雪，最好是下纯雪，不要雨夹雪。因为只有纯雪，你才能欣赏到那种万絮随风涌动、天地仿佛相连的壮丽之美，才能欣赏到那种玉蝶漫天飞舞、遁地却又无声的灵动之美，才能欣赏到那种“千树万树梨花开”“坐看青竹变琼枝”的魔幻之美。

如果有兴致，不妨独步旷野，不但不打伞，更敞开衣襟，任由雪花自由地飞落在眼角眉梢处，甚或恣情地投怀送抱，让沁肌肤、透心房的冰魄雪魂，荡涤沉积在身心内外的凡尘俗念，使自己变得像雪花那样率真而洒脱，无欲而空明。

若恰逢农家酒肆，大可以约上几位友人，拣上一张临窗的桌子，叫上一壶老陈酒，在炉上煮得滚烫，然后一边美滋滋地嘬上那么几口，一边悠悠然地细听飞花叩窗。待到脸红耳热动情处，击几长叹林冲雪夜上梁山的英雄无奈；挥臂盛赞诸葛亮乘雪破羌兵的名相风流；更遥想孟浩然骑驴踏雪寻梅的文士性情。这情景，相信比那芭蕉听雨、西厢望月，更平添几分豪气、几分雅意！

赏雪，不可不赏冰，她是寒冬腊月里大自然的另一道天赐奇景。不管是烟山云岭、花草树木，或者是山涧沟壑、悬崖飞瀑，只要温度适宜，都会非常自然地凝结成千姿百态、栩栩如生的寒晶冰塑。根据依托物的不同形态和水分子的不同分布，有的像垂珠，有的像流苏，有的像鹿角，有的像珊瑚，有的像长剑，有的像画戟，有的像宝塔假山，有的像亭台楼阁……

这是一种没有刻意设计却有无限主题的灵感悟性，是一种没有人为痕迹却又极具传神的鬼斧神工。这种境界，我想，即便灵气不凡的孔明再世，抑或妙手无匹的鲁班复生，也难能企及。

不过，聪明的现代人却从冰的自然艺术神韵中得到启迪，把丰富的艺术想象融入冰肌玉骨之中，演化出一种源于自然高于自然的艺术形式——冰雕，并以冰城哈尔滨为中心，形成集民间艺术、养性怡情、促进经济繁荣、推动国际交流为一体的北方冰雪文化，这不能不说是人与自然的高级对话和亲情拥抱。

赞美雪，不只是因为她给我们带来一种赏心悦目的外在美丽，更重要的是她实实在在地滋润着我们的生命。

相信没有人会怀疑“瑞雪兆丰年”这句广为流传的经典谚语，它凝聚着我国源远流长的农耕文明。太多事实证明，冬季下雪，可以大量裹挟走大气层中的漂浮物，起到减少污染、净化空气的作用；而低温雪冻，又能疏松土壤，冻死蛰伏在地表层越冬的害虫；雪本身还是一种固态的水，含有较高的氮元素。

隆冬降雪，既是为土壤储蓄水分，也是为土壤储备养分，当积雪融化后变成雪水渗入土壤，就相当于给冬眠的土地注入营养，从而使之元气倍增、能动复苏；雪又是一种惰性导热体，在土壤表层覆盖一层如棉的积雪，可以有效减少土壤热量的外传；同时也可以阻挡积雪上面的寒气侵入，保护森林庄稼安全越冬。所以，又有农谚这样说“冬天麦盖三层被，来年枕着馒头睡”。

爱雪，本质上就是对大自然的尊重，也是对中华民族农耕文明的审美。我从不否认自己对雪的崇拜，在我的内心深处，总是对雪情有独钟，所以最不愿意轻率地把雪字和灾字连在一起。因为，这不仅是对圣洁无私的冬雪的唯心亵渎，也是在诱导激活人性中本就潜藏着的悲观主义。

试想，假如冬无晶莹白雪，岂非春无细雨娇花，夏无骄阳艳情，秋无朗月清风？而正是因为有了四时的生命轮回，大自然才有春播种、夏成熟、秋收获、冬窖藏的勃勃生机，人世间才有风花雪月、梅兰竹菊、瓜果桃李的诗情画意。

或许，风霜雨雪，这些不同季节的吉祥物多少会给生产生活带来不便，但她们同时也给予黎民苍生以更加丰厚的回报。这正是汰劣存优、强者胜出的大自然法则。

“……你的舞姿是那样的轻盈，你的心地是那样的纯洁，你是春雨的亲姐妹哟，你是春天的使节。你用白玉般的身躯，装扮银光闪闪的世界，你把生命溶进土地哟，滋润着返青的麦苗，迎春的花叶。”

一首旋律优美的《我爱你塞北的雪》，唱出白雪的风华绝代和大爱无私，也道出我最想表达的真实心声：白雪，你是我心中最美丽的公主。

2013-01-13

关于年

古传，“年”是一种怪兽，也有另一种传说叫“夕”。性凶猛，潜海底，农历十二月三十晚上岸，食人畜，凋百木。民间流传的“过年”“除夕”之说，即意指过了年、除了夕，便能兴农桑、得太平。又因年兽畏红、惧火、怕炸响，所以，民间就有了挂灯笼、放鞭炮、贴对联的习俗，意指驱年逐夕。

事实上，年是人类社会之纪历。伏羲之前称为“载”；伏羲时期称为“岁”，伏羲之后称为“年”。

年是计时单位，春夏秋冬四季、廿四节气周而复始，三百六十五天，天体运行一周，谓之一年。

在中国，年有两个概念。一是指神农氏炎帝所创，汉武帝编纂，仍以夏历的正月为岁首，把廿四节气纳入历法，用以指导农耕的纪历称谓，称之为农历年。二是指中华人民共和国成立前夕的 1949 年 9 月 27 日，中国人民政治协商会议第一届全体会议决议“中华人民共和国纪年采用公元纪年法”，称之为阳历年。

为了区别农历和阳历两个新年，又鉴于农历廿四节气当中的“立春”恰在农历新年的前后，因此便把农历正月初一称为“春节”，把阳历一月一日定为“元旦”。

下面，试将“年”用“一七令”填之。

一七令 年

（一）年的传说

年
怪兽，不贤。
三十出，祸人间。
百木凋零，六畜难免。
唯红火爆竹，令畏惧不前。
挂灯笼放鞭炮，插香烛贴对联。
新桃总把旧符换，除夕方得太平年。

（二）年的来由

年
纪历，时间。
炎帝创，汉武编。
廿四节气，四季流连。
算农历一岁，恰十二月圆。
中华东方崛起，重开公元新篇。
元旦春节皆曰岁，阳历阴历都是年。

（三）问道明年

年
元始，岁添。
寒露仍，春意渐。
斗转星移，弹指挥间。
问时光匆匆，有几多眷恋？
亲情友情爱情，亦浓亦重亦甜。
忆平生行侠仗义，啸江湖携书仗剑。

2010-01-15

年　挂

如今的过年，平心静气、悠然自得地在家吃饭几乎寥寥，不是以行孝的名义陪伴父母，就是从情分的角度兄弟相聚，或者从社交礼仪的层面走亲访友。而事实上，现在的过年和平日已没太大的差别，那种记忆中掐着指头的期盼之情，如释重负的欢悦之意，一饱口福的垂涎之色，早已被浮华的岁月消磨得所剩无几。

尽管如此，临近年底，我还是喜欢尽可能多往家里采购肉食，诸如鸡、鸭、鹅、鲜鱼、羊腿等，请专人洗剥干净后用绳子串起悬挂在阳台横杆上，想吃的时候或必须吃的时候，就任意地从横杆上将之解下，剁之、烹之、品之。其余的，就任凭它们在数九天的寒风暖阳中垂吊、晃动、碰撞，然后随着季节的推移渐趋收缩、变色、起味。如果为了保证其足够长的时间不变质，或谋求另外一种酱香腊味，还会在悬挂之前用盐或酱油腌制那么两三天。这是我数十年来的习惯，也是我极喜欢的一道窗前风景。

我习惯于吊挂这么多的东西，既非刻意显摆，亦非嗜肉如命，更非为追求另类，而是源于对自小耳熏目染、潜移默化，且已经融入我生命细胞的家乡习俗的深刻记忆和情感延续。

在我们廿七都山区老家，到了腊月年关，整个小山村连空气都会变得忙碌起来，东家做豆腐，西家蒸米糕，上屋包粽子，下屋剪薯花，不同的清香甜味，不同的欢声笑语，在轻吟曼舞的袅袅炊烟中交织弥漫，毫不羞涩地透过山的那一边。这些精致柔和的巧手花事，一般由大婶大嫂大姐们干，而男人们则忙碌着那些颇具刀光血影，却也极具祥和气的技工武事，比如杀猪、割羊、宰鸡鸭等，因老家有一种正月不杀生的乡约民俗，所以这些动刀的事必须在除夕前干完。

山区的季节很讲信誉，是冬天，它就有着本质上的寒意。正因为如此，打我记事起，似乎就没听到过速冻、保鲜、冰镇等词语，即便到了家用电器普及城乡的今天，也极少有哪一家会购置并使用冰箱。所以，每家每户都先将宰杀洗剥干净后的畜禽肉类沥去水分，分别在天井边、弄堂顶、房间里的楼板小梁上均匀钉上铁钉，将这些肉类一起挂在钉子上，有的会把它挂在厨房里悬着的木钩上，或弄堂壁板沿吊着的横杆上，风动琳琅，肉色生香，经久不坏。还有的人家会把一方方的猪肉吊在柴火灶出烟口上方，任其经年累月地烟熏火燎，自然演变成具有多种木材香味的陈年腊肉。

挂上这么多的肉食，当然是为一家子年夜团圆饭准备的，但一顿年夜饭是吃不了这么多的。而事实上，在当时交通不便、物质金贵的条件下，即便吃得了也当真舍不得吃，还要考虑到整个正月间乃至更长一些时间的待客之需。我的母亲是一个好客大方又精于统筹的人，她会在心底里盘算好，哪些可以供应自家食用，哪些留着用于招朋待客，而对于有哪些亲朋好友会登门，她也计算得八九不离十，至于意料之外的不速之客，她也会留有足够的备份。

在这种处世理念的驱使下，过了正月初三，家中饭桌上的食物就基本上恢复到平时的样子，那些悬挂在楼板底下的诱人肉类似乎就不再属于我们自己。只有当登门拜年的亲戚或闲暇串门的友人来家时，那种到楼板底下拿着刀站上四尺凳割肉解鸡的系列动作，才会在大人身上重现。

所以，小时候的我，每每看到那些琳琅的挂肉，心底里会有一种满足感，觉得咱家真富有，当看到那一方方猪肉，那一只只鸡，长时间原封不动的时候，心下又直犯嘀咕，觉得咋就不吃它呢？而当看到原来长条的猪肉渐渐地变短，最后只剩下一张干硬的皮；原来整个的鸡变成了半个，最后只剩下一个挂鸡的铁钉时，心中便觉得怅然若失，于是又在翘首以待下一个年的到来。

那时我不懂，只是觉得这一切都是那么自然，那么理所当然，直到成人并离开家乡后，我才隐约觉得，这风中年挂，挂着的似乎不应该只是食物，还应该是山里人顺应自然、毫不掩饰的一种生活态度，是山里人表达丰收、寓意吉祥的一种快意心情，是只属于大山的直白、豪气、率性、纯情的文化元素。而所有的这一切，并不会因为地域的变迁、光阴的流逝、年龄的增长而淡去。所以每每妻子为坚持用冰箱储存和我发生观念碰撞时，我总是不容置疑地对她说：“你可以不喜欢，但必须尊重我。”

因为，我是大山的儿子。

2014-01-26

持　家

持家，是正规汉语的表述，意指操持家务。用我们江山方言来说，叫“处家理世”。持家即主内，大都由家中的女主人负责。

在廿七都山区，妇女一般不参加生产队组织的种田、挖山等重体力农事劳动，那是男人干的活，而评价某家女主人是否贤惠，主要看她是否会“处家理世”。

“处家理世”，说着简单，内容却极为纷繁复杂，诸如打扫门庭、缝补浆洗、烧饭做菜、喂猪养鸡、采茶女红、待客送礼、奉老哺幼、走亲拜戚等。这些貌似琐事，却是实实在在的精细活，其中包含做人道理、处世智慧和行事技巧，得有一颗玲珑心和一双巧妙手。

一个地方，一定会有一个乃至多个心灵手巧的女人，这样的女人，会成为家庭的主心骨、左邻右舍的偶像、女人中的标杆。

我的母亲，算得上一个。

我的屋后，长有一棵树龄逾三百年的苦槠树，它的坚果可以制成豆腐，我们管它叫“苦槠豆腐”。制成豆腐鲜食，每家都会干，但我的母亲则会先将苦槠豆腐做得硬实些，出盆后分块切成薄片，均匀分摊在竹制团匾里，趁太阳日晒得干了，再用干净的白纱布打包，装进俗称的“洋油箜”。马铃薯开挖季节，很多女人都会把拇指大小的马铃薯挑拣出来当猪饲料，母亲则会把这些小马铃薯洗干净，放锅里煮熟捞出，剥去表皮，用菜刀将其剖成两半，用竹篱架在火缸上烘烤成金黄色的干片，打包存放。这样的做法，除了母亲，地方上没有一人，这里边既体现以备不时之需的忧患意识，也体现匠心独运的节约思维，还要有一份耐得住寂寞的平和心。

母亲的心灵手巧，还表现在其他很多方面。如果有谁家的猪养上个一两年，只长猪龄不长个儿，只要一转手到母亲这里，不出十个月，保管体壮膘肥，让原主人艳羡不已又直呼剁手。逢年过节，是母亲最忙的时候，东家酿米酒，西家做豆腐，都要叫上母亲现场指点或者确认酒曲、石膏等成分的最佳用时用量。遇上红白喜事，母亲也是首席顾问的不二人选，一应习俗，往来礼节，归门出户，大都依母亲口说为准。

早先，常有石门、界牌一带的乡民，翻山越岭前往周村、定村、双溪口等山区驮木头。为避开政府视线，他们多在夜间出发，到了我家这个必经之地，天刚发白。这时的他们是又饥又渴，必得上门寻茶问饭，以补充体力。面对这些衣冠不整的外来客，母亲总会手脚麻利地给他们烧水做饭、挑刺补衣，且从不收已形成地方惯例的所谓饭菜钱。久而久之，原本的陌生人成了熟客，有的还成了常年走动的好友。所以，在石门这一带，母亲很有口碑，即便时隔多年，余荫仍在，只要提起当年某人，亲历者依旧赞誉有加。

对膝下儿女的言行举止，母亲也有好几个带“不”字的训诫。比如：吃饭时，桌面上不能遗留饭粒，否则会遭天上雷公打；邻家有好吃的，不许上门张望，这样会给别人造成“给还是不给你”的为难，也显得自己低微；遇到患有先天性唇腭裂的四奶奶，要叫“四奶奶”，而不能叫“烂鼻子奶奶”，因为她是长辈；父亲没回来，绝不能先吃饭，理由很直接，他是当家的。

母亲的这些个“不”，粗看很朴实，可细加回味，又何尝不是传统教育的一部分！感念母亲，是她为我的细胞植入这些因子，虽非“高富帅”，倒也没沦落为一介痞夫鄙徒。

“妈妈的味道”时下很流行，但我总觉得，妈妈的味道，似乎不应该只有妈妈做的清明粿、立夏羹、端午粽之类的美味佳肴，还应该有妈妈的兰心妙手、贤淑慈爱。基于这点小想法，让我对那些对话锅碗瓢盆、闲来莳花弄草的人情有独钟，觉得他们有创造之美。

相信互联网会动摇某些传统生活方式，社会细化分工会多少剥离亲力亲为的份额，但无法俘虏“黎明即起，洒扫庭除”“一粥一饭，当思来处不易，半丝半缕，恒念物力维艰”“宜未雨而绸缪，毋临渴而掘井”等经典持家理念。

怀旧论今且自问：家有了，能持否？

2014-05-11

丢钱也是消费

母亲一生没拿过工资，但很会赚钱。年轻时为了养儿育女，她总是变着法子去赚钱，养母猪、扎扫帚、采茶叶、挖草药……但凡能够赚钱的门路她都要去探索一番。而且，母亲心灵手巧，在别人看来不起眼的东西，经她那么一捣鼓，总能变得既好看又好吃，还可以卖钱。按现如今的流行说法，叫能开发、会包装。所以，尽管我们兄弟姐妹多，但生活还算得上殷实。正是因为这一点，造就了母亲的自信与在地方上的好评，加上母亲待人大方，热情好客，打我记事起，家里的客人总是三天两头不断。

渐渐地，我们长大了，母亲慢慢地变老。原本能够穿针引线的眼睛失去了莹莹光泽，原本能够摘叶飞花的双手没有了往日的灵巧，原本能够登山涉水的双脚变得步履蹒跚，曾经让同辈大婶或后辈媳妇们艳羡不已的聪慧大脑也迟钝了许多。于是，母亲一生引以为豪的“赚钱术”，只能让无情的岁月尘封，成为她晚年闲来回味时的自我慰藉和余生美好。

母亲爱钱，她总是把她的贴己钱藏得严严实实，轻易不外露。在我的记忆中，母亲不习惯把钱放在箱子里，更不愿意把钱放在抽屉里，而是习惯用一方手帕把一部分大钱包起来，放在草席底下用来保暖的稻草夹层里，这是她认为最踏实的地方；再把一部分小钱同样用一方手帕包起来，放在贴身口袋里，以备零用。记得有一次，我回家大扫除，不小心把她藏在席底稻草夹层里的几个红包和稻草一起清理并烧掉了，事后虽如数奉上，但也免不了被她好一顿数落。可以说，除了儿女牵挂之外，钱就是母亲的第二精神支柱。

母亲不缺钱。儿行千里思母恩。我们这些被她养大了的儿女，总会时不时地回家看望她，特别是在父亲走了以后，也总不忘给她一些钱，多者千少者百；许多亲朋好友，也会在看望她时塞给她不大不小的红包；银行里还给她设有个人专户。而且，在母亲虽老但还能自理的那些年里，她依然用她的执着但明显低效的劳动，不懈地实现着她的人生价值。当然，母亲这样做，不仅仅是为了钱，而是寄托她对那些曾经给她带来丰美和喜悦，那些她闭着眼睛也能准确找到其地点和位置的事物，包括金银花、山茶叶、何首乌等丛林生命的无限深情和难以割舍的眷恋。即便进了市养老院，母亲还总惦记着。所以，每当儿女给她钱的时候，母亲总会一边数着钱，一边不无伤感地自嘲："老喽，都要靠你们养啦，要是在以前……唉！"其中蕴含着不尽的落寞惆怅之意，连我这个做儿子的都能读懂。

母亲丢了钱。这是前几天的事。那天下午，福利院阿姨打来电话，说母亲的钱丢了，伤心地流泪不止，劝也劝不住。当我赶到时，母亲正在床上、衣柜里急切地翻检着，连每一件衣服的口袋都摸索过，纵横的老泪顺着她沧桑的脸庞无声地流到她不再光滑的手背上。看到这情景，我的心既痛又愧。痛的是母亲那伤心欲绝的神态，愧的是母亲此举或许多少会给那些朝夕相处的妈妈们造成不快，影响团结。我一边向妈妈们致歉，一边拥着母亲，轻轻擦去她那透着伤心的泪珠，对她说："你的钱没丢，我，还有其他的兄弟姐妹，都是你不用审批，不用密码，没有限额，随时可取的活期存折！"

说着，我拿出两张一百元面额的纸币，塞到她微凉的手心里。知母莫如儿，通过只有我能读懂，只有母亲能听懂的一番劝慰后，母亲总算平静下来，向我诉说她的疼、她的惜、她的悔，还不忘重申她年轻时的精明干练，感慨年老后记性竟变得那么差的心酸无奈。这时，院里的领导把我叫到一边悄悄对我说："你不要给这么多，也不要让她身边留那么多的钱，按院里的规矩，老人身边一般不放钱，即便有，也只是五块、十块零用钱而已。"

我当然知道院规，也同样知道我的母亲事实上已经不需要钱了，因为她的晚年生活已经纳入了我们大家庭衣、食、住、行、医的综合保障体系，但他们哪里知道，我的母亲如果口袋里没钱，而且是比较可观的数字，她就会感到不踏实，就会感到自卑。因为，在她的内心深处，拥有属于自己的钱，就意味着她仍然掌有自由支配的一种权力，她仍然是家族中的王者！

一篇题为《母亲的价格》文章这样说，母亲的工作是一种“技术性的中级管理”工作，若是把母亲的工作当作一种职业来看待，那么，合理的年薪应为六万美元，折合人民币约五十万元。

我当然不同意把“母亲”这一圣洁的称谓与金钱相挂钩。而实际上，我的母亲和普天下的母亲一样，从来没有把“母亲”看成职业，她把“母亲”当作一种上天赋予的职责，是超越所有物质追求，不求任何回报的一种天职。如果非要用职业工资来计算，那只能是用我们的一生来支付。

从这点意义出发，在没钱万万不行的物质社会里，母亲吃点什么，穿点什么，即便是极昂贵的消费，都不算奢侈。那么，就算真的丢了区区百把块钱，这难道不也是一种消费么！而如果把应该对父亲尽的孝，也附加到母亲的身上，那么，这点消费难道不是极低廉的吗？

2009-08-09

伟大的骗子

对于骗子，相信除了骗子自己，任谁都会嗤之以鼻、远而避之。

然而，在这个世界上，还有另外一个骗子，她终其一生，都与你相依相伴、不离不弃，在你成长过程中，她总是以她认为完美的方式哄你、骗你，并让你心安理得地享受着被骗，而且通体舒泰。

这个人，就是母亲！

相信你只要对自己的成长轨迹稍做梳理，让尘封在脑海中的记忆稍微苏醒，脑海中都会浮现出一幕幕内容不尽相同，但必定满含温情的母亲骗术。

小时候，由于山区缺白米而多杂粮，午饭多以苞萝饭为主食，时间长了，便觉厌食。所以每每在中饭时，我总会端着碗、噘着嘴，用食指抠着饭甑外沿，一副欲吃还休的样子。看到这个场景，母亲就会极自然地揭开饭甑盖，将处于最上层的苞萝饭盛到自己的碗里，而后掏出垫底的白米饭盛给我，还一面自语道：“苞萝饭更熬肚，更耐饥。”虽说那时岁数小，但白米饭肯定比苞萝饭好吃这一本能的味觉还是有的，只是胃欲的自私，促使我宁愿相信这是真的，从而坦然地选择接受。

有一次，我随母亲去山地里挖马铃薯，在回家的路上，山溪边草丛中突然蹿出一条蛇，吓得我惊叫起来，母亲马上放下装满马铃薯的竹篮，搂住我好一顿轻拍，然后从溪坑里捡起七颗拇指大小的石子，放进我的口袋，口中喃喃说道：“孩子不怕石头怕，过了七天就好吧。”随着石子的落袋，伴着柔声的安慰，仿佛这份慌乱还真的转给那小石子了。

山区的孩子很壮实，少病秧子，我也不例外。只是偶尔会莫名地无精打采、软绵无力，母亲便认定，是我的魂在某个地方玩丢了。于是，带我到大门外坐下，左手拿个木制饭勺，右手拿双竹制筷子，面朝南方，一边用筷子轻叩饭勺背，一边如唱诗般地念念有词："××喂，如果你在东边嬉忘记归了么，请东边的山神土地把你带归哦……"屋里边的大人接着母亲的呼唤应道："归啵……"待如此这般东南西北四方呼唤应答循环数次后，母亲把饭勺放在我的头顶，用筷子快速地敲击，连续说道："归啵归啵归啵……"不知是否真有山神土地伴我回来，也不知是否是心理暗示力在起作用，在母亲那旋律舒缓、充满磁性的呼唤声中，我竟自觉精神渐长。

参加工作后，与母亲便是聚少离多。有几次回家看到她正和衣躺在床上，问她是不是不舒服，她每次都会故作高声地答道："妈能有什么毛病，不就是有点困，歪一歪呗。"母亲爱钱，能赚钱，但钱不多。所以每次回家我都要或多或少地给她贴补一些，而她却装作一副极富有的神态婉拒，为了证明她不缺钱，还掀开床上的篾席，从铺垫的稻草中拿出一个不厚的手绢包，自得地朝我晃晃说："看，妈有这么多。"当然，这时候的我，已经不会像少时那样本能地接受了，按照我对她的深度解读，做我应该做的事。

都说孩子是不能欺骗的，但我们，恰恰就是在母亲——这个世界上最伟大骗子的种种柔情骗术中温暖长大。而如今，当她们撒手红尘、身登天国的时候，当我们还原这恍如隔世、又如在昨天的点滴感动的时候，曾经的孩子，今天的母亲，也正在复制、升级、延续着这种天性使然的骗术，演绎着人间最无私、最真挚、最丰满的母爱。

2016-05-08

您的智慧，
成全了儿女的孝行

5月13日凌晨2时，您收拾起积攒了八十六载风雨沧桑的朴素行囊，带着一生酸甜苦辣咸的复杂记忆，带着对故乡亲人深深的眷恋，也带着弥留之际众多儿女没有环绕身边的些许孤独，在离故乡千里之遥的汉水之畔，呼出尘世间生命循环的最后一缕气息，静静地走了。

三千里汉江，为您呜咽；十八盘武当，为您肃穆。

您走了，没有留下只言片语，没有留下万贯家财，留下的只有深刻的无私，还有不灭的灵魂。

从金钗之年到远赴天堂，您从来都没怀疑过自己的生活能力，也崇尚独立、自由、无拘无束的生活方式。三年前，由于老家人陆续搬迁外移，几近无人，加上儿女又住得散，如果让年事已高的您，孤身一人住在那深山幽壑，实在令人不安，所以，我把您安置在了市福利院。

但您的内心是极不情愿的，因为这样一来，您会觉得这是寄人篱下，仰人鼻息，找不到往日那般食宿随心、咸淡随意的主人感觉，也找不到那种您生前备受赞誉也引以为豪的成就感，就是喜滋滋地烧上一桌精致小菜，然后笑眯眯地期待我们边吃边送上几句赞美。这种失落，即便和儿女同吃同住，您依然如此。“顺”即是“孝”，这个道理我是懂的，可这件事，我却没能顺着您，因为只有这样，才便于离您最近的我照顾，也便于其他兄弟姐妹日常看望，就医也方便些。

自去年下半年起，您的记忆力日见衰退，思维明显迟缓，自我料理已经有些力不从心，念我之心更切，三天两头的，我都要去福利院为您安抚打理一番。于是，在今年春节前夕，我决定将您接回家，由儿女们分别贴身照顾。一个正月，您我母子相伴，婆媳相濡，度过了一段自我成人后与您最为亲密无间的美好时光。正常时候，您的胃口不差，思路也还清晰，特别对那些已经融入您生命细胞的往事，您总是记忆如昨，信口数来，且语音洪亮，乐此不疲。现在重温一段不经意之间拍下的您和我聊天的视频，您看上去哪像是一个八十六岁高龄且处在老年症前期之人！

当然，您也会时不时地做出一些如孩提般的举动，比如：把钱藏在袜子里或贴身的衣袖中，而后忘了地方，独自一个人翻来覆去急切地寻找着。有些时候不小心，把痰吐在地板上，或许下意识里感觉不对，又连忙用鞋底去搓；睡前给您打好的洗脚水，偶尔您会趁我不注意装作洗了的样子将它倒掉；我在书房电脑前写东西或是玩游戏，您会悄悄地走到我身边，好奇地问这问那；有时还会管您媳妇叫“老妹子”……诸如此类的行为，虽然不免弄得我们啼笑皆非，倒也给这个家增添不少久违了的童趣。

以前常听您说，人的一生是中间大人两头小孩，此话果真在您自己的身上应验了。

正月过后，远在武汉的小弟回来，把您接去武汉小住，我本想，小弟在外创业十多年，并在武汉拥有自己的产业，而您却从来没去过，能在有生之年去一趟，看看大都市的喧闹与繁华，看看自己小儿的成就，也让小儿与您共度天伦，这应该是两全其美、皆大欢喜的事，哪曾想，您此一去，竟成永诀！

4 月 26 日，一个不好的消息从武汉传来，说您不慎摔伤了，伤情是坐骨骨折。经医生的诊断，按您目前的身体条件，不能动手术，只能做保守型治疗。保守型治疗，就意味着您的腿有可能面临残疾，在日后的生活中，您或许将终日与轮椅为伍，与床铺相伴。

常听人说，老人最不经摔，潜意识里我隐隐有些不祥的预感，本应立即赶赴武汉探视，却因一些现在看起来一点都不重要的事耽搁了，成了我这一生都无法追回的时光。当我正要启程的前夕，一个更为不幸的消息传来，小弟说您已经谢世了。再到武汉的时候，已听不到往日那熟悉、亲切、慈爱的呼儿声，看不到往日那以手加额、快移莲步的接儿样，看到的只是您经过化妆的安祥的面容，带回的只是冰冷的玉石匣子！

母亲，在生前，您魂牵梦绕的想重回那饱含您一生中所有悲欢离合、喜怒哀乐，已经成为您世纪记忆的英坞老家，我没有满足您，以致您心存憾事；在您伤痛之际，我没有陪伴左右，侍奉病榻，以致您心有孤独；在您天堂之行，我没有星夜兼程，执手相送，以致您心留眷恋；这是我永远的痛，也是我永远无法原谅的错。

然而，您的走，却真真走出了大智慧。因为，您不仅了却了有生之年大小儿女都走一遭的心愿，而且在将要面临伤痛折磨的时候选择提前离开，成就了您生不求人的强者名声。更为深刻的是，您直接成全了儿女们零代价的孝行。您用您简单的一生，完美地诠释了上善若水、至爱无痕的高端品性。

就像天上的流星，在悠然划过长长的夜空即将陨落的刹那，依然会迸发出浓缩毕生之精华的璀璨，把最后的美丽灵光留给浩瀚的苍穹、纷扰的人间。

母亲，您亦如是。

（写于 2011 年 8 月 23 日母亲百日忌辰）

四奶的柿子

爷爷有十一个兄弟，我的爷爷最大。

打我记事起，爷爷这一辈健在的只有三个。照规矩，我们这些做孙辈的要按他（她）们的排行，分别叫六爷、七爷、四奶，从不带姓名。

四奶的家很穷。四爷早逝，膝下只有一个柔弱的儿子，我们管他叫四叔，他终生未娶。四奶不但穷，脸上还长麻子，又患先天性唇腭裂。也许是“人穷被人欺，马善被人骑”这一亘古不变的社会潜规则的作用，族中大人都非常习惯地称她为“烂鼻头婶”或“烂鼻头奶奶”，她也不以为意，呼之即应。当一些真正应该叫她奶奶的小男孩，恶作剧地叫她“烂鼻头奶奶”，或干脆将“奶奶”两字都省略时，她也只是朝他们看看，嘴里含混地嘟囔，并没有表现出太多的恼怒。

那时，我和同自然村的另外三个男孩就读初中，学校离我们家有五里地，每天清晨，我们四个都会趁着那山风晨雾结伴徒步上学。因为四奶家门口的路是我们上学的必经之路，而四奶也常常习惯性地将双手兜着围裙，孤身一人斜靠在大门框上，用一双已经谈不上清澈的双眼，漫无目的地远望着对面那绵延起伏的群山和风摆婆娑的竹海。所以，每天上学路过她家门口的时候，我们往往都会和四奶打上个照面，有时，调皮的小伙伴免不了一边小跑，一边从远处扔下“烂鼻头”三个字。

我不敢叫。因为我的母亲曾不止一次用严厉的口吻训诫我说：“孩子，你可千万不能叫‘烂鼻头奶奶’啊，她是你四奶，你要叫她四奶。”“如果让我听到你那样叫，我非拧烂你的嘴不可！”所以，不管我的伙伴们如何恶作剧，我始终遵从母亲的训诫，无论何时何地，见面总是叫她“四奶”。

我也不会叫。因为，一则自然是母亲有训，二则是我与生俱来就有一种不欺善怕恶的性格，三则是我自幼喜欢看英雄侠义传记，很受书中侠客锄强扶弱品格的熏陶。当时的我，并没有意会到太多的延伸意义和做人道理，在我的内心深处，只是觉得轻视这样一个孤苦老人，是一件很不光彩的事情。

真正让我悟到“四奶”这个称呼的价值，真正让我认识四奶，是在我读初中二年级的秋天。

那是在一个放学的傍晚，我们同伴四人和往常一样，蹦着跳着走在回家的路上，当走到四奶家门的时候，只见她依然和往常一样，站在路中间，双手兜着围裙，就在我与她擦肩而过的时候，四奶突然凑到我耳边，轻声对着我说：“孩子，你等等。”那声音，显然是怕被我另外三个同伴听到。我好奇地停了下来，待到那三个伙伴走远的时候，四奶从围裙里摸索出四个柿子，很坚决地递到我手上，当我机械地接过柿子的时候，四奶对我说了这么一番话：“孩子，这是四奶给你的，你们四个人，只有你，从来都叫我四奶，他们几个我不给。”

四个柿子，在当今孩子的眼中，也许是那么微不足道，可在食物尤其是水果匮乏的20世纪70年代，这四个柿子已经称得上是不菲的赏赐。而对于四奶，一个被人看不起的孤苦老人来说，这四个柿子，也许是她轻易不舍得吃的山珍美味！

捧着这四个还残留着四奶手心温度的柿子，听到四奶那略带含混，但绝对是爱憎分明的一番话，望着她那怎么也算不上美，但却明显透露出真心感动的脸庞，年少的我不禁为之震撼，想不到就是因为我平时的一句“四奶”，温暖了她那颗孤独的心，想不到四奶和大家一样，渴望被尊重。

这四个柿子，让我真实地感受到尊重人格的美好，礼待长辈的愉悦，友爱弱者的回报。

什么叫予人玫瑰手留余香？什么叫尊重他人就是尊重自己？什么叫平等博爱？所有的答案，已经统统写在这柿子的鲜艳中，融化在这柿子的甜蜜里。让我品味至今，营养至今。

2010-03-29

花语蜂精神

如果你进入峡口、白水坑水库，如果你泛舟一泓碧水，如果你环顾两岸青山，放眼凝眸，寻芳闻香，见到那些如流星般划过，在山花中采集花蜜的小昆虫，你千万不要惊动她，更不要伤害她。不仅不要惊动伤害，而且还要以尊敬友爱的眼光欣赏她，并从她那虔诚的神态中谛听百花的细语，感悟人生的真谛。

她，就是从洪荒走来，美名远播华夏的“中华蜂”，简称“中蜂”，俗称“土蜂”。2006 年，中华蜂被列入农业部国家级畜禽遗传资源保护品种。

“中华蜂”，不是人们通常所说的眼下较为常见的“洋蜂”（外来蜂，学名叫“意蜂”），而是特指我国土生土长，目前已濒临灭绝的大中华蜂种，只有她，才是我们中国人自己的蜜蜂。

你可别因为它其貌不扬、其轻如羽而小看她，她可是比人类甚至很多生物更为古老的一个物种，她的进化史可追溯到七千万年前！人工养殖可以追溯到两千年前！在她的身上，承载有中华民族全部的优秀品质，集合着中华儿女所有的高贵美德，智慧、仁义、忠勇、敬业、合作、无私，乃至生命价值……都能从中华蜂那里找到最完美的诠释。都说厚德载物，或许正是中华蜂身上这些与生俱来且弥足珍贵，人类世代追求虽可得却终不可全的高贵品质，才使得这个物种历经地老天荒而繁衍至今，才由此创造了生命进化史上的一大奇迹。

这是一个近乎完美的物种。且不说她那高度发达的社会性、凝聚性、和谐性，仅就她那集数学、力学之精华，利用最少材料，合成最大空间，结构最为牢固，呈正六角形状的蜂巢来看，其智慧就足以令人类叹为观止。飞机的羽翼和人造卫星的内壁，就是依据蜂巢原理而设计。

中华蜂的分工极为明确，蜂王负责产卵，雄蜂负责交配，工蜂负责采花、酿蜜、育崽、抵御外敌，在这个王国里，没有人类那样名目繁多，刻意做作的规章制度，没有人类那样附加着名与利的考核奖励，但天性使得她们各司其职，从不懈怠，这和中国道家一直崇尚的“无为而治”恰恰不谋而合。

中华蜂的生命轮回很是短暂。就工蜂而言，寿命不超过三个月，然而，她们却穷其一生，奔波于山野冷原，追花夺蜜，养育后代。据有关资料显示，蜜蜂酿制一千克蜜，需要飞行九百万公里，采集一百万至五百万朵花！这等匪夷所思的浩瀚工程，这等艰苦卓绝的劳动强度，这等坚忍不拔的顽强毅力，怎是一个“勤”字了得！中华蜂还是一个为保护种群生存而力战不屈的忠勇斗士，当有外敌入侵时，所有工蜂都会锐身赴难、殊死搏斗、前赴后继，直至战死方休，这等爱国情怀，这等凛然正气，这等无私无畏，怎是一个“忠”字了得！

中华蜂视觉嗅觉能力、抗寒抗敌抗害能力远胜意蜂。在山区、半山区，都能看到她的芳踪蜜影。她擅长采集分布在崇山峻岭、深涧沟壑的多种散生蜜源，酿制出的蜜被古人美其名曰“百花蜜”，营养价值最全，药用价值最高，药物污染最低，堪称上乘佳蜜。

《神农本草经》把此蜜列为“有益于人的上品”，古希腊人认为这是“天赐的礼物”，印度的《吠陀经》说此乃益寿延年之物。我国梁代名医陶弘景则不无夸张地说：“道家之丸，多用蜂蜜，修仙之人，单食蜂蜜，谓能长生。”明代医学家李时珍则更为详尽地描述了蜂蜜入药之功，《舌尖上的中国》第二季第一集《脚步》中所说的蜂蜜，指的就是纯正中华蜂蜜。而金庸先生笔下的老顽童周伯通，因在百花谷与蜂为伴，以蜜为食，以至年过八十，竟白发转黑。

除了盛产蜂蜜，由工蜂腹部蜡腺分泌液所建成的蜂巢，还是优质的蜡源，所提纯的蜂蜡，在工业、农业、药业、食品业、美容业等领域都具有广泛用途。可以这么说，中华蜂王国满室皆宝。

有心采花蜜，无意做媒红。由于中华蜂的整个生命过程是与花结缘的过程，所以，她无可替代地成了自然界中最为天然、高效的授粉媒介，经它授粉的作物，其产量、质量均属上乘。据有关专家称：在江南、西南、西北等一些高山密林，但凡在冬季开花的，或广域散生的木本、草本植物，如果没有中华蜂的授粉，必将导致这些植物种类减少或灭绝，使自然界植物共生系统，植物链缺节断层，最终造成生态失衡。

所以说，中华蜂在追红逐紫的同时，也在激活、刷新、传承、延续着自然界中的七色生命。苍茫大自然正是因为有了她，才焕发出蓬勃的生命激情和无限的生命活力。

在峡口水库、白水坑水库库区，有四时不谢之花，八节长青之草，蜜源丰富，蜜质优良，最宜中华蜂生存，当地农民在收获着农耕快乐的同时，与山花共语，与中蜂共舞，痴情演绎古老的故事，尽情品尝放飞的甜蜜，执着传承中华蜂文化。

这里从事中华蜂散养的农民有近百户，分户散养量少则两三群，多则十群，而蜂群最多的当数村民唐晋金，自办“老唐家庭农场”，在白水坑水库两岸的悬崖峭壁上，散养着中华蜂约六百群，置放引蜂桶近两千个。

通常情况下，中华蜂主产蜂蜜与蜂蜡，不产王浆与花粉，在每年四月、九月，各产春蜜、冬蜜一次。根据蜂群采花酿蜜的能力大小，每群中华蜂年产蜜量约为五至十公斤，按目前每公斤两百元市价计算，每年每群中华蜂的蜂蜜产出效益可高达一千至两千元，这还不包括蜂蜡。如逢天气好、花期盛、蜂群旺，蜂蜜和蜂蜡的产出量还会更高。

这是一组令人高兴的数字，从这当中，谁都不难看出，中华蜂为当地农民，特别是守土农民带来多少滋润、多少福荫。

说到这里，我不禁想起毛国良先生曾经写的题为《养蜂的人和蜂养的人》一文，对“蜂养的人”一句特别认同。纵观生命进化史与文明发展史，与其说是我们在养蜂，倒不如说是蜂在养人更为确切。因为，她本身无须人类喂养，深厚的自食其力、自我调节、自我发展之内力，足以使中华蜂王国和谐富足，快乐而无忧。我们人类之所以要去养她，无非是以爱的名义，从这个王国里更多地获取能给我们生命营养的高端物质，最大地谋求提高生活质量的丰厚财富。

诚然，作为食物链顶端的人，适度归纳自然界中的其他生命资源为我所用，也无可厚非。但如果我们在利用的同时，更有意识地从这些自然生命，比如中华蜂身上，汲取高贵的物质营养与伟大的精神营养，并运用到反哺自然、回馈自然的社会实践活动中，那么，人既幸甚，花亦有情，蜂更无悔。

赞美你，中华蜂，你是花间南极仙，你是人间吉祥物。

2011-01-15

即墨山之恋

大陈，是我度过21世纪最初六年的地方。六年的时光匆匆，给我留下太多难以抹去的记忆。独特的喀斯特地貌，稀缺而珍贵的花石、千层石，古朴厚重的徽派建筑，历史悠远的麻糍节，口感厚重的柑橘、枇杷、杨梅……而在我心中，记忆最深，感觉最美，依恋最切的，是一座小山，一片绿林。

它，就是南蕉的即墨山。

即墨山，坐落在南蕉与陈村垅两个自然村之间，是一座独立的全坡小山，面积二十三亩。整座山四面环田，状如伏龟。合抱的香樟，十数丈高且直的红枫，古朴但依旧生机盎然的苦槠等高阔乔木，错落有致，浑然天成，没有丝毫的人工痕迹。所以，南蕉人都把即墨山视为风水山、养心地。

说它是风水山、养心地一点都不为过。

当时间追溯到20世纪80年代，南蕉乃至大陈，曾以石灰、石煤这“两块石头”的资源经济名震江山。尽管随着国家大生态战略的确立，这“两块石头”已悄然退出经济舞台。但昔日淘金时的灰山、石宕、煤洞等斑驳遗迹，依稀是旧时模样。难怪有人曾不无夸张地说，这里的山是白的，这里的水是浑的，就连这里的天空都是灰色的。斯景、斯情、斯人，对苍翠欲滴的即墨山，就不能不情有独钟。

晨听鸟鸣暮蝉噪，春采蘑菇秋拾槠。

即墨山，它毫不吝啬地回报着南蕉人，以及所有关爱它的人们。优胜劣汰、适者生存的大自然功能法则，使林间几无杂草。你可以随意漫步，观云听风，还可以凝望千姿百态的树干冠幅，展开自由的遐思，林间各种树木花草散发出的淡淡清香，会使你神清气爽，万虑皆消，如果你是一位动物爱好者，还可以仰观松鼠腾跃，静听画眉清吟。

数十年的自然演绎，即墨山形成了它自身独特的小气候。空气清新宜人，土地湿润肥沃。每当春季来临，紫藤花争奇斗艳，犹如攀缘在树梢上的霓虹彩练，俯身探觅，可以从厚厚的腐殖质表层采到状如盖伞的蘑菇，在一些朽木身上，还可采到一簇簇肥厚的黑木耳。盛夏时节，此起彼伏的林间蝉噪与田间蛙鸣，仿佛是一群音乐大师，在合奏一曲和谐优美的交响乐，悦耳动听，让人忍不住想和歌一曲。秋冬季节，枫叶渐渐变红，香樟依然如茵，驻足远望，红绿相间，恰如高手写意，美不胜收。假如你有兴趣，大可以拎个小篮，捡拾洒落在地上的黑珍珠般大小的苦槠，通过去皮、碾磨、合成等工序，制成豆腐，别看它貌不惊人，可却是一道进大都市、上五星酒店的山珍美味。

即墨山，它把丰厚的视觉、嗅觉、味觉等绿色元素，无私地恩赐给南蕉人，而南蕉人也同样把真挚的尊重、礼敬、慈爱等文明元素，慷慨地回赠给即墨山。2001 年 3 月 13 日，南蕉村十三名村民代表，在绿树浓荫的即墨山办公楼内，对三项重大村务进行公决，其中一项，就是以绝对多数通过的《即墨山风景林实行全境封闭式保护的决议》。

这次公决，初衷是通过村民参与议事的方式，达成保护即墨山风景林的共识，却因此延伸出一项新的基层自治制度，即重大村务村民公决制。经理论上的论证提升，实践中的补充完善，目前，这项制度已被定型为江山市基层自治一项主要制度，被广泛应用于重大村务决策之中。

即墨山，丰姿而又灵动，它荫佑着一方友善的百姓，演绎着一个动人的故事，也承载着一段真挚的友谊。

2009-07-23

神仙洞传奇

在江山市区西北二十公里处，有个名叫大唐的村落，隶属大陈乡。村口有座洞顶山，洞顶山脚下，有一个古老而又神秘的洞穴，俗称“荷塘洞”，传说这里曾有神仙居住修行，于是我姑且称它为“神仙洞”。

神仙洞坐西北，朝东南，背负白虎岩，遥对犀牛角，尾接宝陀寺，门临大唐溪。洞顶山乔木森森，苍翠玲珑。大唐溪流水潺潺，绕山而过，直入常山港，再入钱塘江。溪中石斑鱼穿梭出没，摆尾弄趣。神仙洞洞口上方，蔓藤低垂，花木掩映。

洞口左侧，一块依稀可辨远古痕迹的“花轿石”依山而立，相传这是神仙夫妇最初跨轿云游到此，因迷恋这里的奇洞灵山，遂穴居修炼，遗下此轿，演化成石，“花轿石”因此而得名，据说凡人爬上此石，再也不能下来。

步入洞口，迎面是两颗悬挂在洞顶的“迎客蟠桃”，这是好客的神仙专为招待客人设下的，谁能咬上一口，便可终身辟谷，延年益寿。

沿自然“之”字形蜿蜒而下，便是神仙洞“洞天”。“洞天”高约十米，纵深约四十米，横宽约三十米，常年恒温十七摄氏度，冬暖夏凉，是众仙讲经参禅打坐修炼的地方。“洞天”内鬼斧神工，奇景迭出，圆弧形洞顶，一条“七色彩虹”横贯东西。据当地人说：在伸手不见五指之夜，凝神仰望，可见彩虹发出瑰丽的“七色之光”。

“洞天”左侧，一条“卧龙”面南而卧，酣睡中流出的龙涎，化成一池清水，终年不断，故称“龙涎池”。龙背上，有“神仙白玉床”，据说神仙夫妇就在此双修双宿，如凡人到床上躺一躺，可百邪不侵，返老还童。

移步“洞天”，顺“卧龙”自头向尾行，是一个只容一人通过的环形洞，洞口处最先看到的是“神龟探禅”。传说此龟因羡慕人间，也想修成大道，托生为人，于是便跨海西行，偷偷地探头听经。

复猫腰伏行十余步，一只仙人掌突兀而出，恰似“仙人指路”，这是神仙在给世人指点迷津，莫入歧途。此时，切不可逆指而行，否则，就会误入“藏经洞”，“藏经洞”是供神仙藏经的地方，既暗且窄，深不可测，凡人进去，便会触犯神仙的戒律，而遭不测。

顺着“仙人指路”的方向折向东南，便是“神仙福地”。“福地”宽约四米，高约三米，如有兴致穿越二十公里，可直通常山，传言旧时进入此洞，可遥听常山江上放排的竹篙声和筏工的吆喝声。

“福地”右侧洞壁顶端，一座“海市蜃楼”赫然而立，仿佛仙人为后世繁华而精心设计的壁画蓝图。

“海市蜃楼”的斜对面，是一个轻雾缭绕，投一石而半天听不到回音的“仙人池”，据说仙人每次出巡归来，都要来此沐浴净身，凡人掬一把池水，可过仙气，去凡尘。

过了“仙人池”，复向前行，便是形态各异、栩栩如生的“十八罗汉”。十八罗汉，惩恶扬善，除暴安良，专管人间是非善恶，是正义的化身。告别“十八罗汉”，移眼前望，两头石狮腾挪跳跃，嬉争绣球，相传每年正月十五，仙人都要耍一回“双狮争绣球”，以悦村民。

更向前行，呈现在我们面前的便是神仙洞最负盛名的景点之一“神仙田”。“神仙田”呈梯田状，丘丘相联，高低错落有致，每丘皆有鱼鳞状田堪、田塍和恰如指宽的过水缺，田内水不漫塍，泥不板结，其构造之逼真，确是神仙高手所为，绝非凡品，令人拍手叫绝。

本来，田间还有一位挥锄蓑笠翁，神态虔诚，躬身农事，不知哪一年，被谁撬走了。神仙本不食人间烟火，但为了让凡间百姓衣暖腹饱，于是开辟这“神仙田”，种五谷，养六畜，兴农桑，普济黎民，如谁有幸食“神仙田”之一粟，便可长生不老，身登仙界。

“神仙洞”福泽深厚，佑人无数。当地人口传，元朝末年，朱元璋与元军交战失败，藏身于离“神仙洞”一公里处的左坑寺，幸免于难。开国后，朱元璋敕封赐名“宝陀寺”，香火盛极一时。伫立现存的左坑寺遗址，依稀可听当年的暮鼓晨钟。

咸丰年间，太平军著名将领李秀成率军攻打清军江南大营，其部下的义军也曾据此洞，在洞附近筑炮台，与清军激战数日，军中仅剩一筒弹药，此时，仙人显圣，半空传话，使清军将“一筒药”误听作“一洞药”，遂心无斗志，全线撤退，太平军乘势追击，大获全胜。抗战时期，当地百姓为躲避日寇的烧杀抢掠，秘居此洞，日寇集全村干椒燃烧熏烤，皆因神仙洞曲径通幽，洞内村民有惊无险，安然无恙。太平时节，邻近村民于闲暇之余，纷纷慕名前来访古探幽、消暑纳凉。

“神仙洞”，它那古朴厚重的文化底蕴，美丽动人的神话传说，超凡脱俗的奇丽景观，早为古人所推崇。现大唐村方氏祖先天一公，在大唐贞观年间初游此洞，便一见钟情，欣然定居，还以他丰富的想象力和优美的文笔，赋诗两首，赞美这神奇的福地洞天。

诗曰：
兴来问道访神仙，
谁识人间别有天。
开径龙蟠高丈万，
探奇月窟奥万千。
彩虹倒挂悬桥影，
宝伞浮光覆井巅。
亘古长留终不灭，
胜游三岛乐翩翩。

又诗曰：

造化生仙景，
镶嵌石辟开。
洞天蟠月窟，
福地结山隈。
乍尔温风至，
悠然冷气来。
世情都不染，
到此绝尘埃。

洞顶山福地，神仙洞洞天。“神仙洞”将以它博大精深的内涵，激起人们不尽的遐思和灵感，去领悟造物主的神奇魅力，去探索大自然的奥妙万千。

2006-08-15

鳌头石

大陈村萃文学堂，绿荫婆娑，轻风拂尘。在她的右前侧，有两块大小不一的天然奇石，历经沧桑，灵气不凡。

其中一块高两米余，顶部弧长约三米，上窄下宽，头部上仰，正对大陈风水山——后门山，尾部左侧有一直径尺余的石池，宛若文房四宝中的砚台。

与这块大石相邻的一块石头略小，高米余，底部宽两米许，顶部分别有一深一浅两个石缺，乍看上去，犹如一个“山”字，形似书案之上的笔架，仿佛可以摆放一大一小两支毛笔。

相传，笔砚石的小石池中若有墨水流出，即兆示该年族中弟子有人科考及第。清嘉庆十八年（1813），石池中曾有墨汁汩汩流出，有族人汪日丙高中举人。

因这两块石头都与读书有关，且又如此灵验，所以，后人尊称它们为“鳌头石”，并在此兴建萃文学堂，以图子孙升学顺利、得占鳌头。而萃文学堂也是日后萃文小学、萃文中学的前身。

或许真是灵石的庇佑之功，历时两个世纪，大陈汪氏薪火相传，人才辈出，文章彪炳，书香浓郁。自汪氏衍脉至今，家族中先后走出众多卓越人才，其中有篆刻大师、音乐家、法学家、大学教授、军政要员等。

如今，墨汁虽不再，灵气却依然。

时光荏苒，岁月留痕。鳌头石荫佑着大陈的书香，也成了大陈学子的精神寄托，但凡谁家有孩童升学，家长们总不忘带孩子来此灵石前祈祷祭拜，以求金榜题名。

随着大陈声名鹊起，这两块灵石也成了周边学子的励志石、幸运石，每当中高考前夕，总会有各路学子慕名而来，与之亲近，与之对话，以期找到那份心灵的默契，质感的自信。

2017-12-18

大陈村歌

曾几何时，我们像一群打了鸡血的追逐者，一路飞奔，到了一个似乎向往又觉陌生的梦幻世界，一番深呼吸之后，惊讶地发现，自己竟然衣服也没穿，回家的路也记不得了。羞涩之下，一边在迷茫中寻觅归途，一边捡拾追逐中丢弃的衣物、家园、文化、乡愁……

为让漂泊的心灵有处安放，让远去的乡愁得以重归，自 2013 年起，江山市启动了农村文化礼堂建设工程。

建设文化礼堂，不是简单地营造一个遮风避雨的物理空间，谈天说地的聊吧，而是要植入村歌传唱、村史回眸、村情梳理、村风整肃、村庄展望等诸多元素，赋予它生命的温度，成为村民找到存在感、归属感和自豪感，进而激发责任感的落地伊甸园。

而在这之中，作为文化礼堂最主要最具创意元素的村歌，则无疑是这个伊甸园中的集结号与压舱石。因为，一首好的村歌，就是一部浓缩的村史，一条寻根的线路，一曲村民的知音，一幅流淌的蓝图。

大陈乡大陈村，就是通过村歌引领，让一个曾经以负面新闻亮相浙江卫视《目击》栏目，继而登上央视《焦点访谈》栏目，一度被人称为“让人头疼的地方”，变身成为一个让世人驻足、让世人回眸、让世人遐思、让世人信任的幸福小村庄。

村歌，让大陈声名鹊起。

“轻轻地在风中翻转，香香地在碗中盘旋。”2009 年 11 月，在首届全国村歌大赛征集评选活动中，大陈村带着两首充满乡土气息的村歌亮相京城，并一唱成名。《大陈，一个充满书香的地方》

荣获十佳作词奖，《妈妈的那碗大陈面》荣获十佳作曲奖，村支书汪衍君荣获个人演唱奖。2010 年，在“首届中国村歌之星总决赛”上，大陈村再度凭借村歌的魅力，荣获“全国村歌示范基地”称号，村支书汪衍君荣获“中国村歌和谐之星”称号和“中国村歌推动人物”称号，江山市也因此被授予“中国村歌发祥地”。自此，大陈村歌成了具有鲜明乡愁元素的文化金名片，村支书汪衍君透着自豪地说：“我是一个用村歌管理村庄的书记。”

汪书记的自豪是有充分道理的。自村歌一唱成名以来，大陈先后到地市级出演三十多场，在村文化礼堂接待演出近三百场。2016 年，江山十首村歌被刻录成光盘，作为国礼赠送给参加 G20 杭州峰会的各国嘉宾，其中一首就是大陈村歌。时任浙江省委书记夏宝龙在大陈文化礼堂盛赞：“这是浙江省最好的声音。”时任文化部部长蔡武在观看大陈村歌表演后当即拍板，将全国公共文化现场交流会放在江山召开，主会场就设在大陈文化礼堂。时任中央农办主任陈锡文说：“新农村建设要学大陈。”2017 年，时任浙江省长袁家军说：“我给你们的村歌表演打一百二十分。”

村歌，让大陈历史重现。

“遥远的从徽州迁来，落户在大陈的山间。”村歌《妈妈的那碗大陈面》，穿越时空，追溯本源，牵引出大陈悠久的历史，勾勒出大陈清晰的衍脉，让村民们透过六十四代尘封，看到大陈的前世今生，并以此为契机，收集、梳理、恢复诸多关于大陈的史料，把模糊并冷却的烟云变得熠熠生辉、触手生温。

“行尽崖壁始见村，绿荫如画淹深源。十里环山皆松树，天下应无第二园。”近代著名史学家、鉴赏家、书画家、法学家余绍宋先生一首赞美诗，道出了大陈的山川秀美，风水宜人。

大陈，因村东头有“对冈一字”，宛如玉案生烟，村西边有“屏山蹲踞”，恰似靠椅护圈，村南侧有“簪峰耸秀”，恍若笔架高悬，村北有砚山起伏，好像叠案宝砚，村前则是带水环绕，沃野平川，所以，古称环山。无论是从古代风水学上看，或者是从现代环境学上讲，大陈都称得上是一方宜居适人的风水宝地。

“派由大坂，族衍须江。”六百多年前，唐越国公汪华第三十世嫡孙汪普贤，天资聪颖，博览群书，襟怀旷达，不喜仕途，精于医道，志在悬壶，曾著有《医学直格》二卷。深受常山县令李希颜、张敬凤的尊重，被他们称为圣世处士、心齐良相。普贤公晚年游历须江大陈，因钟爱这里的山环水潆，风土淳美，于是，由常山举家迁徙到此落户衍族，遂成一代环山始祖。

村歌，让大陈书香四溢。

“踩着青石的小径，穿过碧绿的荷塘。我们听到书声依然响起，在萃文书院的那个地方。”村歌《大陈，一个充满书香的地方》，深情款款地道出绵延大陈三百年的书香文脉，唤醒一个个名重当时的文人学士。

“一字文星排甲第，周围秀气毓丁男。”自古山川之灵，必毓人文之秀，天地所钟，必萃精华之英。事实的确如此，大陈，自普贤公迁居以来，尊儒重教，崇文向学，世有簪缨，代起英贤，文章彪炳，薪火相传，涌现出许多名重当时的社会贤人。主要代表人物有：顺治年间补博士弟子员、人称急公近义的汪光国，康熙年间首建宗祠的汪德璟，道光年间任洛川、榆林、三水三县知县的汪日丙，道光年间篆江苏嘉定县丞、萃文会创始人汪青，咸丰年间衢州首富汪乃恕，杭州西泠印社第一批艺术家之一汪新士，民国福建省税务局局长、首创萃文中学的汪汉滔，名医汪春瑞，名列《中国工程师名人大全》的汪真年，获匈牙利人民共和国柯达伊奖状及奖章、享受政府特殊津贴的音乐家汪培元，革命烈士汪克昌、汪麟趾，获国务院有突出贡献专家称号、享受政府特殊津贴的汪良宣……

如果说这些贤达得益于大陈的风水之灵，那么萃文中学三百年的琅琅书声，则源自大陈人尊师重教，兴校从学的礼乐家风。

康熙五十三年（1714），环山汪氏宗祠落成，祠堂的廊屋是童子读书的地方，这就是萃文中学的雏形。同治十一年（1872），以汪膏为首，合族倡创“萃文会”，以三百七十亩田产租金用于办学经费，还另设就学津贴、应试补助、升学奖金等激励经费，使得四方从学者如云，学业大成者有加。此后，历经萃文义塾、萃文小学、萃文中学、江山初级师范学校等数次华丽变身，萃文学堂始终是名重乡里、声播三衢的教育重地，多少学子从这里走出，先后登上社会各界领军人物的绚丽舞台。这不能不再度验证大陈书香浓、萃文精英多的说法。

而至今仍傲立在校园内的那块天造地设的鳌头形笔架砚台石，则成为萃文学堂天生的吉祥物，荫佑着大陈古村绵延不断的文脉，辐射着远近学子金榜题名的文运。

村歌，让大陈民心渐聚。

“妈妈的慈爱游子的祝愿，浓缩进芳香可口的大陈面，不管我们走得多么远，故乡永远在我们的心间。”

在情深意切的歌声中，大陈村民找到久违的自我归属感、集体荣誉感和社会责任感，民心渐聚，民风日正。在“三改一拆”“四边三化”“五水共治”“生猪整规”“田园里·大陈休闲农庄”等惠民工程建设中，村民们表现出很强的大局观念和奉献精神，个别喜欢无中生有、搬弄是非，被人戏称为“小军师”“小广播”的村民，也先后判若两人，摇身一变，成了美丽乡村建设的义务宣传员，还自编小曲《我们的明天有多好》，在村庄内走街唱巷。

在情深意切的歌声中，大陈村民回顾大陈先祖尊儒重教的育人理念，重温大陈先祖母慈子孝的敦厚家风。潜移默化，微雨润物，在自我陶醉中续写着翰墨书香、慈母孝子等现代版传奇故事。党支部、村委会则在每年农历十月，召开全村表彰大会，表彰由村民普选出来的“卫生示范户”“孝子贤孙”“好媳妇”等正能量典型。

在情深意切的歌声中，那碗浓缩着大陈几代人记忆，散发着妈妈体温，寄托着母亲慈爱的大陈面，也走出青石小巷，飘进千家万户，成为传播文化、富庶乡里的当红品牌。

村民聚沙成塔，村庄盛名远播。目前，大陈村拥有浙江省第六批“历史文化名村”“浙江省文化礼堂建设示范村”“浙江省爱国主义教育基地”“浙江省宣传文化思想教育基地”“中国十大最美村庄”“国家3A级景区村”“全国百个宣传思想文化工作示范点”等多张金名片。

村歌，让大陈幸福延伸。

岁月未曾老，缘来便是春。心曲绕梁日，美梦亦成真。

那座曾经恢宏当世，也曾一度落寞的汪氏宗祠，借助首届中国村歌之星总决赛地的机缘，重新焕发了青春与活力，通过追溯时空、还原历史、赋予生命，大陈村民在这里找到了乡愁的记忆、文化的营养、精神的慰藉、心灵的安详。凝视那张场面宏大的全村福彩照，你会读懂什么叫千里之外、心系故乡。

那条曲径通幽、穿越时空的青石小巷，长者可以悠闲漫步，寻觅祖宗的剪影，聆听先人的教诲；邻居间可以端坐门前，友好地袒露心底的秘密，无忧地分享生活中的趣事；情窦初开的男女可以月下双牵手，在花开的声音中呢喃细语，总角少年可以自由地追逐嬉戏。也可以到红军纪念馆，遥听粟裕将军等革命前辈讲述北上抗日的壮烈故事，缅怀烽火年代的金戈铁马，珍惜平安祥和的今日时光。

每年农历十月初十的“麻糍节”，是大陈村民感天谢地的日子，每逢这一天，村民都会敲锣鼓、唱村歌、跳排舞，在芬芳诱人的麻糍香中，盛邀亲朋好友，共享丰收的喜悦，感念上苍的福泽。如果有丹青妙手即兴素描，这幅画的名字一定叫作《幸福家园》。

都说“一屋不扫，何以扫天下”。大陈村民奉行朱子治家格言，做到黎明即起，洒扫庭除，内外整洁，以期养成做人勤奋、做事利索的良好习惯。在清洁家园活动中，大陈村更是创新性地提出“地面清、桌面净、灶面明、脸面亲”的口号，以此“四面”作为文明家庭、文明村庄的衡量标尺。

祠堂前有百亩荷塘，摇曳的荷叶，婀娜的荷花，绿了仲夏，红了田野。

与荷花塘隔路相望的是“田园里”，连片面积五百亩，由乡贤投资一亿八千万元拓建而成.在这里，可以捕捉农耕文化的气息，拥吻现代农庄的妩媚。

以汪汉滔故居为形象代言的徽派民宿，由大陈村投资四百万元修缮而成。入住其中，虽然不能观涛听海，但“朱楼四面钓疏箔，卧看千山急雨来”的意境绝不会是一种奢侈。

投资七百万倾情打造的灯光秀，是一道视觉大餐，通过现代科技元素，全方位展示大陈的古村之风，七彩之韵，魔幻之美。

兼具特色品尝与影视拍摄功能为一体的美食街，已经与某公司初步达成投资意向，当业态完美呈现之时，相信带给人们的不仅仅是嗅觉、味觉的愉悦，如若机缘凑巧，或许还能过一把演员瘾，圆一回明星梦。

轻轻地挥挥手，与昨天告别。今天，如果走进大陈，看到的是窗明几净，听到的是笑语欢歌，闻到的是暗香浮动，感受到的是幸福就在身边。

一方山水，养育六百年望族。一座礼堂，延续三百年书香。一曲村歌，唤回远去的乡愁。一个村庄，追逐不变的梦想。

2018-05-16

慕仙松

江山市保安乡赵宅门村，有一石桥，名曰“慕仙”， 始建于1924年，乃当地戴氏族人筹资兴建。桥头有一古松，树龄两百一十五年，乡人尊称其“慕仙松”。至于此树因何而名，此桥是否因树而名，众说纷纭，皆属演绎。

单说慕仙松，撑持天地，临空拍云，颜值担当，圈粉无数，见者无不叹曰：古朴苍茫，形神皆备，当与名满天下之黄山迎客松相媲美。

也曾携友人，驱车赵宅门，肃立慕仙桥，仰观慕仙松。凝眸处似有仙气缭绕，静默间又觉灵气充盈，人在树下，甚是渺小，与之相较，有如微尘。

时光有意，生命无常。2015年，遭俗称“松树癌”的松线虫病侵袭，原本风华绝代的慕仙松萎靡不振，虽经长达四年的专业救治，终究没有再现生机，于2019年的萧瑟秋风中绿尽脂枯。一缕元神，剪断岁月。

令人费解的是，松线虫像是追星族，它于环绕群山中的成片松林秋毫无犯，独对卓尔不凡的慕仙松不依不饶，此种有悖常理之异象，业内专家也莫衷一是。

纵然有千般不舍，慕仙松还是走了。忝为“松粉”，感慨良多，故写一百七十字，权当铭文。

是曰：

慕仙桥头，无仙可慕。慕仙松下，有情可诉。

携两百年烟云，顾三千里江山，舍高富帅之颜值，别赵钱孙之松粉，驾鹤远遁，随风转身。爱者无奈，惜者唏嘘！

生命轮回，自有定数。老者去，少者长，幼者生，来者孕，自然法则，顺势而为。

选择独自离去，让出生命空间，更把沃土留下，供养后续琼林，松之品性，柏之精神。

相信若干年后，依旧慕仙桥头，复有挺拔华盖，再见枝叶扶苏！

2019-11-25

就让她这样羞涩着

幽谷芝兰，高雅而朴素，含蓄而芬芳，谓之羞涩也。而在传统语境中，羞涩一词，则多以喻人。

以前，有多少妙龄少女，在碰到陌生人的瞬间，都会轻轻地扭过头去，让乌黑的长发柔柔地遮住满月般的脸儿，双手摆弄着素衣裙角；如逢问话，小嘴未开双颊便早已微微泛红，即便开了口，那也是莺声燕语，欲言还休。那一份青葱、羞涩、含蓄之表情，那一种碧玉小家、楚楚动人、天然朴素、深闺典雅之仪态，除了给人以柔若清风拂轻尘、娇似醉燕啼寒山的悦目赏心之美感外，又会激起人们多少的爱恋，多少的遐思。

到了时尚文化移步换景、摩登女郎目不暇接的今天，这种羞涩已经成了一道难得一见的原生风景。除了在久远年代流传下来的仕女图上，还多少可以意会到那种古典式的传神，在现实生活中，再想欣赏到已近乎奢侈。

说到羞涩，不能不非常自然地联想到碗窑。

碗窑，灵山秀水，深涧幽壑，历史积淀丰厚，民俗特色鲜明，是一个极具诱惑的地方。早在2004年，这里就被授予“浙江省生态乡”的荣誉称号，2010年，碗窑更是荣登全国生态乡之高座。得此殊荣，当非幸事，乃实至名归。

她位于江山城东郊，距城八公里，与瑰丽的江山城隔须江而相望，在方圆一百一十平方公里的土地上，青山眉黛，风水含情，无论是闲步在蜿蜒十公里长的月亮湖盘山公路，或是驾一叶扁舟荡漾于碧波万顷的月亮湖，你都尽可以恣情领略四季换景的松涛竹海，醉心观赏美不胜收的七色百花，也可以凝神谛听空山鸟鸣、深涧猿啼。如果想体味一番野趣风情，那么，石顶杨梅、大龙西瓜、山中杜鹃、野生树莓、名品猕猴桃、金龙中蜂蜜、天井板栗、高山茶油，以及桃李杏梅等名果佳蔬，同样会让你目不暇接，惊艳如入蟠桃圣境。

碗窑不仅有青山如画，更有秀水如歌。因境内气候温和，雨量充沛，加上群山环绕，沟壑纵横， 十八里主集雨纵深，水系密布发达。源远流长的达河溪，属须江支流，她源于碗窑境东南塘源口溪，转西北纳金村溪并流，至下游再纳下坂、箬坞诸水系，自下源口，经凤凰山、桑淤、外垄注入须江。

因看好这里的灵山秀水，1992 年 1 月，国家计委委托水利部设计立项，江山市委市政府举全市之力，投资两亿七千万元，于 1993 年 4 月 10 日破土，至 1996 年 7 月 1 日下闸蓄水，历时四年余，在碗窑修建了集雨面积达两百十二点五平方公里，总库容两点二亿立方米的国家大二型水库。该水库的建成，不仅缓解了下泄洪峰流量，保护了下游城市的安全，也为当地平添了一个调节小气候的人工湖，使本就宜人的生态环境更显得四季分明、温文尔雅，春有百花秋有月，夏有骄阳冬瑞雪，成了碗窑自然魅力的真实缩写。

不仅如此，还因其水域四周青山如碧，水源涵养丰沛，源头更无污染，所以，水体清澈，水质清冽，照可为镜，掬可以饮，成为江山市区最为优质的主饮用水源和次生产水源。

深厚的历史文化底蕴使碗窑显得沧桑而又深邃。有确凿的文献实物资料表明，碗窑历史悠久，文明璀璨，在这片丰厚的土地上，珍藏着商代、西周、春秋、隋朝、宋朝等五朝远古文化遗迹。据《江山县地名志》记载："碗窑村，相传，北宋时期在此建碗窑，故名。又传，明朝福建布政使班琴曾来此扩建，有一百座窑厂，在村南坞山上有宋影青窑址，系市文物保护单位。"现在，达河窑址群已被浙江省人民政府列为重点文物保护单位。碗窑制瓷历史，可从明清追溯到北宋，前后历经八百多年，所制青花瓷，远销浙闽乃至海外。

1967 年，在上江坝的上高山出土了六件春秋时代的青铜编钟（现藏浙江省博物馆）。1969 年，在源口又发现西周文化遗址。在孔溪垄、上江坝、达河灰山等地还发现有商代文化遗址，出土有石镞、磨制石器及先民生活用的瓷器等物品。1985 年，在淤头基达目坞发现隋仁寿三年（603）墓，墓主为周兴父辈，即今境内周姓之先祖。

这些镌刻着历史印痕的古文明遗迹，对于传递积淀深厚的历史信息，探寻源远流长的农耕文明，拓展日新月异的乡土厚度与深度，有着不可复制的人文地位与传承价值。

如果说悠久的历史文化为碗窑附加了一抹沧桑，那么，鲜明的民俗文化特色则为碗窑平添了一份飘逸。2007 年，碗窑谱写了自己的乡歌《碗窑美》，以其浓郁的民俗韵味，婉转高亢的曲调，精致朴素的歌词，将古瓷文化、生态文化、地方农家乐文化演绎得淋漓尽致，荡气回肠。在 2010 年 5 月 29 日举办的“首届全国村歌小康之星走进幸福乡村”比赛中进入决赛，在 2010 年 10 月 31 日启动的“全国第二届村歌评选”活动中，《碗窑美》从全国各省区市选送的一千两百首村歌中脱颖而出，高票入围五十强。2011 年 1 月 16 日，在人民大会堂举行的“全国第二届村歌十大金曲”评选活动中再度胜出，荣膺“全国村歌十大金曲”桂冠。以表现碗窑人纯朴、热情、好客为主题，自编自演的情景歌舞《碗窑农家迎客来》，在首届全国村歌之星颁奖文艺晚会上荣获三等奖。

以碗窑村为集聚地，绵延五华里，以日月湖、月亮湾、民俗村、新农村、穗丰农庄、华清山庄、湖山食庄、杨家大院等为代表，依山而建，傍水而居，炊烟袅袅的木屋竹楼，是年营业额超千万的农家乐群，业主们在创造着非采伐型森林产业经济的同时，以传统的山乡原始风味，纯净的原野特色佳肴，执着地诠释着本土饮食文化真谛，并由此驰名三衢，名扬沪杭。

都说山不在高，有仙则名；水不在深，有龙则灵。碗窑还有许多脍炙人口、令人遐想不已的美丽传说，也有许多风姿绰约、令人流连忘返的旖旎景观。古窑址、凤凰山、千岩洞、石壁寺、正德沐浴池、松哥枫姐神话等名胜古迹，引导你对话历史，神游时空，在轻松与宁静的氛围中忘却尘世间所有的烦恼；而月亮湖、陈列馆、投桃亭、百草园、百年桂花王、蜜蜂博物馆、CS 野外拓展基地等生态元素，则驱使着你亲吻自然，感受野性，在阳光与泥土的芬芳中获得快乐的理由。

月白风清偏宜夜，落叶无声最迷人。正是因为碗窑虽近城而无铅华、虽乡村而不偏僻的优越地理、虽现代而不失古朴、虽美艳而不失矜持的优雅风度，正是因为碗窑山既多而林且密、天既蓝而水更丰的优美环境，林产业既原生而具规模、林产品既丰足而又纯净的优质资源，碗窑就无可替代地成为江山城的后花园，成为江山城一道秀丽的东南生态屏障，成为众多厌倦了都市繁华的市民们亲近自然、访古觅幽、休闲旅游、野趣采摘和放松心情的悠然去处。

我曾试图找些美好的事物或者词语来定位并赞美碗窑，可发现竟是徒劳。用花园来形容，则无其雕琢之痕，而多其苍茫之气；用隐士来比喻，则无其遁迹之嫌，而多其入世之功；用丹青来表述，则失其天然之灵，而多其粉黛之俗。

倒是不经意的一个话题激起了我的灵感。那是一个飘雪之夜，几个友人相约，也附庸一回文雅，学古人围炉煮酒赏雪。席间，有人说："如下一步乡镇撤并，碗窑乡将归并到街道办事处。"就这一句话，关于碗窑的定位刹那间浮现在我的脑海。相对管辖城区的街道办事处，碗窑应该是一个荆钗布裙的山村少女，一个明目皓齿的妙龄少女，一个青葱而不摩登、羞涩而不妖娆的山村妙龄美少女，她的名字叫"小芳"！

既然是个羞涩的山村妙龄美少女，那么我就想了，在人们大谈生态回归、原始保护、可持续发展的今天，在城市高速发展、社会高度文明、污染辐射乡村的今天，在消费追求绿色、生活渴望本真、社会需求多样的今天，我们完全应该凸显个性、特色定位、分类指导，前瞻性、指向性、可持续性地保留并保护这样一块相对原始宁静的空间。

也许有人会说，现在已是城乡一体化了，此等小乡，存之何益。我却不以为然。所谓城乡一体化，其主旨是统筹城乡在规划建设、产业发展、市场信息、政策措施、生态环境保护、社会事业发展上的一体化，建立以城市为中心、小城镇为纽带、乡村为基础，城乡依托、互利互惠、相互促进、协调发展、共同繁荣的新型城乡关系。而绝非是片面追求大而全，不分区域，不论特色，不察民情，仅从地图上生硬地把城乡糅合在一起。如果是这样，大是大了，全也全了，但充其量也只是个性全无、非城非乡、不伦不类的四不像！

最简单的道理就在于，中国的土地上不应该也不可能布满高楼，不应该也不可能没有乡村，城市与乡村，本就应该是两道空间独立、风格各异、相互辉映的风景。这就好比那江南丝竹与西洋爵士，前者是月下抚琴，虽无人但清雅，虽朴素却脱俗，在这样的意境中，无疑能体会到那种天地人融为一体，飘飘然如同出世的返璞归真之美。而后者恰如塞上奔马，热烈而又奔放，华丽而又迷离，在那样的氛围中，不由得让人如痴如醉地释放出本能的激情与冲动，酣畅淋漓地激荡起生命中的卓越瞬间。又好比是豆浆与咖啡，同属饮料，却各有各的味道，各有各的喝法。喝惯了咖啡，不妨去尝尝豆浆，以品尝不同的风味。而如果硬是将两者搅混在一起，那么，岂非成了既无豆浆之清香，又无咖啡之清苦，谁也说不清道不明的“咖啡豆浆”或“豆浆咖啡”了吗！

彩虹因七色而绚丽夺目。因此，我们说，在这个世界上，在我们的生活中，只有让多中心、多层次、多样性、个性化的事物，既独立又有机地相互并存，才能把整个社会装点得绚丽而又多彩，才能给我们移步换景，耳目一新，拥有多重复式的美的享受和愉悦。

有这样一个故事，一个名叫格登·汉普顿的普通市民，为保持奥林匹克公园恒定二十六分贝音强，他持续地奔波呼喊，最终得到周边企业的理解和支持，某航空公司还特地为此改变了多年来飞越公园上空的航线，最终，奥林匹克公园成了有“世界第一静”之美誉的公园。汉普顿的理由是：城市应该留下一个宁静的去处，在这里，最大的响声应该只有树叶飘落的声音。

只有树叶飘落的声音，这是多么的诗情画意。

应该这样说，城市元素、时尚元素，未必就是绝对的文明元素；乡土元素、传统元素，未必就是非淘汰不可的落后元素。当我们听惯了艄公的号子，自然会对收音机产生更大的兴趣。而当我们腻味了那些歌词不知所云、主题扑朔迷离、意境似真亦幻、唱腔矫揉造作的流行歌曲，来上一段《梅花三弄》，一曲《春江花月夜》，一首《月光下的凤尾竹》，又何尝不让我们如闻天籁；当我们看惯了摩天高楼、霓虹彩练，那小桥流水、大红灯笼，又何尝不让我们眉眼含波；当我们走惯了飞虹长街、流金大道，那细柳曲径、鹅卵沙滩，又何尝不让我们足下留香。

为保留那一种原始风味，为守护那一方静谧之美，何妨让“小芳”就这样羞涩着，让碗窑就这样“乡”着。

2011-01-10

延伸着的美丽

十万青山重叠翠，百万秀水轻扬波。
条条通道荫蔽日，村村庭院绿婆娑。
柳岸荷塘迎画客，白鹭鱼儿竞逐波。
桃李暗香催人醉，农家味醇饮者多。

短短五十六个字，写不完碗窑山温水软、鸟语花香的生态神韵，道不尽碗窑风姿妙曼、心旷神怡的动感魅力。

碗窑，以宋代百座古窑而得名，以十八里月亮湖而扬名，更以多元素原生态农家乐而驰名，堪称吃在山中、游在水中、采在园中、住在林中、乐在其中之休闲胜地。

从江山市区出发，穿彩虹桥，越江衢路，迎须江溯达河，八公里长的江碗林荫大道，白杨林立，遮空蔽日，无论是驱车穿越，抑或是徒步缓行，都犹如穿行在一条如封似闭的森林隧道，即便是在盛夏季节，也是太阳屏蔽，暑意全消。霜秋时节，原本绿意盎然的树叶渐渐变黄，随着风儿纷纷扬扬，恣情飘逸，为道路、村庄、田野描绘出了一幅风华秋色。

途经虎形山，便是全长两千米的达河绿色走廊，这里绿柳低垂，红杏含笑，茶梅、罗汉松、红叶石楠等乔灌花木错落有致，多重复式的人工美景、暗香袭人的曲径步道，常常让钓客流连，令游人忘返。

波光潋潋倒映月，荷叶田田青照水，是对达河段八十亩荷花水面的情景写意，每当农历五月，荷叶承珠，莲花竞放，达河溪顿时成了凌波微步莲世界，污泥不染花海洋，那种飘逸出尘与高贵脱俗的婀娜，吸引了众多省市内外书画摄影爱好者慕名前来观光采风，更有那些即将踏入婚姻殿堂的痴情男女，也纷纷到此定格人生最美丽的瞬间。

坐落在碗窑村的社山森林公园，是一座独立的全坡小山，面积十六亩，它三面环路，西边临河，状如出水伏龟。近五十年的自然演绎与封闭式保护，使得社山郁色苍茫，葱翠欲滴，山上林木森森，树种针阔相间，林间几无杂草。经过适度人工雕饰，仿古亭台若隐若现，鹅卵小道曲径通幽。俨然一个今古合一、浑然天成的绝佳休闲氧吧。

沿碗窑水库大坝靠岭后方向走，投桃亭会向你真情诉说一个动人的爱民故事，陈列馆则向你娓娓道来碗窑的今昔变迁。而当你伫立古宋窑址，让思绪穿越时空，任谁都不能不为先人的青花瓷制瓷境界而叹为观止，并由此对前辈古人的绝顶智慧、妙手神功，以及这里深厚的文化孕育而肃然起敬。

在这里，来此休闲旅游的四方游客可以真正邂逅“桃红杏白一村香，袅袅炊烟动霁光。好是牛羊归去后，闲着翁媪话农桑”的田园之气息，出世之飘然。

踏着“幸福乡村”的温馨节奏，碗窑将不断延伸着碧水蓝天、低碳高氧的千种风情，万般妖娆！

2009-05-18

桂花王

2013 年 11 月 12 日，十数位专家学者齐聚衢州，从衢州各县市区推荐选送的两百多株古树名木名录中，分别评选出领衔衢州古树名木界的“树王”和“百佳古树”。

碗窑乡天井村下床自然村的一株金桂，以其饱经沧桑的历史、精美绝伦的品相、独立高贵的气质，以及神乎其神的灵性，脱颖而出，荣登“树王”宝座。

这是首次以官方的名义，给这个穿越时空、承载历史、卓尔不凡的大自然精灵冠以“王”的封号，也同时首肯、坐实了民间送她的“桂花王”之美称。

这株金桂，生长在下床自然村早先望族周氏祠堂正门，是周氏族人兴建祠堂时，由族中长者亲手种下，取族中儿郎蟾宫折桂，全族上下金玉满堂之意。

据专家考证，这株金桂始栽于明崇祯年间，距今约有三百九十年树龄，树高约十五米，树冠直径约十八米，主干胸围三点四米，在根部向上不到两米处分株生长成“Y”字形，通身枝繁叶茂、冠幅周圆、形如华盖、亭亭玉立。

据当地老人说，乾隆下江南巡视江浙，有官员奏报周氏在地方上办学兴文、惠及子孙的义举，于是，亲笔题词“正大光明”匾额，悬挂于祠堂正中。所以，这株金桂，不仅秉天地之灵气，承日月之精华，而且还受帝王之雨露。令人扼腕的是，这块乾隆手书的“正大光明”匾额，在早些年被妙手空空遁走，至今杳无音信、查无踪迹，原先恢宏的祠堂也只剩下了残垣断壁，遗迹尚存，风华不再。

独有这株金桂，虽历经近四百年的星移斗转、沧海云烟，却是愈老而弥浓、经年更含香，而且蕴藏着太多令人惊讶之余转而信服的灵性。

2007年，几十年一遇的冰雪冻害来袭，成片的树木被压垮压断，但这株金桂竟依然挺立，没有只枝片叶被冻倒折断，村民为之称奇不已。

盛夏季节，山上修竹千篁、山蚊穿梭，而独独这金桂树下，却是清香拂面、蚊蝇绝迹。所以当地村民都喜欢在烈日炎炎的中午或月白风清之夜，来到这绿叶婆娑、日月移影的金桂树下消暑纳凉。

更为当地人津津乐道的是，但凡有哪家的孩子出现无名焦躁或莫名啼哭的症状，大人们只要抱着孩子，来到这金桂树下，点上些许香火，朝它合十参拜一番，过后不久这些小孩竟都破涕为笑、欢快如初了。

或许，这些发生在金桂树身上的故事，有的是确有其事，有的是机缘巧合，有的是源于人的敬畏之心而加以演绎。我曾多次靠近她，端详她，遐想她，徜徉在她的领地里，凝神倾听她的生命节奏，屏息感受她的强大气场。凭着对大山的情感和对生命的感悟，我可以肯定地说，这株金桂的确是有生命的，有灵性的，她的身上具有佼佼不群的高士气质、王者风范。因为，每当我进入她那遮空蔽日的华盖之下，便有一种“身入蟾宫羞折桂”和“王者座下，安敢放肆”的莫名敬畏感。

正是在这样一种只可意会不可言传的情感驱使下，在一个秋风盈桂香的日子，相约分居在金华、杭州、福州的亲眷，携妻带女，举家十数人前往下床，虔诚地与这株尊荣的金桂进行了颇具民俗风的亲密互动。既是让孩子们一睹她的尊容，感受她的尊贵，也以期在尊重她的同时得到她的眷顾。虽然在临走时，我们并没有带走她的一枝片叶，只捡走些飘落在树下但并未零落成泥碾作尘的干花，但我觉得，这已经足够。

因为我相信，人们所有对于她的尊重与虔诚，本质上也就是对最为朴素、最为高贵的大自然的尊重与爱戴，而对大自然所有的尊重与爱戴，也一定会得到大自然无私的恩赐与馈赠。

何况这树中翘楚、桂中王者！

2013-11-27

正是油茶采摘时

霜降后三到七天，正是油茶成熟度最高、茶油品质最优，当然也是茶果采摘最佳的时节。这时，居住在碗窑乡月亮湖库区大龙、金龙、天井等地的山民们，便显得格外忙碌起来。有的夫妻相伴，有的父子并肩，有的爷孙同行，清一色腰扎围裙、手拎竹篮、腋夹编织袋、肩挑圆箩筐，分路登上龙井顶、大洋坪、塔下台、老佛殿岗等流淌着美丽传说的烟云湖山，喜滋滋地收获给他们带来财富和健康的油茶。

油茶是我国独有的珍稀木本油料树种，它的栽培与食用历史可追溯到三千年前。

由于油茶是在头年十月开花，次年十月果熟，果熟之时，新花又开，花果同树连枝，整个生命周期正好是一年四季、十二个月、二十四节气、三百六十五天，即地球绕太阳公转一周。因此，茶油尽得天地之灵气、日月之精华。

正是因为它在生命哲学上独特的完美性，所以，茶油被科学界誉为“液体黄金”“长寿油”“月子油”。而油茶树也当仁不让地被称作“东方神树”。

这样说，或许多少还有点哲学概念上的抽象。但早在我国古代，许多书籍就对茶油赞誉有加。如《农居饮食谱》就有这样的记载：“茶油烹调肴馔，日用皆宜，蒸熟食之，泽发生光，诸油唯此最为轻清，故诸病不忌。”

所以，在山区农村，每逢农忙时节，女主人会舀两三调羹茶油倒进碗里，再打入三个鸡蛋，放在饭甑里头蒸熟，放少许红糖，做成“茶油炖蛋”,给家中的正劳力增补;家中有谁体虚少精神,一般不看医生,“茶油炖蛋”便是提气养神的首选;妇女怀孕、产妇坐月子,总有颇多忌口,唯独茶油,非但不禁,还要三餐食用,如此便可益胎增乳,且使发如乌云、肤如凝脂;若有贵重客人来家,也会在饭前奉上一碗“茶油炖蛋”,以此表达主人对来者的尊敬。

正是基于油茶本质上的高贵,多少年来,碗窑的山民们爱油茶、种油茶、食茶油,与之结下了不解之缘,也从五千亩的东方神树那里获取了丰富的营养、不菲的财富,并滋润着他们朴素而又精致的生活。

要服食到纯正精美、香润可口的茶油,亦非易事,山民们还得付出艰辛的劳动。采摘时节,他们要攀枝爬树,将一个个尚未开裂的油茶果摘下,同时拨草翻叶,捡拾因油茶果开裂而掉落到草丛枯叶里的油茶籽,分袋、分担地肩挑背扛运回家;挑天气晴好之日,将油茶果摊开在太阳底下晒上数天,让油茶果充分开裂;再用手工将油茶籽剥落;脱籽后,还得将油茶籽进行二次翻晒,直至透干。

早先制作茶油的工艺叫压榨法。

压榨法是传统的工艺,它的工艺流程甚是复杂,先是将干透了的油茶籽倒进石臼反复捣成盐状颗粒,再将油料上锅炒焙至清香弥漫,复将油料装到木制大饭甑里蒸到透熟,出蒸后待其微凉,而后将油料用稻草两面包裹成圆饼状,用钢圈固定住,依次装进木质或钢质的油车内,通过物理挤压法榨出液油。浸出法则相对简单,选用溶剂油,将油茶籽充分浸泡后直接高温提取即可。

值得一提的是,就油的品质而论,当以压榨油为上品,而压榨油中,又以熟榨油为上乘。食用时,大可不必加热,完全可以和着酱油辣椒等佐料直接拌到饭菜里,绝对不会闹肚子。上面所介绍的正是压榨工艺中的熟榨油。而生榨油,则省略了一个至关重要的炒焙工序。据了解,这种熟榨工艺,目前,只有碗窑天井等少数地方硕果尚存。

当人们的饮食消费观念日趋本真、天然、绿色的时候，当大山里那些早先并不起眼的土货一跃成为都市新宠的时候，完全有理由相信，油茶，必将成为碗窑兴林富民的宠儿，成为碗窑一乡一品的主力军。

这，也是我从山民们那写满笑意、透着滋润的脸庞上读到的。

2012-10-31

油菜花儿为谁美？

芳菲二月，田野垄中。着生在油菜主茎和分枝顶端的油菜花竞相怒放，流光溢彩，向人间发出了春的邀请。

在那远山近水处，蜂飞蝶舞，倩影婀娜。如果让思绪放飞，相信在陕西汉中、江苏兴化、湖北荆门、云南罗平、重庆潼南、青海门源、浙江瑞安、上海奉贤、江西婺源、贵州贵定这十处被誉为中国最美油菜花海的地方，更是游人如织，访者如云。

随着初夏的来临，如此让人赏心悦目的油菜花，经过初花、盛花、终花三个小周期，渐次进入油菜角果的绿熟、黄熟、完熟期，在那花海金波的油菜田里，再也见不到蜂采蜜忙、蝶恋花酣，再也见不到郎君醉卧、女儿吻香。代之而来的是那些貌似没有诗情，其实本身就是一首诗的农夫们，躬身在难以计数的油菜角果丛中，一垄垄地收割着，一垛垛地码放着，而后踩着欢快的节拍，一担担、一车车地往家里运送。

经过一番如此这般的连杆翻晒、手挪脱籽、过扇去尘、纯籽复晒，接下去就是榨油了。

它的榨油工艺与油茶相同，略有区别的是，在经过第一次压榨之后，需要扯去包在菜籽饼外面的稻草，再进行入臼复捣、上甑复蒸、打饼复包、装车复榨，这样，才可将油菜籽含油完全榨干沥净。

或许因为油菜籽浑圆饱满、柔光铮亮的外形，内在含油量丰富，而且是老百姓居家生活不可或缺的油料，所以在生活中，往往会用“菜籽”一词比喻某人，夸某人或玉树临风，或才华横溢，或事业有成，或前程不可限量。

油菜花终将谢幕，菜籽油会很养人。

古人今人咏油菜花的诗词有很多，但我最欣赏的是乾隆皇帝的《菜花》诗："黄萼裳裳绿叶稠，千村欣卜榨新油。爱他生计资民用，不是闲花野草流。"这首诗，一扫文人骚客的风花雪月之气，从为君王者当轻徭赋、重农桑、励耕作、以民为本的治国高度，从本质上揭示，油菜并非只是供闲客赏玩的闲花野草，而是资百姓生计的益草良花。

油菜花儿，你为天下苍生而美。

2014-05-23

这是什么蚂蚁？

清晨，登顶西山，当太阳从青雾葱笼的东峦初露，我已折返下山了。

在蜿蜒的山道拐弯处，一个约莫六七岁的小女孩蹲在地上，饶有兴趣地指着什么，当一位走在我前面的男子靠近她时，女孩很急促地叫道："爸爸，爸爸，快来看，这是什么蚂蚁？"还没等我回过神来，只听这个"爸爸"一声断喝："快起来，脏死了！"说着，就伸手去拉，女孩撅撅小嘴，拍拍小手，慢慢地站起来，被她叫爸爸的那个人牵着下山了。看得出，小女孩极不情愿。

我也为人父，家有小女，护犊情深，乃是天性使然。我理解这位爸爸，他的第一出发点肯定是怕女儿弄脏了手，或者怕女儿的手被蚂蚁咬了。让我感到困惑的是，这位爸爸为什么不正面回答女儿提出的问题，或者也蹲下来，和女儿共同探讨"这是什么蚂蚁？"反而采取这种简单的方式打断她自由畅想的思绪呢？

童心最可敬，童心不可欺。每个人小时候，都会对身边事产生太多的好奇，"天上有几颗星星？""月亮怎么每天不一样圆？""太阳为什么从东边升起？" "水怎么不会往上流？" "鱼儿的眼睛为什么不会眨？""稻谷为什么是先开花？""白菜为什么会长虫？"……

大千世界，朗朗乾坤，浩瀚无际，变幻莫测。面对太多的精彩，太多的未知，莫说稚童，即便是我们这些所谓大人，也未必能知沧海之一粟呢！孩子口中的"为什么"正是她一抹灵光的闪现，反映出她内心深处探求未知世界的渴望，孩子每一次的"为什么"都寓示她对事物的认知又进了一步。人类正是通过无数个“为什么”来解密宇宙间的神奇魅力、奥妙万千！

为汝解惑己亦明。我们没有理由不知，也没有理由不想知，更没有理由己不想知又不愿她知。从成长的角度而言，孩子的好奇，不仅有利于孩子自身接收更多的课外知识，拓宽视野，提高智力，也有利于孩子的自信心和成就感在知识积累过程中不断得到培养。对大人而言，孩子天真好奇的发问，也正是我们再学习、再积累、再提高的机会。即如这位小女孩提的问题，我们这些大人还真未必能够回答上来呢。因此我想，学会尊重、接受、解答，乃至启发孩子的好奇，学会欣赏、赞美、鼓励，乃至感谢孩子的好奇，或许应该是我们这些大人不可推卸的职责，是明智之举，是理性之爱。

世界是多元化的，知识是多门类的，人才是多层次的。我们不能让所有孩子只会埋头读书，循规蹈矩，要倡导孩子独辟蹊径，个性思索，让他们纵情探求：这个世界除了1、2、3，A、B、C，还有什么？所以，面对孩子的好奇，我们大可不必感到不可思议，也不要顾虑离经叛道，更不要因为不懂，或不愿花心思去弄懂，却为了在孩子面前保持长者的尊严，采取另外一种貌似关心实为掠夺的理由喝斥、制止孩子。这样，孩子自由畅想的思绪将被迫打断，幼小稚嫩的自尊心将重度受挫，天真浪漫的好奇心将瞬间消失，初露萌芽的求知欲将逐步减退，匠心独具的个性创意将悄然淡化。

毋容讳言，这是以爱的名义实施的非爱性掠夺。它掠夺的不单是孩子自尊心、自信心、好奇心、求知欲、个性化，严格一点说，是孩子不可预知的未来。

纵观历史，每一次的进步都和创新成果息息相关，而每一次的创新成果无不源自奇思妙想。试想，如果不是瓦特对开水产生好奇，或许坐火车的历史就要改写；如果不是爱迪生经过一千六百多次试验，有没有电灯还不好说；如果不是袁隆平痴迷水稻杂交研究，整个地球极有可能闹饥荒……

就说这个好奇的小女孩，眼下虽小，但如果善加引导，又有谁能保证未来她不是一位生物学家呢！

2009-09-19

金樱子

不与繁花竞，临风独自开。

当姹紫嫣红的春花，满载着人们的惊艳和雀跃飘然离去，当夏荷、秋桂、冬梅等粉黛婀娜，还在深闺中素颜理妆、姗姗迟来，一种很少引人注目，很少登堂入室，古往今来也很少有文人墨客用诗词歌赋赞美她的荆棘之花，却以飞扬的风姿、灿烂的甜美，盛开在山坡原野，填补了暮春与初夏之交的芬芳空白。

她，就是金樱子花。

金樱子，是她的学名，而江山方言则叫“糖提花”。

近观金樱子花，可以看到一朵朵由五叶单生花瓣叠错而成的白花，亭亭绽放在主藤两边分枝的顶端，花型呈圆五角形绽开，花白胜雪，花蕊粉黄，在太阳照射下，耀眼夺目，波光流动，微风拂处，暗香袭人。

金樱子天性喜搭挂、善攀缘，柔韧的枝条总能借力身边的乔灌木向上游走，然后向四周伸展帘垂，所以，欣赏金樱子花，远望胜于近观。如果荡一叶扁舟，徜徉在波光涟涟的水川湖泊，顾盼那黛绿与鹅黄相间的两岸青山，一簇簇盛开的金樱子花，如烟花绽放，似珠帘低垂，胜飞瀑落珠。凝眸长枝飘逸，犹如簪花玉带，遍观灿烂朵朵，恰似碧空繁星。如果白云可卷，青山可裁，那么，这布满金樱子花的烟山云林，无疑就是一袭天然织就的黛底墨色白花衫。

金樱子不仅花可观赏，其花托还能结出假果，江山方言叫“糖提”。一般在 10 至 11 月成熟。除去表皮刺毛，剖开果实，剜去果壁软毛和籽，可以生食，也可蒸食，还可泡酒。

金樱子假果不仅可食，还是一味治疗肾虚尿炕的良药。

相传古时有一位三房单传的独子，因患此病久治不愈，一直娶不上媳妇，家人很是着急，碰巧一个采药老头路过，得知原委后，入山采来一种红色、梨形、浑身针刺、酸中带甜的小果实，此子数服即愈。而老头却在采药过程中不幸染上瘴气，不治而亡。这家人为感念这位不知名老头舍身赐福的义举，遂以老头身背的药葫芦上所系的金黄色缨子为吉祥物，去丝添木，将此药命名为金樱子。

岁月如歌，金樱不语。但如果懂她，就一定会首选她作为生态脆弱之地的绿化树种，让她在许多娇弱物种难以生存的地方，生根开花结果，繁衍生息，为大自然再造绿洲。如果爱她，也一定会非常乐意将她邀请到素园雅居，或做花圃，或做盆景，通过巧手整形，可圆蓬丰满，可长枝斜飞，可单花特写，让她成为堂前窗外的一道美丽风景。

然因她的棘手之故，在现实生活中，世人往往忽视她的丰美，放大她的尖锐，将她以“荆棘”而名之，以“障碍”而喻之，并以“披荆斩棘”而自我激励之。但我想，这是不公正的，这是人们太过求全、太过唯美的心态反映，事实上，任何事物都有她极其靓丽美好的一面，就像玫瑰也多刺，世人却赞誉有加，又何独金樱子！

相信只要用心欣赏她的人，就不会因为她的多刺而排斥她给盛夏带来的清爽；也相信没有人不为她那耐旱、耐贫瘠的坚韧而钦佩；更相信没有人不为她那不媚、自强的态度而动容。

金樱子花，她开得孤独，却并不寂寞，在山野林中，依然有几个忠诚的朋友与她相依相伴，那就是宛若金星、语笑嫣然的小野菊，还有那依稀可数、迟迟不肯春归的红杜鹃。

当然，还有我。

2012-04-29

西山惊魂

10 月 29 日傍晚 17 时 23 分，我像往常一样，从健身公园的入山路口，独登西山，至峰顶，已是 17 点 42 分。就在我倒走下电视塔的斜形水泥路时，突然，右小腿像被一个钢球重重猛击了一下，自我感觉被击中的小腿肌肉处仿佛从里面炸开一样，发出“砰”的一声轻响，当即疼得我屈腿蹲下，直冒冷汗。

当时，我以为是有人扔石块无意砸到我了，可环顾四周，除了飕飕的风声和沙沙的树叶声，竟空无一人，而且，我的直觉也告诉我，这绝非外人所为。倏忽间，我闪过一个念头，莫不是民间传说中的“着鬼箭”了？蹲在地上，摸了摸疼痛的部位以及周遭，虽腿肌剧痛，但幸好韧带和骨头没断。

此时，夜幕已沉，天色厚暗，俯瞰江城，已是万家灯火，山下健身公园里的排舞音乐，声声入耳。乍伤在即，孤身一人，在这山风猎猎、夜影婆娑的峰顶，心下自不免有些落寞。是何原因，暂且不论，下山，是眼下的当务之急。可右腿又麻、又胀、又疼，不能着力，如何下山？成了我面临着的难题。

都说勇者无畏。“不就是疼吗，又没有断，怕什么，总不成在山顶过夜吧！”我这样对自己说。稍事休息后，我用左脚强撑起身子，试着用右脚尖轻轻地踮地，稍做支撑，然后趁着朦胧夜色，基本上是用左腿拖着右腿，一瘸一拐地在依稀可辨的林间小道移步下山。

移了一小段路，夜幕更浓了，疼痛更甚，此时我觉得有必要求助。于是，我扶着山石，拨通了离我所处位置最近的朋友的电话，请他上山接应。得到朋友肯定的答复后，心里顿时踏实了许多。

西山殿，坐落在西山中上部，是供奉观音神像的寺庙。平日路过，我只是有意识地缓步轻声，以示对这位神话传说中法力无边，被民间奉为大慈大悲、救苦救难菩萨的感念与虔诚，可在今天，当我倚墙驻足，凝视她那慈祥端庄的描金塑像时，心中竟油然生出一份从未有过的亲切与仰慕之情，似乎现在的我并不孤单。那摇曳着的红红烛光，让我感受到一种家的温暖。

倚墙歇息片刻，精神稍长，我一边心中默念“阿弥陀佛，借我一支拐杖吧”，一边摸索着，从殿外柴堆里抽出一根微感硌手的木棍，右手拄着，这既是为了借力，同时也是为了探路，不至于因看不清路踩空而摔倒。

朋友夫妇相携的身影终于出现在我的面前。这种无推辞、重承诺的真诚友谊，犹如一股暖流在我的心灵深处悄然涌动。虽然上身赤裸，夜风微寒，但由于下山的吃力，加上友情的温暖，我竟是大汗淋漓，不觉丝毫的寒意。

后来是另一位朋友驱车前来送我回家的。忍着疼痛，也带着疑惑，我电话咨询了一位平日交好的医院院长，应该如何处置。没曾想，这位院长朋友竟带了两个人到我家，牵着我到了人民医院急诊，经初步诊断，医生说有可能是肌腱断裂，但精确结果要通过磁共振才能定论。

第二天，我第一个做了磁共振，检查结果表明，非肌腱断裂，而是软组织严重挫伤。至于是何原因造成的，医生也不置可否。按照医生的建议，除了吃些对症药，需静养半月以上方可好转。

我总算做了回宅男，但并不寂寞。很多热心的朋友不时地来电问候；还有的亲自开车接我出去，说是给我散散心，也压压惊；更有外地的朋友专程赶回，送来桃木精钢宝剑，以示驱邪保平安。

西山虽有惊，人间却有情。

2009-11-02

感恩寻踪

屈指算来，西山顶莫名伤腿足有三十天了，伤处也恢复如初。在这少动多静、深居简出的日子里，时不时想起那晚助我下山，却被我丢弃的柴棒。

今日，阳光甚好，我决定重登西山，既试试腿脚，也尝试把那根柴棒找回来。

柴棒是什么模样，我已记不太清，但如果拿到手上，定能感觉出来，而且，丢弃地点我依稀记得，应该是在山沟里，只是时隔一个月，它还在吗？

当猎猎的晨风将如棉的晨雾渐渐向山顶褪去，我沿着那天傍晚上山的路线拾阶而上。由于久静初动，向上登行，脚步略显生硬，呼吸也急促了些。

每一个石阶都很熟悉，只是过了一个月，山中的秋意更浓，吹面的山风已有明显的寒意。一路上，我且行且停，偶尔干脆坐下，倾听落叶的声音。约莫二十多分钟的光景，到了莫名受伤的斜坡，不知怎的，下意识生出一丝畏惧，伤处肌肉竟条件反射般地一紧，这两三步路，我轻抬轻放，生怕惊动了什么。

到了西山殿，我站在殿门口，双手合十，虔诚地向佛像鞠了三个躬，心中默念：“感谢您的柴棒，我要把它找回来，并奉还给您。”

愿是许了，可心里并没有太多的把握。因为入冬以来，为防范森林火灾，市森林防火指挥部组织人员对西山林道两旁二十米区间的可燃物进行了清理。看上去一节普通的柴棒，极有可能被当作可燃物清理掉了。

到了应该是我丢弃柴棒的地方，我朝着路沟张望，善哉！当真是皇天不负有心人呐，我一眼就看到了一根微曲带枝丫的柴棒平躺在沟里，潜意识告诉我，应该是它。

我沿着沟壁小心下到山沟，拿起柴棒，握了握，熟悉的手感让我确信，就是它。

于是，我拿着柴棒，原路折返，来到西山殿，把它放回原处。

下山的脚步，很轻松。

2009-12-02

珠江夜宴

都说广州黄沙水产市场的海鲜大餐久负盛名。10月20日这天，我等赴南方访友一行五人，与在珠三角经商并已在东莞定居、也是我们这次特访的挚友相约前往，既饱一回眼福，也大快朵颐一番。

傍晚六点时分，我们自驾两部轿车，从东莞出发，沿莞深高速悠然前往，因为没有任何约定的任务和限制的时间，所以显得格外轻松。一路上，我们一边肆无忌惮地相互调侃，一边不失时机地饱赏南国风光。车行约莫一个半小时，便到了黄沙海鲜城。

黄沙，面临珠江，是一个典型的港口镇，海鲜吞吐是这里的主要产业。朋友介绍说，到这里吃海鲜，不像内地，到酒店里现点现加工，而是由顾客到海鲜市场自行选购好品种，再送到专门从事海鲜加工的酒店加工，酒店收加工费。所以说，这里的海鲜，才是真正意义上的海鲜。

酒店是预定的，加工派号是十八号。当我们一行到达预定的海鲜酒店时，总台前厅早已是人头攒动，挤满等候加工的食客，虽然我们的派号靠前，但由于餐厅已经爆满，根本就没有空的餐桌可供小坐歇息，这个十八号，与二十八号、三十八号其实也没有太多的不同。朋友提议，与其干站着，不如大家一同前去海鲜市场采购海鲜。

一进入市场，仿佛到了海底世界。那百态千姿的鱼类、贝类、蟹类，大多是在内地市场未见过的，令人目不暇接。摊主们一边忙着将鲜货装进泡沫塑料箱，在鲜货上面铺上一层冰块后打包，装上早就在此等候的货车，发往内地各大市场，一边吆喝着接待我们这些小额尝鲜的顾客。

朋友生性豪气大方，尽挑些堪称海中上品的鲜货上称，如虾蛄、扇贝、龙虾、大闸蟹、三文鱼，还有外壳是蚌、软体却极像大象鼻子的象拔蚌等，每斤的价格都在百元以上，而龙虾、三文鱼、象拔蚌更高达每斤两百元之多。这还是当地市价，如到了内地，价格将上浮一倍，比如龙虾，内地酒店的一口价就高达每斤四百元。

同行中还有一位是大润发华南地区的水产总代理，深谙水产交易之道，他向我们介绍说，海鲜交易，猫腻极多。如一个象拔蚌，吸过水和没吸过水的每斤相差二两以上，而吸过水的乍看上去更显水灵，若非行内老手，往往就会被卖主忽悠，白白被卖主赚去每斤四五十元的“水”钱；还有，在装货上称的时候，卖主会用一个约有一两重的塑料袋给套上，赚取你每斤十多元的“袋”钱……如此种种，不一而足。

三十分钟的转悠，我们的眼福饱了，肚子饿了，朋友的手酸了，口袋瘪了，粗粗算了算，这一逛，竟掏出去二十来张百元大钞。

加工的时间挺快，就在我们坐在六楼临江长廊式大餐厅的一张餐桌上，大侃海鲜市场见闻的二十分钟光景里，鱼、虾、蟹已鱼贯着先后上桌。最先上桌的是象拔蚌，是用两个极像广西铁木砧板状的木墩装的，厨师先在木墩表面铺上一层冰块，冰块上面覆盖一层保鲜膜，再把切得薄薄的蚌片放在最上面；三文鱼的上法也是如此。朋友向我们介绍说，这两样是海鲜中的上品，营养价值极高，而尤以象拔蚌为最，为不破坏其中的营养成分，最好是生吃，不过得就着酒店特意配制的芥末、蒜泥、花生油等佐料吃，而且最好饮点白酒，这样才不容易伤肠胃，尤其是我们这些不常吃生海鲜的内地人。

本人对生海鲜虽不排斥，却不偏爱，更无嗜好。在朋友的热情招呼声中，我夹了一小片象拔蚌，沾了点芥末调料，试着用舌头舔了舔，腥味并不浓，嚼了嚼，有点脆，也说不上是个什么滋味，倒是芥末的浓烈气味直冲鼻腔，仿佛所有的毛孔都要瞬间绽放。三文鱼片的确非常鲜嫩，简直可以说入口即化。当然，我也仅仅尝了一片，不敢贪嘴。我的同行倒是“胃口好，吃嘛嘛香”，一会儿呼蒜，一会儿呼椒，把铺满蚌片、鱼片的四个木墩吃得只剩下了一层薄膜一层冰。而我则对那些龙虾、扇贝、虾蛄、大闸蟹等熟食大开脾胃，特别是龙虾，因为没有途中运输与存放的过程，其肉既肥又嫩，绝不像内地酒店里的既瘦且老，我也不管是否多吃多占，拣对胃的先入嘴再说。当然，你吃生的多点，我吃熟的多点，真要说起来，其实也公平。

餐桌上你来我往，食客换了一批又一批，其中还不乏老外。这种食客盈门、场场爆满的场景，我是平生头一次见过。趁着就餐的间隙，我走到露台，落日的余晖早已褪去，眼前的夜珠江，深蓝如墨，幽平如镜，片片船帆在江岸点点灯光的映照中若隐若现，深得让人遐思，静得让人神往，美得让人陶醉。如果我是画家，我一定会妙手丹青一幅《珠江夜泊》；如果我是诗人，我一定会即兴吟哦一首《珠江夜秋》；如果我是高士，我一定会依江结庐，做那太公垂钓。

可惜，我既非画家，亦非诗人，更非高士，只是红尘区区一俗物。我依恋尘世间的喧闹与华丽，依恋朋友间的豪气与友谊，依恋释放本能的酣畅淋漓，依恋彰显激情的荡气回肠。所以，这种出尘式的优雅也只是一闪念间的事。我还是我，我依然要回到眼前这红男绿女、杯觥交错的现实空间。

为显示江南人士的绅士风度，也为了让那些空腹干等的食客早些入座就餐，我们没有久恋餐桌，离座共杯，互道珍重，就结束了这次丰美而又值得记忆的珠江夜宴。

2009-11-27

“韩国折磨”

5月1日下午，我结束了大半天的个人爱好，蓦然兴起，便独自驱车衢州，去拜访一位在媒体工作的朋友，在她的私人创业基地侃了一番后，已近傍晚，友提议就近去一家新开的“韩国料理”尝新，我欣然应允。

徒步约五分钟，我俩便来到了这家位于清河沿北街的韩料店。店面不大，透过落地玻璃门环顾餐厅，只见里面三排十多张餐桌上早已坐满了红男绿女，几无虚席，我们凑巧在一张刚收拾好的餐桌上坐下来，朋友先电话另邀了一位女同事，接着挑点了五花肉、烤黄鱼、酸菜豆腐、炒粉丝四个中韩合壁的小菜，边聊边等。

餐桌是长方形的，可坐四个人，桌上摆着筷子盒、餐巾盒，最抢眼的是一个凸底圆形烤锅，这是用来烤菜用的。一个身着韩服的妹子一会儿站，一会儿走，既不迎宾，又不端菜，样子很清闲，估计是一个活动着的韩国标识，或许就是店模，七八个身穿玫瑰红制裙的服务小姐倒是在餐桌间不停地穿梭，又是点火烤肉，又是端菜送汤。

不一会儿，服务小姐给我们每人送上了一杯茶，紧接着，又给我们的桌上摆上了一小碟花生米，估计也就二十来颗，一小碟酸菜，两三小碟佐料，还外送了一小盅海带汤。动作挺麻利，都说韩国人擅长管理，服务精到，看来所言非虚。

不过，良好的印象很快就被改写了。在此后的半个小时里，点好的四个菜犹如石沉大海，一个也没上来。等菜和等车一样，时间总是特别长，尤其是闻着邻桌飘来的肉香，看着别人一口酒就着一口菜的惬意模样，心里更是痒痒的，我一边频频回头向身后的厨房门张望，一边暗自调侃，总不至于要到韩国去空运吧！就在脖子都快扭酸的时候，第一道菜五花肉总算姗姗而来，这多少让我们找到了一点“上帝”的感觉，但与初来时的心情相比，已经大打折扣，因为中午没吃，烤锅上为数不多的五花肉片很快就成了我的消饥片，至于是否就是传说中的韩味，我根本就没怎么去品，也品不出。

此时，店里的食客换了好几批，有些原本比我们迟来的客人也已经走了，而我们点的另外三个菜还是千呼万唤不出来。这情景让我回想起小时听说书，正当你听到入神有味时，说书的总要来一句“且听下回分解！”让你胃口直吊，只是不知道这一招什么时候被韩国人学去，还用在了饮食上。

谁也不会想到的是，在朋友先后三四次“菜快了没”的催问下，服务员的回答居然是烤黄鱼没了！这时，我的耐心正面临着极限挑战，若非是为了在女士面前保持一点虚伪的绅士风度，若非为了在韩国人面前体现中国人的大度涵养，我真的会大声斥责一番，然后拂袖而去，就连我的那位颇有涵养的女朋友都明显表现出不耐烦。

也许是服务小姐对自己的服务疏忽心生不安，也许是从我们讲话中听出是媒体人报告了老板，老板快步来到我们桌前。老板倒是正宗的韩国人，他一边指挥服务员快去上菜，一边对着我们又是打躬，又是作揖，还连连用韩语夹杂着中文说“也是卖的”“对不起”，末了又送了我们每人一罐韩国饮料。看到老板如此谦恭又有点滑稽的模样，我们原本可以脱口而出的一大堆责备之词都不好意思说了，郁闷的心情稍许得到释放。有老板的出面，效率果然高了许多，不一会儿，剩下的菜就都上齐了，因为已经错过了最佳的食欲期，我们便草草结束了这顿规格不高、场面不大、马拉松式的韩国料理，一看手机，两小时过去了。

走出店门，我和朋友相视苦笑，为了缓解气氛，我不无调侃也绝对认真地说，这哪里是“韩国料理”，分明是“韩国折磨”！朋友的同事倒是挺热心，临走时还不忘给那个韩国老板提上点关于管理方面的建议。

在回家的路上，我觉得自己很聪明，怎么会想出这么一个绝妙好词呢？为了证实“料理”与“折磨”之间的逻辑关系，我特意查了字典。原来，“料理”本就是一个贬义动词，指对某个特定对象进行处置、处理，如“看我怎么料理你！”这里边就包含了“折磨”的意思。虽然这一行为动词也被引用为饮食名词，但其固有的动词之意仍然无法脱胎换骨，那么，小小“折磨”你那么一回，自然就在情理之中了。

2009-05-21

蓦然回首

不知从什么时候起，“土”字竟变得高贵了。什么鸡、鸭、鹅、鱼、肉、蛋、酒、油，乃至瓜果蔬菜等，只要冠以一个土字，便身价倍增，让大家趋之若鹜，拥有者的脸上自然写满自豪，透着自信，自觉有成就感，而需求者的眼里则放射出由衷的赞许，满足的肯定，不假思索的放心。当年不为人所青睐的山乡农村，一反过去低调的常态，纷纷高悬起“农家菜”“土味馆”之类的招牌，炫耀着自己与众不同的金贵身份。

在我早先的记忆里，“土”字代表的却是乡下、农村、卑微，比如：土气、土货、土产、土包子、土不拉几。说这话的人那神情明显是居高临下的，那口气也绝对是不屑一顾的。被冠以“土”字的人，也不免自觉低人一头；被冠以“土”字的物品，通常都不值钱，想送人，也会觉得拿不出手，即便送了，还得看对方的心情如何，修养好否。

太阳依然从东方升起，月亮依然从西边落下。缘何同样的物种，待遇却迥然不同了呢？

细思之，乃是因为土代表的是原质、本真、稳实。它自身以及它所衍生出来的物质，是世间可靠可信的营养元素，任何通过现代技术合成的物质都不可与之相匹敌。然而，人们基于对自身所掌握的技术的过度自信，对大量原质本真的东西，任意注入所谓科技含量，加以改造添加合成，使之容颜华美，模样俊俏，惹人喜爱。但与此同时，又对这些自己合成，并源源不断进入现代人生活领域的失真产品，怀有极大的不信任感与不安全感，这才促使人们对那些虽土气却本真的物质，怀有深深的迷恋和虔诚的信任。其实，这正是人在掌握了一定科学技术，并对自然有了重新认识后，所滋生出来的一种符合自然规律的回归心态，这叫作返璞归真。于是，如今“土”字的头上，就多了“生态、绿色、天然”三顶现代时尚的礼帽。

这种土崇拜，对于像我这样一个在农村土生土长的人来说，就显得更为虔诚。少时，我曾为自己出生在深山老林、吃土杂粮、喝山泉水、住泥木屋而抱怨，发誓要入住城市，不吃番薯，改吃饼干，多少也沾点洋气。而当真正进入城市之后，却又陡然发觉，这只不过是空间意义上的一种转换，骨子里依然是原来的那个我，对那一份原汁原味的山乡原野，对那一幅古枫夜影、小桥流水、月洒柳梢的朴素画面，依然情牵难忘。

记得小时候，我和许多小毛孩经常结伴上山砍柴、割草、玩游戏。饿了，就随手采摘山上的各色时令野果充饥，甚至把油桐蛀心虫、知了、蚱蜢、黄蜂蛹、八脚蟹等抓来，或炸，或煎，或烤，美美地开上一顿小荤；渴了，就凑到长满青苔的石壁上，吸吮那晶莹明澈、终年不断的山涧泉水解渴；有时把柴扛到山脚放下，呈俯卧撑姿势，趴到小溪里大口喝那如轻音乐旋律般流动的溪水，喝得急了，自不免连细沙也一并囫囵吞下。

这在如今看来，是极不卫生更不科学的野性之举，而当时的我们，肠胃居然出奇地好，竟没有丝毫的不适。更为奇妙的是，当手腿上因野外活动造成小创伤并发生溃疡时，我们通常都不问医，也不敷药，管自己在小河里尽情享受捉鱼摸虾的快乐，而溃疡的创口，却总能在这清澈溪水的浸泡中，不知不觉愈合如初。

一般，每年的夏季，我都会回老家住上几天，名曰探视父母，其实更多的是恋土怀水。清晨起床，拿上牙缸牙刷，肩头甩上一条毛巾，来到屋前那条宽不过丈、闭着眼睛都不会跌跟斗的小溪，置身于缥缈轻烟下，一边听水声淙淙，一边刷牙洗脸。傍晚时分，褪去身上所有的羁绊，自由地站在水中央，打上香皂，然后撩水上头，任软凉如玉的水线在肌肤上羞怯地躲过，差不多十来分钟光景，便觉周身通泰。如此这般过了三五天，全身肌肤竟比之前嫩滑了许多。

非常庆幸我曾有过如此高贵的昨天。之所以我的身上从来没有长过疖疮，之所以天天不拒咸辣却不得胃病，之所以挑战营养科学的生活方式，却所有的生理指标都无高低，之所以混迹红尘却保持纯真率性。细想起来，盖因我的细胞，我的血液，乃至我的情感，实在是有太多的本土元素做支撑。

这在食不厌其精，饮不厌其纯，习惯于精美包装的失真食品，习惯于貌似卫生达标实乃成分失衡的自来水、纯净水，却有意无意地远离那些看似粗鄙土气，实乃天然本真的年代，是无法达到的境界。

只是现今浮华之势如虹，这等老土又焉能独善其身?

2011-09-20

水塘春秋

应该是在2009年暮春，我也随波逐流地加入了西山晨练队伍，在一番上山下山的挥汗如雨后，便在西山公园靠山脚处一个仿古六角亭边一块约四米见方的平台上落脚，做一些近似于体操的下腰、压腿、蹲下起立等肢体动作，然后比画一番陈式五十六式太极。渐渐地,时间长了,便对平台前沿的一口非常不起眼的小水塘有了兴趣。

说它水塘，其实叫水坑更确切些，因为它实在太小了。塘的内弧长不过五米，两头宽约半米，中间最宽处约三米，形如一弯半月，面积约莫十来平方米的样子。

这口水塘并非是自然生成的，是当年修建西山健身公园时才建的，这从它自身布局上的人工痕迹可以看出端倪。它一面紧靠石砌平台，其余三面用三十来块大小不一的千层石砌成，高低错落，随意而潇洒，既体现匠心独运，又不乏自然气息，水塘深不盈尺，略凹的底部置放着亦圆亦扁亦椭亦锥的鹅卵石，有的数枚可掬，有的堪可盈握，有的只手难提。

卵石中间,静卧着完成了生命孕育后选择优雅飘落的片片树叶，为水中生命提供二次营养，水面上悬垂着一簇簇青苔，犹如一朵朵墨绿色的蘑菇云。水塘、平台、凉亭相依相偎，四周栽种着丹桂、香樟、红枫、乌桕、香枹、青枣、杜鹃、黄星等乔灌花木，环境清幽，暗香袭人。

塘内有水，这主要是从西山脚一口无名泉的泉眼里渗溢下来的泉水，也有从西山小水沟流过来的山溪水，还有落雨时滞留下来的无根水，所以，塘中细水莹然，终年不断。

都说水是生命之源，有水的地方就必然有生命的呼唤。三月初交，当温度上升到二十摄氏度以上时，越冬的蛙卵、蛤蟆卵就开始孵化，一个个体态椭圆、身长尾巴、头部有口、通体浅黑的小蝌蚪破卵而出，时而蛰伏，时而灵动，极像没有螺旋翼片的水中直升机在起降盘旋，又恰似一个个跳跃着的五线音符，在弹奏着一曲欢快的水塘生命之歌。经过近八十天的发育，进入初夏六月，蝌蚪完成了生命中的变态周期，尾巴被吸收，分别长出前后四肢，习性也从水生转化为水陆两栖，俯首望去，只见一群群背青肚白的小青蛙和通体黄褐且皮表粗糙的小蛤蟆蹲坐塘边草丛中，仰天鼓噪，特别是在一阵夏雨过后，鼓噪声更为齐整洪亮。

我不懂蛙语，不知道群蛙齐鸣的语义，只听说是在求偶，但我对蛙鸣声的起始与止息却是心有所感。谁也猜不到是怎样的一种神秘力量在操控着它的心理与生理，当群蛙在不知不觉间鼓动声囊齐声发出“咕咕”的鸣叫声时，那节奏，那旋律，那声调，竟是出奇地一致和协调，就像是一种声音，丝毫也分不出谁先谁后或有先有后，而在鸣声正酣、听者入迷的时候，又不知是我的呼吸声，还是我活动时的脚步声，也或许是清风的拂叶声惊动了它，本来齐声和鸣的蛙声会同步在刹那间停了下来，原本热闹的水塘顿时一片寂静，蛙声几度起伏，节奏依然如故。这种鸣与息的高度同步和精密合作，相信没有哪个交响乐团能够做得到。

所以我想，“共鸣”一词，应该是从蛙鸣这里引申而来的，因为，它所传达的不仅仅是一种声音，而是一种大局观念，一种团队意识，一种默契行为，假如一个民族，一个国家，一个集体，能够做到如蛙鸣般的同步，那该是一种多么可怕的力量！

水塘里还生长着石斑鱼、白条鱼、八脚蟹、螺蛳等小生命，只是数量不多，个头也不大。鱼因为没有两栖性，所以只能悄无声息地在水下石缝中穿梭出没，无法像青蛙那样在岸上自由地跳跃欢歌，偶尔抬起头在水面吹个泡，瞬时也就没入水中。八脚蟹大都藏身在卵石底下咀嚼着食物，有时也会爬出来觅食，但只要一看到有人在塘边晃动，就会迅速地摆动八只脚躲到它认为安全的地方，一动不动，而当你试图用手去抓它的时候，它会圆睁双目，并高高地举起双钳，以示抗争。螺蛳则表现得很悠闲，它一般只是吸附在水塘中的卵石上或水草上，以腐殖质、水藻为食。这些水塘生命，都各自用自己的生活方式接受着大自然的馈赠，并演绎着生命的不同精彩。

水塘不仅孕育着鲜活的生命，也见证着生命的顽强。炎夏季节，也弄不清什么原因，平台靠山处的泥土中总会钻出灯草般粗细的蚯蚓，在平台上朝着水塘的方向裸身蜿蜒前行。如果是在清晨凉爽之时，加上方向准确，那么，经过二三十分钟的艰苦长征，有些幸运的蚯蚓会到达水塘。若是到了下午，炙热的骄阳把平台晒得滚烫。此时，那些刚从土里钻出来的或原本爬行着的蚯蚓就没有那么幸运了，它们痛苦地在平台上翻滚着、扭曲着、挣扎着，还时不时把头尾弹起，躯体的疼痛早已让它们迷失了前行的方向，一切的努力终归于徒劳。多少次，我曾忍不住地想去助它一指之力，但最终都没有出手，任其自生自灭。所以，每每在第二天清晨，看到平台上那些已经被烤得蜷曲干硬的蚯蚓时，心下不免多少有些自责。然而就像梅花鹿吃草、狮子捕食梅花鹿一样，大自然中的一切生命，总是坚定地按照自身的法则运行着，循环往复，生生不息。

水塘无语，但也笑看着太多的人对美好生命的追求。每当阳光初照，便会有三五成群的男女老者，齐齐站在水塘边或分坐在塘边的六角亭内，一边拉着家常，一边舒肢展腿，拍肩揉腰。也有的人会选一个直立的大石头，将背部有节奏地朝石头表面上用力靠击。还有的人迎着朝阳，手按腹部，做着深呼吸。更有一群以中年妇女为主的越剧票友，她们定时在水塘边的另一块平台上聚集，其中一位老者对着自抄的曲谱，拉响电二胡，票友们手拿麦克风，轮流唱起《金玉良缘》《葬花》《十八相送》《送凤冠》《怒沉》等越剧名段。虽然她们的演奏与唱功谈不上专业，但那份执着，那份投入，那份陶醉，以及那份发自内心、写在脸上的快乐，已经远远超出曲艺表现技巧本身，足以让平静的小水塘也荡漾起会心的波澜。

莫道春水池塘浅，风流总在方寸间。在匆匆前行的脚步声中，我们总会忘却许多的前尘，或人或物或事。这中间，有些是应该也容易忘却的，比如亲人的误会、曾经的伤感，而有些是不应该也无法忘却的，比如大自然的恩赐、人世间所有的朴素与美好。

就像这柔情无声写春秋的小小水塘，又怎能让我轻言忘却。

2013-04-22

市心街抒怀

一千四百年的南北胡同，五百米长的石砌小巷，传承着多少楚越文明、钱塘文化！

青苔印记，飞檐挑角，商贾店铺，名臣大儒，记载了几多沧桑变幻、笔墨春秋！

市心街，史称中街，它就像一位饱经风霜、阅历精深的时空老人，在向世人真情诉说着江山的朝代更替、今昔繁华！

如果说“建筑是凝固的音乐”，那么市心街便是流淌的旋律。当深秋的夜风缓缓穿行在阡陌纵横的小巷，当南归的燕子恋恋不舍地穿越依稀恢宏的牌坊，当喧闹的繁华悄悄穿透古朴宁静的老街，那些爬满时空皱纹的青砖黛瓦，那些充满传奇色彩的奇闻轶事，那些深居古老院落的百业总汇，便像一个原生态交响乐团，弹奏出一种质朴、深邃、厚重的历史乐音，在胡同深处悠扬激荡。

这种声音，让生活在摩天楼比邻、宝马车接踵、霓虹灯闪烁年代的人听，任谁都会品味出其中满含着的那份倾诉、那份呼唤、那份期待！

毋庸置疑，一座可持续发展的城市，除了公平、美丽、创新、生态、易于交往，还应该是一座密集而又多中心的城市，一座具有多样性的城市。

从这个意义上说，市心街无疑就是现代版江山城中的一道远古风景，一条亲吻历史、访古觅幽的时空隧道。她的存在，对于传递积淀深厚的历史信息，探寻源远流长的农耕文明，延伸日新月异的城市厚度与深度，具有不可复制的历史地位与人文作用。

鉴于此，我们应倡导使其“延年益寿”而不让其“返老还童”的古街保护理念，贯彻“修旧如旧，以存其真”的古街修缮原则，存其真，复其貌，扬其风，浓其味，让市心街成为一条具有古风今韵的文化胡同、风情小巷、商贸走廊。

如此，岁月都会露出一抹温柔的浅笑。

2010-10-25

探访市心街

秋末，太阳热情不减，风却已透着些许凉意。

为不负这秋光，我和文学前辈蔡恭先生相约，周末探访市心街，寻觅遗落在坊间巷尾的故事。

蔡恭先生是这里的老居民，祖上还是大户人家，与街坊邻居颇为熟络，加上从事市志编撰多年，对这里的奇闻轶事也知之甚详。

在他的导引下，我俩来到市心街二十七号薛培泽家。薛培泽早年在江山文化馆供职，今年已是八十九岁高龄。听说有客来访，薛老忙不迭地从内屋出来相迎，一落座，薛老便打开了话匣子。

据他回忆，他原是何家山人，十三岁那年，也就是 1941 年，曾先后两次被日本鬼子抓去。一次是拉到军营，命他到村里抓鸡；一次是要他把放养的牛赶到军营，谁知这牛特有骨气，跳下水塘抵死不上岸，鬼子气急之下，开枪射杀了这头牛，把他关进城隍庙，即现在的武装部所在地。

他清楚记得，鬼子撤退时，曾纵火焚烧“中正路”（即现在的解放路）两旁的店铺和民居。从老家望城里，只见冲起的火光红透半边天。这场大火，波及包括市心街在内的其他巷弄，遂形成今天的火烧埂。

早先，市心街大多是郑、周、姜、徐、毛等大户人家的基业，虽然世事变幻，有的外迁，有的家道中落，但旧址尚存，后人多在。那镌刻着历史印痕的青石，那斑驳着岁月沧桑的青墙，那浸润着春秋风雨的飞檐，无不透着昔日的气势与恢宏。

比如，薛老的现居所，就是原郑男轿行存放轿子的库房，江山二中创始人徐志澄先生当年也曾在此居住过。

说到市心街，薛老兴致倍增，他决意和我俩沿街探访，倾听市心名人的旧时故事，一睹故居老宅的今日模样。

于是，我们随着薛老清晰的思路和手指的方向，移步扫描市心街十三号毛贤来旧居、市心街二十二号郑梦熊旧居、市心街七十六号何英明旧居、育婴堂巷二号毛春翔旧居。

如此这般地闲庭漫步了一会儿，薛老又特地领我们走进几位名人旧居。市心街四十七号，主人为毛姓人士。清朝年间，祖上出过一名武进士，门匾上依稀可辨“进士同科”字样，进门左侧摆放着两个练武用的石锁，上面刻有“馀德堂”“二百八十斤”等字，现四代同堂。市心街五十三号，此乃徐霈旧居。明朝年间，徐霈曾任广东省布政司，地方上尊称“徐布政”，门匾上刻有“紫薇分第”四个大字，此乃东厅，隔街对望的西厅则在早些年被改建为宿舍楼。徐布政墓葬坛石上溪，故墓葬地称作“布政坟山”，现为省文物保护单位。市心街五十九号为周文兴旧居。周文兴，原籍凤林，官至鸿胪寺正卿，人称“周鸿胪”，周鸿胪一生传奇甚多，墓葬江郎山下。

在往回走的途中，薛老向我们说起市心街出过一位富商，名叫张武奎，他的致富，并非由于办厂或经商，而是买航空彩票中得大奖所致。至于奖额多少，现有两说，一说是十八万块大洋，另一说是一百零八万块大洋的一半。姑且不论哪一说正确，但坊间有如是传言：“用船运的。”

短短一个上午的探访，虽说走马观花，却也收获不少。因为我相信，那木门开关的咯吱声，落叶触瓦的嚓嚓声，雨打蛛丝的滴答声，都在诉说着市心街的前世今生。

这是一条有故事的老街。

2017-09-11

茶　铺

人，总是习惯在匆匆前行的脚步声中追忆前尘，而不太愿意定格眼下稍纵即逝的瞬间。我常想，假如有一天市心街被什么“步行街”“风情巷”“自助弄”之类所替代，昔日之沧桑，今日之模样，渐渐淡出人们的视线，那么，我该用怎样的情怀敬献给你？

——题记

和“迪欧”“两岸”“上岛”“拉芳舍”等名牌咖啡馆、茶室相比，这里简陋得简直连茶店也算不上，勉强算个铺吧。

穿过一重青石条大门，是一座年久且不规则多重门多住户的院落，连跨两道齐膝高的门槛，便是深居市心街五十三号的茶铺了。凹凸不平的地面；几张木纹斑驳且都裂缝的小桌子，为防晃动，还得用点木片之类的东西垫脚；几张低矮的四脚凳以及坐上去“咯吱咯吱”响的小竹椅；三五个家常用的热水瓶；十几个陶瓷青花茶杯，在 20 世纪六七十年代可以当作礼品送人，而现在却已被放在满身锈迹的饼干箱里面，装着市场上买的十几块钱一斤的茶叶；靠墙处，安放着一个煤炉，炉上烫着一钢筋壶开水，壶嘴里“哧哧”地直冲热气，这是专为一些个特爱喝出壶水的茶客准备的。

来这里的茶客大多是固定的。他们中有街坊邻居中安居的中老年人，有来菜市场倒腾点小蔬菜、小草药的农民，有捡破烂的单身汉，当然，也有个别无事到处转悠、闲来卖弄点嘴皮子的江湖客。至于那些达官贵人、英男仕女，是绝不会光顾这里的，其实，他们中多数人压根儿就不知道这里。

早上六点时分，茶客便开始陆续聚集到铺里，都是老熟人了，衣着不必太讲究，也不用太多的客套，略略寒暄一番，就随便拽上一条凳子或椅子各自坐下，叫上一杯清茶，纷纷侃起各自的所见所闻，诸如今天的白菜谁最卖得俏，谁家的孩子考上了名牌大学，谁人摸彩中了奖，谁人吃鱼被鱼刺卡了喉咙，谁家的女儿出嫁了，谁家的男人有了相好被妻子发现了，等等家长里短，间或也会聊些地理、天气、星象、房产股市、金融危机，甚至美韩军演、南海风云等军国大事。说到动情处，汗滴与唾沫齐飞，炉火共红脸一色。

因和主人是亲戚关系，适逢周末，我偶尔会应邀去吃个便饭，饭前间隙，我也会坐到他们中间，听他们天南海北、信马由缰地漫谈，有时也搭上那么两句。尽管屋子里弥漫着燃煤与劣质香烟的气息，尽管他们口中吐出的新闻缺乏媒体那般的渲染力，尽管他们对某件事情的看法，并不能完全被有些所谓专家学者之流所认同，但我却以为，这里不失为一个地地道道的布衣沙龙。他们在举手投足间表现出来的那种朴素中略带市井的况味、直白中不无含蓄的语调、粗鲁中夹着礼让的形态、谦卑中透着自得的神貌，极像一面多棱镜，全方位折射出下里巴人的质感民风，又像一把五弦琵琶，弹拨出小巷胡同的幽悠余韵。

这里的消费极低廉，照规矩，在茶铺里喝茶，不管你喝多久，只要不换“茶娘”（指换第二次茶叶），价格都是一杯八毛钱。这是市场价，早先，一杯五毛六毛的也卖过。铺子里不管饭，但也备有黄酒、茶叶蛋、花生米，还有黄果树之类的中低档香烟等物品。有些茶客，喝茶闲聊到高兴处，往往会叫上一碗黄酒助兴，主人便从早就准备好的酒坛中打上一大碗仙霞黄酒奉上，外带配送一小碟花生米，或者一些自家现成的小菜给客人下酒。一碗酒的价钱是一块五毛钱；茶叶蛋八毛钱一个，两个一块五毛钱，这可以当点心果腹。晌午时分，茶客大都陆续离去，却也有个别本就单身的，或者老伴凑巧出门无人做饭的，或者今天买卖不错想在城里吃个饭小小满足一番的茶客会留下来，主人也会根据客人的意愿，或单独下碗面条，或留桌同吃，饭钱也不外乎三五块。

通常情况下，每天大约有二三十个茶客光顾茶铺，一上午的收入大约三五十块钱，除去本钱，主人一天的生活费不成问题。当然，也有一些个打游击的朋友，喝过之后，把嘴一抹，挥手说道："今天忘带了，明儿一起付吧。"主人也不好说什么，和气生财嘛，至于明日是何日，那只有让你望穿秋水了。偶尔，还会碰到借钱的土行孙，钱一到手就土遁了，借出去的钱也打了水漂。好在主人信奉释迦牟尼，认为这都是前世今生的因果循环，一声"阿弥陀佛"也就释然了。所以说，主人在冲泡着一杯杯清茶的同时，也在咀嚼着百味人生。

据说，在早先，这样的茶铺在市心街有很多，只是现在大都改行了，即便是这一家，老房也已被国家收购，新的安置房已经建好，估计要不了多少时间也行将关门。但我相信，茶铺所演绎并传承着的那一种陋室文化、布衣人生，将随着岁月的沧桑，长久铭刻在这小巷深处，逾久而弥浓，经年而留香。

2010-08-23

祝奶奶

祝奶奶，今年七十有二，家住市心街十五号，偕同小儿子夫妇共同经营一间家庭包子铺。虽说年过古稀，身居陋室，但乍眼望去，雪肤银发，红唇洁齿，耳聪目明，手灵脚轻，而且极慈祥。她的身段、五官、肤色与神态，仿佛是沧桑的岁月，在无声地叙述着奶奶年轻时的俏丽模样。

初识奶奶是在六年前，那时，风传市政府有计划将市心街改造成步行街，为贪恋步行街那份繁华中的宁静，我便在紧邻市心街的来桂苑买下小高层新居，并从民声路老屋移居此处。

都说现在城里的女人从厨房中解放出来了，此话颇有几分道理。女人大都很少下厨房，除了厨房设备的电气化以外，理由是吃的人少，下厨功夫大，成本高，性价比低，再说洗洁精刷碗又伤手，有碍女容，舍不得。我家的那位，就是这么一个率先解放出来的主。

于是，早餐就基本上着落在那些还处在“水深火热”之中的包子铺、豆浆店了。凑巧，祝奶奶的包子铺就在市心街北端，离我家只有几十步之遥，于是，我便成了这里的常客。

时间久了，彼此渐渐就熟了，从不经意闲谈中，我知道了她的一些往事。奶奶年轻时在二建公司做工，因不是正式工人，只能做些临时粗活；中年时不幸丧夫，自此再未适人，独自与两个儿子过活。原先，两个儿子分别在厂里上班，日子还算不错，不巧十多年前企业改制时双双下岗。为了家计，奶奶便和小儿子夫妇一起，在自家平房里经营起一间包子铺，虽说门面不大，却也少了房租。

铺子虽小，活计却不少。十多年来，奶奶每天凌晨四点起床，与儿子、媳妇一道忙乎，和面、切馅、擀皮、做馒头、包包子、做粽子、煮鸡蛋、熬稀饭、炒小菜……当食客来时，便忙着招呼生意，倒豆浆、舀稀饭、夹包子、剥粽子，还要定时上蒸下蒸、随时收钱找票，用团团转来形容一点也不为过。奶奶曾对我说：这样的日子，除了过年那几天，春秋寒暑，大抵如此。

吃过奶奶的包子的人都说好。因为，她的包子馅是到固定的肉匠那里挑选新鲜合格的猪肉做的，而且都是精肉，不带杂碎。她说："少赚一点没关系，吃的东西可不能不好。"

都说众口难调，但凡来这里的人，吃干喝稀、喜甜爱咸、挑荤拣素者应有尽有，有时忙中出错，把干的端给了要稀的，把甜的泡给了要咸的，把荤的递给了要素的，也难免招来几句抱怨。可祝奶奶总是那么笑嘻嘻、乐呵呵地应对自如，把顾客的不满化为乌有。有时顾客付账缺个五分一毛钱挺不好意思，她总是笑着说："没关系，你自己记着就是。"我早晨运动时一般不带钱，经常吃赊账包子，有时还赊上个三五天才结算。她也不以为意，每次看到我去，还记得我的饮食习惯，总不忘提醒媳妇："喝米汤吃豆腐干包的来了。"

和周围的高楼大厦、沿江的别墅山庄相比，她的居住条件算得上差了；和珠光宝气、香车宝马的消费群相比，她的物质生活只能算得上自足。但在相互接触的六年间，我硬是没听她感叹过自己身世多舛、生活之艰，也没有听她抱怨过儿子下岗的境遇，更没有听她发泄过对某些社会现象的不满，她总是那样达观与淡然。倒是听到我说要写她的时候，奶奶笑靥如花，嘱咐我说，一定要把感谢政府这句话写上去，因为前不久，市政府给她安置了一套廉租房。

列位看官，面对这样一位勤劳、善良、达观且懂得感恩的慈祥老奶奶，有谁能不油然生出浓浓的敬意！

2010-08-26

五百湖

初见五百湖，心动于她素颜深闺的羞涩，契合于她静谧清幽的脱俗，虽然只是匆匆一见，却是那样念念不忘。于是，又见，再见。

五百湖，并非严格意义上的湖，叫她河湾更确切些。河湾很宽，特别有包容心，白鹭低徊，老牛踏青，艄公放歌，巨石斑斓，芳草萋萋。湾中水，水中草，草中石，石中鱼，孑然独立又缠绵相依，置身其中，似乎自己也成了其中的一分子，可以客串，也可以永恒。

清澈的水流从堤坝上一泻而下，形成一条白练般的瀑布，晶莹剔透，溅起的水珠犹如珠落玉盘，虽然没有高山飞瀑那样的大气磅礴，却有着一种小家碧玉的亲和与温馨，或坐，或倚，或站，或凝视，或遐思，总会让你万虑皆空，飘然出尘。

其实，我心底里很不愿意把这样一处美好公之于众，生怕太多的人惊扰了她的安详，最好她成为自己的私密空间，闲暇时节与她来个无言的约会。

可五百湖的包容心告诉我，美不可独享，她属于所有爱她的人。

她在清湖，一个清波荡漾、湖水涟漪的地方。

2017-09-22

窗　前

我家窗前，有六棵银杏树，由东向西呈二三队形排列着。

这是2003年小阳春种下去的，当时，胸高部位约莫小碗口粗细，缠着稻草绳，树干蛮高，有枝，无叶。

仲春时节，深睡了一个冬天的银杏树被雷公电母唤醒，原本光溜溜的枝桠，在一夜间绽蕾吐芽，在细雨清露的滋养下，不几日，鹅黄淡淡的嫩叶伸展开来，像女儿家的裙摆，在轻风中打旋，甚是婀娜。

到了夏日，黛绿深深的熟叶摇曳婆娑，在她的身下，太阳的光线影影绰绰、斑驳游移。在早饭后和晚饭前这两个时间段，有邻近的阿爹、阿妈相约结伴，坐在树下的条木凳子上，手摇麦秆扇，聊起年轻时的故事，还不时地发出爽朗的笑声；也有刚晋升为奶奶或外婆的人，蹲在摇篮边，挤眉弄眼，和仰躺在摇篮里的娃儿逗趣；在傍晚时分，爱人如果刚从某处归来，电话确认我正好在回家的路上，那么，她会或坐或站地在银杏树下等我，然后一同上楼。

房子坐北朝南，阳光不会透进面北的卧室。但“是几呀”“是几呀”的蝉鸣声，此起彼伏，从窗前树干上传来，成为我午间的安眠曲。说到蝉鸣，我想起前些年网上热传的一个故事，说某地有一对夫妻，妻子嫌窗外树上的蝉鸣声闹人，于是，她的丈夫便用粘杆、网兜等工具，抓捕、驱赶树上的知了，被一些网民称为“宠妻狂魔”。我无法判断这位丈夫有没有把抓来的知了烤了吃，也不敢保证被赶走的知了不再回来，只是觉得，如果一个连大自然馈赠的蝉鸣声都不能容纳的人，她的听觉神经恐怕是脆弱的，心房也未必空灵。

银杏会结果，据说还有挺高的药用价值。于是，在她还未成熟时，就有个别明药理、懂养生的人，拿着长竹竿，仰头伸臂，劈头盖脸地敲击藏在树叶中的银杏果。果子落到地面，啪啪作响，砸在轿车前引擎盖上时，则发出砰、砰、砰的声音。当把六棵树上够得着的果子敲得差不多的时候，便把竹竿靠在树身上，弯腰追逐寻觅散落各处的银杏果，一个不漏地捡拾到准备好的塑料袋里，然后，带着满足的笑容，踩着满地的残叶，转身离去。至于这些人是否因此而青春不老，我不得而知，但我估摸着，如果花钱去药店买，他们多半是不会干的。

都说秋天是黄叶的季节，其实不完全是，它跟地域有关。就说银杏吧，前不久我到北京，见到的银杏叶的确黄得迷眼，落地如金，而我家窗前的银杏叶，却依旧在萧瑟秋风中绿不改色。由此看来，江南的秋天比北方要来得晚一些。

窗前的银杏叶开始变黄，是在初冬时节，飘落，则是日渐月进的，大约持续一个月的光景，方才黄叶落尽，回归尘土，银杏树进入休眠，以待春风。不过，水泥浇筑的街道，砖石砌成的地面，加上现代城市对环境的审美，金黄的银杏叶不再有零落成泥碾作尘的机会了。每当晨曦初露，飘落的叶子与逗留的叶子擦肩发出的嘁嚓声，环卫工人的扫帚和地面摩擦发出的唰唰声，从窗外交互着传进耳朵，此时，我不禁暗想，落叶是季节的信物，最好把飘落的黄叶让给风儿扫。

一晃十六个年头过去了，时光雕刻，岁月沧桑，窗前银杏已不是当年的银杏，我也不复当年的我，所幸的是，她已长大，我竟未老。

2020-12-12

水岸丝路飘来的声音

“宝剑赠烈士，红粉送佳人”，说的是把对的物件送给对的人，叫作适合。“高山流水遇知音，彩玉追月得知己”，表示在对的时间遇见对的人，谓之巧合。虽然两者表述和含义不尽相同，却传递着同一个意思，那便是懂你。

人生之所以有故事，正是因为在认知世界的路途中牵手巧合，收获适合；人与人、人与物之间之所以有欣赏，乃至爱上，也是因为彼此读懂。

譬如，我与清湖的故事，准确地说，是我和清湖三村的故事，再贴切一点，我和村歌《丝路清三》的故事，便缘于此。

那是2017年12月12日，手机铃声响起，屏幕显示“谢小荣”。一如早先那般不绕弯的语气，从虚拟线路的那头传来：“哥，给我村写首歌！”紧接着，又不忘来一句身份验证的话：“哥，你是我认识的唐晋枫吗，咋会写歌啦？”

这也难怪，两人初相识于二十多年前，后期又疏于频繁碰撞，深度交流，双方印象大多定格在当年。而岁月的刻刀，则渐渐把彼此雕塑成别个模样。他，企业做得风生水起，担任清湖三村书记；我呢，也一不小心跟文学创作沾上点边。若非清湖街道妇联主席叶柯邑极力向他推荐，或许不会有这次通话，也就不再有下回分解。

写村歌，不是第一次，但每次接到邀约，心里头多少有点虚。更何况，在我的记忆中，清湖三村人文荟萃，商贸通达，可谓埠头上下有鸿儒，坊间谈笑无白丁，既有柴米油盐酱醋茶的质感，也有琴棋书画诗酒花的雅意。为这样一个移步皆风景、张口有故事的村写歌，要说心中不忐忑，那一定不是真话。

收集素材的过程，是一个读懂的过程，也是一个被感动的过程。漫步被草鞋磨出镜面的鹅卵石古道，依稀听到古道挑夫汗珠的滴落声；徜徉被缆绳勒出印痕的码头石柱，仿佛看见清溪碧水倒映出的片片船帆；与金大有先生的一番对话，则更让我深深体味到清湖三村文化的丰满，真切感受到清湖三村人对本地历史的如数家珍和浓情厚爱。

有素材，有感动，就要构思，找到最精华的切入点。确认过眼神，北水南陆交通的源头，南北文化交融的总汇，无疑是天赐清湖三村的商贸基因，无人可以复制。除了规格不同、线路有别，与国家“丝绸之路经济带”和“21 世纪海上丝绸之路”，具有惊人的相似。所以，我毫不犹豫地定位歌名《丝路清三》，为其量身定做，几度雕琢，创作成型。

这里边还有个插曲，在歌词成稿时，凑巧《衢州日报》“夜访百家话精神”栏目记者来采访我，她无意间看到这首歌词，数了数，竟然刚好一百个字。一百之数，是两位数的终结，三位数的伊始，既有十全十美之寓意，也有更上一层楼之期许，这不能不说是无心插柳。

村两委同志对歌词表示极大的满意，金大有先生也特别激动，称赞歌词写出清湖三村的故事，道出清湖三村人的心声。于是，大家一致认为，好词还得好曲配，要请名家作曲。于是，辗转联系到著名作曲家刁玉泉（笔名白水）先生，请他作曲。

2018 年 1 月 23 日，《丝路清三》曲谱、伴奏、原唱等音乐成品，从省城发回。自此，清湖三村有了属于自己的歌，一曲穿越时空、清丽婉转的旋律，悠扬在航山脚下、清溪上空。

2018 年 5 月，江山市委宣传部举办第五届文化礼堂村歌大赛，大赛以“歌颂党、歌颂祖国、歌颂新时代”为背景，以“乡村振兴，村歌嘹亮”为主题。

《丝路清三》适逢其时，她以其高雅的艺术格调、全新的舞台表现形式，赢得评委的一致认可、观众的齐声喝彩，从预赛中脱颖而出，进入决赛，获得金奖。

2018 年 10 月，由中国大众音乐协会、中国合作经济学会农村社区小康建设专业委员会、全国村歌大赛组委会联合举办的“村歌十年江山盛典”，在江山隆重开赛。来自全国二十六个省（自治区、直辖市）代表队齐聚江山，展开角逐。

《丝路清三》当仁不让，面对各路高手，完美演绎，从歌词、旋律、演唱、伴舞各个环节，得到国家级专家评委的高度赞赏，艺压群芳摘取桂冠。

我国著名词作家、国家一级编剧，八十五岁高龄的邬大为先生，给予《丝路清三》很高的评价。

经此一役，《丝路清三》名闻遐迩，清湖三村声名鹊起，谢小荣吸粉甚众，歌手徐峥一唱成名；清湖三村的父老乡亲们，也从歌声中找到存在感、归属感和自豪感。

随着《丝路清三》频频亮相于省市舞台，清湖三村受到各界青睐。2019 年 1 月 24 日晚，以“衢州有礼，乡村寻礼”为主题的衢州市首届农村文化礼堂精品节目展演“我们的村晚”活动，定点在清湖三村文化礼堂举行。

这是个多彩的夜晚。由衢州市各县（市、区）文化礼堂选送，通过乡镇擂台 PK 赛、县级精品节目展演、市域范围遴选、专家指导提升等环节，最终形成十七个精品节目，以“农民演、演农民”的形式，依次展演。

《丝路清三》作为当然的主角，以音诗画的艺术形式，还原清湖三村悠久的历史场景，再现清湖三村丰厚的水岸丝路文化，回眸清湖三村恢宏的商业繁华，讲述清湖三村儿女笃行天下、名扬四方的动人故事，表达清湖三村人接轨新时代、再造新丝路的美丽愿景，把村晚推向高潮。

我想，如果徐霞客先生有知，定会为当年在清湖小江郎驻足而窃喜，为今日的清湖好声音而颔首。

如今，岁月已完成三次交接，《丝路清三》已走向远方。倒是我，因为这水岸丝路飘来的声音，爱上清湖，爱上清湖三村，也爱上了自己。

2020-02-28

澄迈的灰尘

离开相濡以沫的土地，前往陌生的他乡，并非为了诗和远方，只是想借前往海口澄迈居所跨年之机，暂别那熟悉的羁绊，给自己找一份久违的慵懒。

于是，尽可能理清手头事务后，携妻带女，揣着衢州礼，登上鲁航班，穿过万千云海，直飞海口美兰机场，转乘预约专车，再驱澄迈。

算不上洁癖，但喜欢把地面当成桌面来打理，应该是源于基因的审美。

作为主人，与海口澄迈小套房结缘不过一年，与之对话频率不到二十天，触摸的温度不高，附着的情感尚浅，还不足以让自己找到主人的位置。因而，从严格意义上说，眼下只能算一个物理空间，还不能称之为家。

习惯性审美告诉我，与房子对话，提升彼此匹配度和存在感的最好方式，并非添置多少物件，而是通过温柔的抚摸，在现有空间内融入个性化气息，最直接的，则莫过于黎明即起，洒扫庭除。

灰尘，就像一个说走就走的旅行者，它们以不同的姿态任性游走，不想走了，就分别在阳台、门窗、客厅、桌面歇息。应该说，要在红尘俗世找一处没有灰尘的空间，那只有实验室。

不过，在特定条件下，常态化认知也会被颠覆。就像这次，当我移步经年没打理，已略显陌生的房子，放眼搜索，竟依旧是去年的模样，高处不见蛛网，地板光可鉴人，即便素颜朝天的阳台，也仅有轻灰薄尘，更无一片落叶。我操起扫把，熟练地把各功能区的灰尘全部清扫聚拢，经确认过当下眼神，若以数量计，约莫半纸杯光景。而在相对密闭的卧室、卫生间，若非系统清扫，或者临近过年，放在平时，几乎可以忽略。

与新家来一次全方位亲密互动，是一件非常美妙的事。但更爽的还是过程，当扫把掠过地面，灰尘便跟着起步，扫把停住，灰尘也随即立定。集合到一起的灰尘，好似被气雾掠过一般，颜色偏深，质量偏重。因此，既不飞扬舞动，也不恣意扩散，那份诚实，简直就像训练过一样。以至于脚上穿着的白布拖鞋，也无须事后过水，只要两只鞋面相对，微拍几下，便洁净如初。灰头土脸一词，今日注定与我无缘。

小区颇具南国风情，挺拔的芭蕉，如盖的棕榈，在与风儿的拥吻中颤抖。三角梅最为妩媚，一点也不羞涩，她们或红，或紫，或斜扬，或低垂，旖旎多姿，撩人心弦。于是，我常常出去与她约会，还忍不住伸手把花枝勾将过来，端详并触碰顶生的花簇，花不香，但很干净，即便捏着花瓣摩挲，指肚也不会留下黑黄的痕迹。到这里五天，这样的约会每天不少于两趟，而脚上穿着的白皮鞋，竟也一次没擦过。

凡事必有因果，空穴也可来风。有当地人揭秘，澄迈灰尘之所以如此诚实，既有琼州海峡海风润湿之力，也有澄迈富硒土壤沉淀之功。

这个说法，我认同。

2020-01-18

海南游记二则

海口骑楼街

到海口，不能不到骑楼街。

这条街的楼为啥叫骑楼，没问过当地人。从外部看去，每幢楼的临街一面，都有两根四方立柱落地，形同门柱，柱子与一层正门之间形成走廊，可以遮雨蔽日，拽椅聊天。

如果把临空的立柱看成马前腿，把纵深窄长的一层楼面看成马背，那么，二三层楼就好似跨坐在马背上的人，换言之，则是骑在柱子上的楼。这，或许就是称它为骑楼的理由。当然，这仅仅是那一刻的联想，既无考证，也无依据，我姑妄言之，君姑妄听之。

楼与楼彼此紧挨着，延伸开去，便有了长廊。一街两廊，自带风情。若有兴致，不妨拣一家水果铺，请店主挑个椰子，用砍刀斩去顶部约莫茶杯盖大小的硬壳，露出豆大的洞口，接过来，插进吸管轻嘬，那原味的椰子水便顺喉而下肚。

骑楼街形成于19世纪30年代。那时，当地有一批“吃螃蟹”的人，不甘寂寞，自南渡江出海，漂泊南洋，几番风雨，几度春秋，也算有了积蓄，于是，荣归故里，辟地建楼。因此，骑楼的建筑特征颇具南洋风。

尽管海风换届，岁月斑驳，但骑楼门上方的“为人民服务”“中国共产党万岁”“没有一个人民的军队，就没有人民的一切”等红色标语还是如此亲切，她就像永恒的星辰，护佑海天大地，润泽知恩的苍生。

骑楼街以小吃为主，据说有十样小吃，主打品牌叫“辣汤饭”，标配是一碗饭，一碗猪杂汤，一个煎鸡蛋，两小节香肠。不过，根据你的胃容量，可以补点其他。

吃饭可以很随意，一条高方凳就是桌子，一条矮方凳就是椅子，走廊一摆，饭碗一端，便可开吃，一副与世无争的样子。

街中央时不时有恋人拍婚纱照，摄影师忙前跑后，指手画脚，把一双即将共赴人生妙境的痴儿女拨弄得无所适从，然后按下说不清主题、道不白理由的快门。

骑楼街有雕塑，尽管没看到设计者的命名，但我觉得她应该有寓意，比如：男人站在船头向女人挥手的，可以叫“告别”；女人牵着小孩向男人注目的，应该叫“盼归”。

儋州海花岛

海花岛，在儋州。不过，她并非天然岛，乃人造作品。

之所以名曰“海花”，据说是人工填海造出三个独立的离岸式岛，从空中俯瞰，其平面形态，犹如盛开在海中的三朵花。

至于是海上的什么花？没有道白，也无归属，我表示存疑。但最容易联想到的，应该是波涌时飞溅的浪花。

比如，一号岛上的若干幢圆钢护罩建筑，就极像巨大的水珠回落击打海平面刹那间的模样。设计者是不是如此构思，我不得而知，也无意追问。

霓虹灯忽略杂色，海花岛属于晚间。当夜幕低垂，海风拂面，近乎魔幻的七彩灯便成了主角，此时，海天无月色，满眼皆迷离。

从欧堡酒店门口排队，鱼贯坐上火车头造型的观光车，环绕一周，约莫十五分钟，商业、饮食、娱乐等功能区依次掠过。如果想徜徉夜色，探秘风情，或者约几位红男绿女，来一碗太婆面，那么，大可以一摇三晃，碎步寻踪，再不济，也能玩个自拍，且追加“微信运动”上的阿拉伯数字。

欧堡酒店，系五星级酒店，分海洋、冰川、森林、沙漠四个主题城堡，每个城堡的内外墙面、地毯、壁画、窗帘，乃至床上靠枕的颜色，皆与主题相匹配。因初始对外揽客之故，酒店方推出网上抢房活动，价格实惠得让你不敢相信，于是，五千个包间，房有住客，铺无虚席。

今夜，我梦归沙漠，歇宿城堡。

2021-04-10

运河赋

夫运河者，起于三郡，分以四水，通贯五河，横穿六省，南接吴越，北达幽燕，浩浩乎一千八百里，堪称黄金水道，可谓吴燕乳母！

运河既成，华夏脉通。水陆相济，沃壤一统；舟车竞渡，南北兼融；青墙黛瓦，临河而筑；渔耕樵读，倚河而康；稻粟丝绸，仗河而华；烟柳笙歌，凭河而旺；画舫比肩，渔舟唱晚。泽被江浙冀鲁，惠顾士农工商。

是故，运河之役，寰宇无匹，举世绝双；功归当代，利达千秋。观上下五千年，顾左右八万里，其势之伟，当甚于古长城，其利之丰，又岂啻都江堰。所以，岁在甲午，夏至次日，名登世遗，誉享海外。

然哉，水既载舟，而又覆舟，运河如是，社稷亦同。吾辈后学，当以史鉴，治水以利苍生，安民而固国本，既慰先人，复泽后世，此运河之所求，亦丝路之所愿也！

2014-09-20

东一阁雅叙记

岁在庚子，夏至前日，梅雨稍歇，江城初霁，快意东一阁，赴《鸿鹄雪》之会也。

夫东一阁者，取旮旯之本义，通阁楼之谐音，故而名之。阁西环鹿溪渠，夜听曲水穿玉叶，阁东临须女江，朝看碧波走钱塘。

阁主毛老东武，虽耄耋之年，仍鹤发童颜，精神矍铄，自号冬舞，闲来抚琴以修性，最喜走笔而养生，主编方志，兼写小说，千万字翁，诚不虚也。

将及申时，诸生齐集，有红袖三人，吉士七人，更有吴老拯修，欣然应邀首访，宿儒执手，互道久仰。阁主笑容可掬，次第牵手合影，或左或右，或前或后，个中寒暄谦让，油生几多亲切。

是日，忽逢停电，基层中堂微光，遂移步三楼书房，果通明透亮，且寂静清幽。分坐已毕，环顾四周，三面壁柜，典籍琳琅，分门别类，井然有序，起止间如入书林，俯仰处但闻墨香。拾级四楼阁间，布局亦然。总上下两层，计藏书万册。于是，国发铜匾，书香之家，高悬门楣，以彰乃风。

往昔，阁主已有《青天雪》《丹峰雪》先后问世，人皆以为龟鹤遐龄，金笔封藏，独阁主壮心不已，欲撰《鸿鹄雪》，再出姊妹篇。予钦佩之下，惊叹之余，方知阁主平生，唯书不可负也。

阁主有云：新作《鸿鹄雪》，乃章回体小说。取材于倭寇侵华，觊觎杭州孤山馆藏四库全书，时有江山籍馆员毛公春翔，奉命与同僚护书至渝之史实。虽方略初定，成稿六回，因行文之时，偶有不决，故广开言路，集思广益。

承阁主下问，步诸君后尘，不着边际，斗胆进言。窃以为：谋篇当循护书西行主线，不及其余，布局宜用护书情节勾串，适度演义，使其回回有故事，步步皆惊心，令读者手难释卷，眼不它移。然终究寡识浅见，难免贻笑方家。幸阁主雅量，不道吾之忘乎所以，尽显长者风范。

时至傍晚，蝉鸣渐哑，清风叩窗，阁主意犹未尽，挽留众人薄酌畅饮。馆名老味道，杯中新话题，席间觥筹交错，彼此相谈甚欢，临近中夜，方依依惜别。阁主赠书伴手，诸君归来丰盈。

读书者博学，藏书者怀德，著书者长生，真好书者也。阁主如是，夫复何求。

2020-06-26

一家子礼赞

承瑜英先生相厚，赠《浙西·一家子艺术档案》集，入手捧沉甸，开卷闻墨香。两百五十八页道林，装点世界，三百九十四幅图文，浓缩乾坤，堪称士族雅颂，艺苑奇葩。

予限于天资，疏于修习，难解个中奥秘，然深知此非凡品。诚所谓：知宫商角羽者，通玄关；善黑白纵横者，懂趋避；喜铁画银钩者，明虚实；擅水墨丹青者，精简繁。而工雕塑舞美者，习诗词歌赋者，无不空灵脱俗，秀外慧中。

一人精一艺者，常有，一人通多艺者，不常有，而一家子好艺者，鲜见，数代乐艺者，环顾浙西，无出其右。

此乃基因之力。先祖东山公，初唐宿儒，郎峰隐士。公德品高洁，英敏通达，备受世人钦重。此后衍脉千年，世有贤达，代有簪缨。先父维良公，家学渊源，痴迷书画，晨昏研习，学有大成，为后人之楷模。如此书香门第，怎不贤人辈出，雅士云集。

复念家风之德。与凤凰齐飞，必是俊鸟；有头雁先行，势成雁阵。一家子同门相亲，长幼相扶，耳濡目染，潜移默化，于是，由渐而入痴，经久而成师。

仰赖虔诚之功。昔达摩面壁，悟少林七十二绝技；玄奘西行，得天竺大乘佛法。一家子初心永恒，忍受孤独，忘我时对话焦桐，无欲处手谈人生，于旷野中采撷素材，于斗室内挥洒灵感。跬步千里，青胜于蓝，耀眼如夏花绚烂，静谧若空谷幽兰。

十八曲巷钟灵，孕育郎峰祝氏一脉，江山文坛有幸，结缘匠心妙手人家。

本欲寻章摘句，以表仰慕之情，奈才疏学浅，心有余而力不逮，名曰礼赞，实乃微言，浅见陋文，不足道其修为之万一。

遂凑得杂拌四句，忝作补白：

郎峰祝氏名天下，
翰墨书香醉烟霞。
千古江山多故事，
十八曲巷有人家。

庚子夏至

一封家书

蟾宫玉露秋折桂，云中锦书雁相随。
若得群贤报桑梓，家乡 C 位待君归。

××× 尊鉴：

月满中秋，祖国华诞，双节同日，盛世完美。

如此良辰美景，最是团圆时光。八天长假，举国同欢，君乃雅士，自当妙叙。

然岁月终究前行，大业仍需丰盈。

趁双节余荫犹在，丹桂花香正浓。江山市委、市政府粹心至诚，几经筹划，于须江彩虹桥头，君澜国际酒店，备仙霞牡丹，设高峰论坛，诚邀八方乡贤，共襄消防盛举。

聚首之日，情暖之中，或最慧献策人，或最真代言人，或最诚合伙人，或最实投资人，家乡 C 位，任君安坐。

家书一封，达于尊前。请君 10 月 9 日莅临，10 月 11 日圆满。

纸短情长，敬请台安。

岁次庚子仲秋 诚致

（写给参加第三届江山人发展大会暨 2020 中国 · 江山数字消防产业发展论坛乡贤的一封家书）

思无邪

亲近微世界·审美大人生

做一个干净的人

干净，泛指清洁、无垢、纯粹。

一座窗明几净、纤尘不染的房子，会让人神清气爽、如沐春风；一个井然有序、四壁含香的院子，会让人赏心悦目、钟爱有加；一个亲善友爱、祥和平安的家庭，会让人交口称赞、羡慕不已。而一个由外而内都干净的人，则会让人光风霁月、友者如云。

那么，怎样才算是一个干净的人呢？

干净之人，必仪容端庄。无须腰缠万贯，穿金戴银，但在工作和生活中，一个头发齐整、手脸清爽、衣着规整、神色自然的外部形象，在很大程度上是愉悦自己的外延条件，不啻一张先声夺人的无言名片，也一定会博得身边人第一时间的青睐。反之，如果不修边幅，或者穿奇装异服，不但很难收获他人的尊重，反而会让身边人与你渐行渐远。

干净之人，必谈吐得体。不讲脏话，出口成章，简繁得体，颇有见地，体现一个人的学识内涵；而话前三思，应对有度，不抢风头，懂得倾听，则体现一个人的品行修养。这样的人，一定会让身边人有存在感，有愉悦感，并给自己在社会属性上加分。如果是庸俗不堪的满口脏话、毫无见地的高谈阔论、不留情面的即时反驳，则会让身边人避而远之，厌而弃之。

干净之人，必处事清白。无诉讼，少非议，光明磊落，襟怀坦白，不为名所累，不为利所役，仰不愧于天，俯不怍于地。即便在生命中遭受风雨，经历坎坷，也要坦然面对，以保持人格的尊严。如果在生命中偶遇诱惑，邂逅芳草，也当洁身自爱，以固守品性的高洁。

这样的人，一定活得骄傲，活得自在，活得轻松。如果诉讼缠身，非议不断，即便是借人钱财的诉讼，或者是被人下套的纠葛，那也不能回避自身的不智和不持之过。

干净之人，必与人为善。做人不欺心，行事遵法度，遇到误解不施暴，他人有过不嚼舌，看到危急施援手，面对不平敢亮剑。这样的人，风清气正，腰挺心安，无论走到哪里，无论身处何方，都是一个小太阳，即便有些许阴霾，都会因内心的光芒而烟消云散。和这样的人相处，一定会有一种亲近感、安全感、祥和感。反之，则会让人畏之，鄙之，垢之。

干净之人，必格局高远。爱祖国，讲大局，有情怀，敢担当，是干净的最高境界。这样的人，是民族的脊梁，国家的栋梁，时代的骨干，社会的精英，我们当仰之，慕之，习之。相反，如果数典忘祖，崇洋媚外，即便衣冠俊秀，舌灿莲花，也只不过是一介浊物，当遭世人侧目。

人有净气友自来，人有净气财自来，人有净气福自来，人有净气贵自来。

无论你是达官贵人还是布衣平民，无论你是耄耋老者还是总角稚童，无论你是伟岸男儿还是窈窕淑女，干净都是终身的必修课。

因为，这是生命里最真的底色，也是岁月中最纯的留白。

2018-09-09

你若极致，便是大师

一般来说，人分三种：

第一种是精于处人，疏于处事；第二种是精于处事，疏于处人；第三种是既善于处人又精于处事。或许，我们做不了第三种人，但至少可以做一个对事业追求极致的人。

所谓极致，是指上乘、超凡、化境。追求最高境界，最佳造诣。极致有三个属性。

但凡极致，必出精品。如《高山流水》《广陵散》《十面埋伏》等中国十大古曲；《洛神赋图》《步辇图》《唐宫仕女图》等中国十大传世名画，就是震古烁今、蜚声中外的旷世之作。

但凡极致，必有个性。如“天下第一行书”东晋王羲之的《兰亭序》；“中华第一楷书”唐代欧阳询的《仲尼梦奠帖》；“中华第一草书”唐代怀素的《自叙帖》，就是作者全部感情之寄托，是个性化的最高体现，所以能独树一帜，各领风骚。

但凡极致，无分贵贱。无论是达官贵人、专家学者、贩夫走卒，都可以在自己的职业上做到极致，如鲁班能发明既有五行八卦元素又具实用功能的鲁班尺，李时珍可撰写集本草学之大成的《本草纲目》，梁惠王的厨师庖丁，做到解牛十九年，刀刃依然锋利如初。

那么，我们应该如何追求极致呢？

扬弃自我。克服、抛弃旧事物中消极的东西，保留和继承其有积极意义的东西，并把它发展到新的阶段。扬弃自我的前提是自问，通过自问，认知哪些是可以保持的，哪些是必须舍弃的，这是一个自我审核、自我批判、自我否定的过程。

挑战极限。做任何事，都会遇到瓶颈，这个时候往往会将就甚至放弃，如果就此将就或放弃，那就不能入流，但如果勇于挑战，突破瓶颈，则意味着凤凰涅槃，破茧重生。

忍受孤独。在追求极致的路上，不知不觉地会影响到身边人的职业被认可感，而且，由于彼此的审美境界不同，价值取向不同，处事格局不同，在一起的共鸣点就很低，沟通成本则会很高。所以，曾经耳鬓厮磨的圈友会与你渐行渐远，而你却要孤独前行。

当然，追求极致更是一个自我享受的过程。当你遭受到许多次脑子短路、无所适从的空虚和无奈，经历过许多次辗转反侧、彻夜难眠的痛苦和憔悴后，又会有一种成功后的无比轻松与巨大愉悦。这无疑是一件只有自己意会而不足为局外人道的极其美妙的事情。

而当你追求极致并享受美妙的时候，离大师也就不远了。

2018-06-18

试说精品

什么叫精品？

以我个人的理解，精品是指通过精密构思、精度提炼、精心制作、精粹升华，最终形成上乘完美、精妙绝伦的作品。

精品应该有两类，一类是大自然在漫长的演变过程中，通过自身的鬼斧神工，巧合形成不可复制的自然精品；一类是人类对大自然中万千物质，以及社会生活中多元素，进行有意识地创作、提炼、升华，集智慧工艺于一身的人为精品。我们通常说的精品大都是人为精品。

就人为精品而言，它在形成过程中，需要创作者对客观世界有透彻的感悟，有真挚的情感，有不俗的审美，有不凡的才华，有丰富的艺术想象力和高超的艺术表现力。所以，但凡精品，都应该具备三个个体属性，即精深的思想性、精湛的艺术性、精美的品赏性。而精品的这三个个体属性，决定了其具有另外两个鲜明的社会属性，即领域的顶尖性、传世的久远性。

比如在音律方面，有先秦俞伯牙、钟子期的《高山流水》，汉魏时期嵇康的《广陵散》，楚汉争霸时期的《十面埋伏》，明代的《梅花三弄》，清代的《夕阳箫鼓》（也叫《春江花月夜》），明代的《渔樵问答》，东汉末年蔡文姬的《胡笳十八拍》，明代的《汉宫秋月》，春秋时期的《阳春白雪》，等等中国十大古曲。

在美术方面，有东晋顾恺之的《洛神赋图》，唐阎立本的《步辇图》，唐张萱、周昉的《唐宫仕女图》，唐韩滉的《五牛图》，五代顾闳中的《韩熙载夜宴图》，北宋王希孟的《千里江山图》，北宋张择端的《清明上河图》，元黄公望的《富春山居图》，明仇英的《汉宫春晓图》，清郎世宁的《百骏图》这中国十大名画。

在书法方面，有王羲之《快雪时晴帖》、王献之《中秋帖》、王珣《伯远帖》组成的《三希宝帖》，“天下第一行书”东晋王羲之的《兰亭序》，“天下第二行书”唐代颜真卿的《祭侄文稿》，“天下第三行书”北宋苏轼的《黄州寒食帖》，“中华第一楷书”唐代欧阳询的《仲尼梦奠帖》，“中华第一草书”唐代怀素的《自叙帖》，“中华第一美帖”北宋米芾的《蜀素帖》，“天下一人绝世墨宝”宋徽宗赵佶的《草书千字文》，元代书法宗师楷书奇珍赵孟頫的《前后赤壁赋》，明代奇才草书绝品祝允明的《草书诗帖》这中国十大名帖。

在文学方面，除了大家耳熟能详的《西游记》《三国演义》《水浒传》《红楼梦》这四大名著外，李白的《将进酒》《静夜思》，杜甫的《绝句：两个黄鹂鸣翠柳》《岱宗夫如何》，岳飞的《满江红·写怀》，毛泽东的《沁园春·雪》，等等脍炙人口的名篇，亦属历经沧桑而不朽的佳作。

在戏剧方面，同样有《西厢记》《琵琶记》《牡丹亭》《桃花扇》《长生殿》等世界级经典名剧。

此外，在金器、玉器、瓷器、木器、竹器、丝织、建筑、铸造等工艺领域，更是数不胜数。

这些精品，都是各领域的顶尖之作，足以蜚声中外，震铄古今，旷世不朽。

精品还有其独立性。

由于精品分别代表着某个特定的领域，再加上每个人的天资特质、工作性质、社会阅历、鉴赏水平、审美观念、价值取向不尽相同，所以精品不应该也不可能被所有人认知，并跨领域相融。比如，鲁班可以发明既有五行八卦元素又具实用功能的鲁班尺，但未必会对嵇康的千古绝响《广陵散》所表达的主题产生心灵共鸣。李时珍可以撰写集本草学之大成的《本草纲目》，但未必会对仇英的《汉宫春晓图》所表现的宫廷佳丽生活百态有深刻的解读。被誉为“天下第一行书”的东晋“书圣”王羲之的《兰亭序》，在贩夫走卒眼里，或许只是一张画满线条的纸而已。这就好比我们这些非业内人士无法甄别玛瑙翡翠的真伪，一般樵子渔夫不会对LV产生兴趣一样。

精品也有其普及性。

精品并非高不可攀、遥不可及。在我们从事日常工作和营造日常生活的过程中，都有可能创作出精品。比如一根普通的萝卜，通过创意，把它做成一道色香味形养俱佳的精致小菜，让人眼球为之闪亮，舌尖为之感动。一块普通布料，通过创意，把它做成一件款式新颖、穿着舒适、得体大方、让人艳羡的精美时装。一件平凡小事，通过创意，把它写成一篇主题鲜明、情节生动、意境高远、让人赏心悦目的美文。一个平凡岗位，通过创意，把它演绎到风生水起、超凡脱俗、与众不同。甚至，一块朽木，通过创意，也能把它雕刻成一件古朴高雅、精美绝伦的工艺品。

要想创作出精品，并非轻而易举。

必须有强烈的精品意识。即对自己所要做的事情，持有一种自我通不过批不准的唯美态度，为自己所要创作的对象，设定一道苛刻门槛，让自己所创作出来的作品，首先经得起自我挑刺和问责，继而经得起公众的评判和审美。所以说，那种蜻蜓点水、浅尝辄止、含糊游离的应景之作，绝不可能是精品，比如，把一首旨在表现村情村史的村歌，写成市歌、国歌乃至国际歌，那么，不管辞藻有多么华丽，旋律有多么优美，唱功有多么扎实，那也不能算是一首量身定做、村民认同的好歌。

必须用心至情。即对自己所要创作的对象，在素材上进行深度的解读，在主题上进行精细的构思，在意境上进行用心的感悟，在创作中进行倾情的雕琢，把创作者本人所有的思想、情感、悟性、灵气与才华，完全融入作品，赋予它丰富的内涵与静态的生命。所以说，那种唯上唯他、唯功唯利的迎合之作则很难成为精品，就像有些儿童演讲，一开口，就是一通与年龄阅历地位极不相称的大话、套话，这种失真的演讲，不管时政韵味有多么浓郁，孩子表演有多么到位，都不能算是一次合乎情理、至情至性，足以让人产生共鸣的成功演讲。

必须是自己的东西。作品，必须是自己的全部感情之寄托，是自我的个性化体现，是经过深思熟虑、精工雕琢出来的。比如写一篇作文，我们从不排斥引经据典，但文章的立意、体裁的选择、文理的逻辑、行文的风格、词句的选用，都应该有自己坚定的理由，有自己鲜明的特色，有自己独创的语言，且通篇作文，是浑然一体，天衣无缝的。而如果只是停留在模仿、复制、克隆、拼接，甚至抄袭上，那么，即便模仿的是名篇大作，因为不是自己的，所以，也不应该是你个人创作出来的精品。

创作精品的过程，其实是一种自我提升的过程。因为在精品创作过程中，必须调动全部的思想、情感、悟性、灵气与才华，并不断地进行自我碰撞、自我否定、自我优选、自我超越，使作品日臻完美，而创作者自身，也在这不断自我提纯的过程中得到淬炼，并得以升华。

创作精品的过程，还是一个自我成功的过程。在经过了多次自我扬弃后，创作者最终会获得首先让自己满意的作品，这对创作者自己来说，无疑是一次不可否认的成功。如果这个作品得到普遍的认同，并产生积极效应，则更是对创作者的褒扬，而这种褒扬，还会转化为激发创作者不断创作的正能量。

创作精品的过程，又是一个自我享受的过程。创作精品不可能一帆风顺、手到擒来，必然会遭受很多困难甚至折磨。而当所创作的作品最终尘埃落定，又会有一种无法比拟的成就感，创作者本人在欣赏创作成果的同时，无疑也在享受劳有所苦、劳有所乐、劳有精彩、劳而无憾的创作全过程。

历史因精品而辉煌，社会因精品而进步，行业因精品而知名，人生因精品而出彩。相信每个人都是创作精品的大师，都能在自己的生命中化腐朽为神奇，炼平凡于伟大，并在不断创造精品的过程中，凤凰涅槃、浴火重生，在不知不觉间，把自己也历练成一个超凡脱俗的精品。

2017-10-10

试说人才

“江山代有才人出，各领风骚数百年。”

这两句诗出自清朝赵翼《论诗五首》，本义是指诗歌写作要不拘一格、大胆创新，而今人则更多地借来赞美江山更迭、人才辈出。

人才是个多义词，如学问高、能力好、容颜美。在这里，我们特指有不凡能力的人。这样的人，必须具备三个条件，即品行好、有专长、善创新。

千军易得，一将难求。人才是社会进步的引领者和推动者。纵观历史，我们不难发现，每一次的社会进步无不和人才息息相关。商朝末年的姜子牙，起于渭水之畔，提出“三常”之说，奠定周朝八百年江山；春秋末期战国初期的鲁班，发明了曲尺、墨斗、锯子，把人们从最原始的劳动中解放出来；明代李时珍，一部《本草纲目》，让人类生命的时针得以调控。

现代的李四光创立地质力学，提出陆相成油理论，改写了中国“贫油国”的历史，极大地推进了祖国工业化进程；袁隆平发明杂交水稻，解决中国十几亿人的吃饭问题，演绎了“一粒种子改变世界”的神话；被誉为中国“火箭之王”“导弹之父”的钱学森，把中国导弹、原子弹的发射时间至少向前推进了二十年，从而让中国在鹰视狼顾的世界之林有了话语权。

因此，我们说，一个人才可以引领一个领域，可以催生一个产业，可以推动一个时代，乃至影响整个世界。

英雄不问出处，人才无分高低。无论你从事什么行业，无论你身处何种平台，只要你有一份报国利民之心，只要你能为人所不能为，只要你有一技之长，并对社会进步起到添砖加瓦的作用。那么，你所处的领域，你所在的地方，你所报效的祖国，你所服务的社会，都将报以极大的热忱，提供广阔的空间，让你才尽其用，此生无悔。

自古得英才者得天下。但凡有远见的统治者，无不求贤若渴、礼贤下士，对人才青眼有加、奉若上宾。昔有周公吐哺，方得天下归心。秦末有萧何月下追韩信，才得大汉朝四百二十二年基业。东汉末年有刘备三顾茅庐，遂奠定了三分天下的格局。

而在中华人民共和国成立之初，在社会主义建设时期，特别是在实现中华民族的伟大复兴时期，我党更是把人才当作立国之本、强国之基、兴国之要，广开贤路，广纳英才。习总书记特别向全党全国发出“聚天下英才而用之”的动员令，以保证党和人民事业的恒定发展。

回首中华人民共和国六十八年的风雨兼程路，从步履蹒跚、负重前行，到九天揽月、深海缚龙，无不凝聚着人才的力量，镌刻着人才的英名。

冯唐易老，李广难封。人才有“黄金期”，也有“保质期”。因此，运用多种机制，激活各类人才在“黄金期”创造一番“黄金业”，这，既是贯彻落实人才强国战略的务实之道，也是实施人才兴市大计的智慧之举。

有诗为证：

沧海横流千帆竞，莫让韶华付流星。
恰是中华追梦时，不负春光不负卿！

2017-09-25

无用之用必有用

“无用之用必有用。”这话出自《庄子·人间世》。篇末有云：“人皆知有用之用，而莫知无用之用也。”庄子还说：“无用之用，是为大用。”

什么是有用呢？是指有功能，有价值，有益处。反之则是无用。在现实价值取向中，人们通常把能带来实际利益的人、物、事、行为等界定为有用，其中，对人的界定尤为普遍。

这就引出一个问题，那就是价值判断。即根据特定诉求来预估有用或者无用，换句话说，就是和功利直接挂上钩。

然而，在价值判断过程中，人们又通常会把所谓有用的人与地位、能耐、财富联系在一起，以为这样的人，才是有用的人。

事实并不完全如此。

在《水浒传》描述的梁山一百零八将中：有像宋江这样颇具人格魅力、统领三军的领导人；有像吴用、朱武这样运筹帷幄、决胜千里的决策者；有像关胜、林冲、秦明、呼延灼、花荣这样横刀立马、勇冠三军的战将。这些人，无疑是人才，是英雄，对于梁山整个团队的发展举足轻重。

可是，谁也无法否认，排名第一百零七位的时迁，虽然不具备上述人等的大能耐，但他能上房入室 、飞檐跳梁，只身前往东京盗取雁翎金圈甲，赚徐宁上山，大破连环马；在攻打大名府时，火烧翠云楼，扰乱梁中书的军心；在拔除曾头市中，夜探史文恭设下的陷阱，为梁山大军标明安全进军路线，同样为梁山赢得此战的全胜立下汗马功劳。

无独有偶。战国时期，齐国孟尝君出使秦国，被秦昭王扣留，他手下的一名食客便装狗钻入秦营，偷出狐白裘献给昭王妾，让她说情放了孟尝君；而当孟逃至函谷关时，秦昭王又下令追捕，手下的另一名食客随即装鸡叫，引得众鸡齐鸣骗开关门，孟尝君得以逃回齐国。

从上面两个故事中不难发现，即便是鸡鸣狗盗之徒、贩夫走卒之辈，只要有一技之长，在某个特定的场合，都能起到很多大人物难能企及的作用，取得意料之外却又情理之中的效果。

于是，我们有理由这样说，有用和无用这些个词不免有霸道之嫌。颇具灵光的表述是：存在即合理，生来自有用。比较聪明的表述是：今天无用明天有用。最为务实的表述是：对你无用对我有用。

只是，不陷入对“用”的追求和满意里，不陷入别人设定标准的游戏里，是需要一点独树一帜的孤独的，尽管并不会真的孤独。

借《逍遥游》末段收个尾：“不材之木，广漠高远，无用于事，无碍于人，自得其宜，枝叶茂盛，婆娑荫映，蔽日来风，故行旅遇之，徘徊憩息，徙倚顾步，寝卧其下，纯出自然，恰如庄子之言论，无为虚淡，可以逍遥适性，荫庇苍生，疗愈世道人心。”

2017-12-18

格局大者终成大事

格局，从字面上解释，它有两层意思：一是格，指对认知范围内事物认知的程度；二是局，是指为认知程度所付诸的行动及结果。从哲学层面上讲：格，乃指人格；局，则指气度和胸怀。纵观古今，但凡格局大者终成大事。

何为大格局？

境界有高度。人的境界有高有低。有的人，力为自己出，利为一己谋，定位于“自我”，有的人，着眼小团体，利谋少数人，固步于“小我”。而有的人，他们心为大众想，利为大众谋，升格于“无我”。可见，格局的核心是“为了谁”，大格局必有大觉悟。

胸怀有广度。胸怀的大小可以“量化”。有的人是“坑量”，逢水则盈，遇旱则干。有的人是“湖量”，虽有一定容量，但也局限于有选择地开放，盛不下社会的风来雨过和人生的日起月落，难说宠辱不惊，从容淡定。而有的人是“海量”，他们有兼容并蓄之德，吞天吐地之量，善于汇众人之智，集各方之力，能忍世人难忍之苦，能容天下难容之事。可见，格局的尺度是“装多少”，大格局必有大度量。

视野有宽度。眼界取决于角度。有的人用“直角”，看到的是世界的一个扇面，或者事物的一个侧面。有的人用“广角”，看到的虽非全部，但也精彩。而有的人用“全角”，他们眼观六路、耳听八方、通晓古今、视野宏阔，看到的是完整的世界。可见，格局的前提是“看多宽”，大格局必有大视野。

思想有深度。思想层次决定思维质量。有的人，思想浮于“表层”，他们知识贫乏，人云亦云。有的人，思想触及“浅层”，他们不乏小聪明、小智慧，但思想深度不够，浅尝辄止。而有的人，思想抵达“深层”，他们具有历史思维、战略思维、辩证思维，能够抓住事物的要害，把握事物的规律，在纷繁复杂、模糊不定的世界中，明辨是非，找准方位，正确决断。可见，格局的本质是“想多深”，大格局必有大智慧。

执行有力度。境界再高，胸怀再广，眼界再宽，思想再深，最终还得靠执行。有的人，停留在“纸上谈兵”，止步于“海市蜃楼”。有的人，习惯于“花拳绣腿”，满足于“浮光掠影”。而有的人，能够“知行合一”，他们有坚强的意志力和坚定的执行力，以理论指导实践，把理想付诸行动，察实情，出实招，办实事，求实效。可见，格局的归宿是“干多好”，大格局必有“大手笔”。

愿君皆有大格局，成就大事业。

2018-12-18

唯行者能致远

但凡读过《西游记》的人都知道，孙悟空本是一只天生石猴，但完成了石猴、美猴王、齐天大圣、行者、斗战胜佛的终极升华。

虽然，这是作者吴承恩先生超凡的虚拟，现实中并不可复制，但孙悟空在终极升华过程中所散发出来的知行、毅行、善行的人性华美，却大可值得我们借鉴。

所谓知行，是指知道该怎么做并付诸行动。俗话说："临渊羡鱼，不如退而结网。"一个人，要想做出一番事业，实现人生价值的最优化，必须有天马行空的想法和义无反顾的做法。虽然当下还不具备百分之百可行的条件，也无法确定能百分之百成功，但必须相信这样一个事实，所有的机遇和奇迹一定在勇者前行的路上被温柔以待。就像孙悟空，为求长生不老之术，扎筏漂洋过海，遍访名山大川，终于在西牛贺洲"灵台方寸山、斜月三星洞"巧遇须菩提祖师，拜在门下，学成归来。相反，如果他贪图安逸，坐等天赐，那么，其结果只能是终身蜗居花果山水帘洞，做一介不入流的猴王而已。

所谓毅行，是指一旦付诸行动，就要坚定地为自己的选择而负责。毋庸置疑，在前行的路上，不可能只有风花雪月、云淡风轻，必然会遇到不同的波折和坎坷，有意料之外的，有突如其来的，有强加于你的。这是对行动者心理和生理上的一种挑战和考验，如果能果敢面对，砥足前行，无疑就是一名胜利者，在前面等待着的一定会是平安寨、彼岸花。亦如孙悟空，途中遇到火焰山险阻，他坚定地与铁扇公主、牛魔王斗智斗勇，先后三调芭蕉扇，最终将火扑灭，打通了西行之路，也为当地百姓根绝了火患。假设他和猪八戒一样一遇到困难就嚷嚷着“分了行李”“一拍两散”“各奔前程”，那么，西行之路当数度画上句号，也就不可能有后面的精彩故事。

所谓善行，是指要找到并遵循事物的客观规律，有始有终，善始善终。在前行的路上，总是与挫折和困境相伴，也总是和新事物新机遇交织，人们习惯地把它称作不应期或瓶颈。这个时候，行进者仅有执着和勇敢是不够的，还需要用新知识来认知新问题，用新智慧来妙解新机遇，用新手段来迎接新挑战，从而破危局，脱困境，凤凰涅槃，升华重生。这和孙悟空用大智慧破解九九八十一难，才得“径回东土，五圣成真”的功行圆满，实乃殊途同归。

正所谓，为者常成，行者常至。

2018-03-09

狼的哲学

中国人很有智慧，早在东汉时期，一代名医华陀，就模仿虎、鹿、熊、猿、鸟的形态和神韵，创立了一种“形神具备，动静相融，刚柔并济，内外双修”的仿生功法“五禽戏”。人常习之，可舒筋展骨，通经畅脉，防病祛病，健体养身。

这说明一个道理，但凡世间动物和人类都有着千丝万缕的联系，因为它们在物竞天择、适者生存的自然环境中，经过多年的演化，形成了各自的生存哲学。

比如狼。

在人们的印象中，狼大都和狡猾、凶残、嗜血联系在一起，这仅仅是它作为肉食性动物的一种本能属性，它最本质的属性是群体性，即团结、合作、共生。狼的这种本质属性，我们不妨称之为狼的哲学。

在这一哲学思想的支配下，狼总是以“群”的形式存在于大自然当中，总是靠团队的力量去获得生命的营养，总是在完成群体自我繁荣的同时，促成周边生态平衡。也正是这一哲学思想的运用，才使得狼成为陆地食物链的最高终结者之一，成为地球上生命力最顽强的物种之一。

动物尚且如此，何况人乎！马克思早就说过，人首先是社会的。当人类迫不及待地迈着并不怎么优雅的步子，跌入 21 世纪的时候，忽然发现：这是一个因速度而导致多变，因多变而导致危机的时代；是一个分工细化而又高度整合的时代；是一个个体英雄渐行渐远，团队英雄登台亮相的时代。这个时代的新命题是：如何调动人的社会属性，建立合作共赢团队，并充分发挥团队精神，在建功立业中找到足够的自我存在感、组织归属感，以及价值成就感。

那么，什么是团队精神呢？所谓团队精神，就是大局意识、协作观念、服务能力。团队精神的基础，是尊重个人的兴趣和成就，核心是激发全体成员的向心力和凝聚力，目的是保障个体利益和群体利益的和谐统一。

团队精神并不要求团队成员牺牲自我、同化个性，相反，它恰恰需要团队成员最大限度地挥洒个性、展示特长、发挥强项，从而形成一个没有短板的完美团队，共同完成既定的任务并获得巨大成功。

狼的哲学，值得我们借鉴。

2016-12-17

相信美好

相信，动词。其中，“相”，表示观察、判断；“信”，表示应验、确认。两字组合，意指你的观察和判断都会得到应验和确认。

相信，又是一个中性词。即你可以相信成功，相信美好，也可能相信失败，相信糟糕。佛学主张物随心转、境由心生；心理学认为你看到的就是你想看到的；而社会学则强调你的相信决定你的命运。

于是，我们说，选择相信，选择相信美好，对人生极为重要。

相信美好是一种心境。北宋才子苏轼与高僧佛印是一对好友，两人经常一起参禅。某天， 两人又在一起打坐。苏轼问：“你看我像什么呀？”佛印答：“我看你像尊佛。”苏轼听后大笑，对佛印说：“我看你像一堆牛粪呢。”

苏轼回家，向苏小妹炫耀。苏小妹对哥哥说，就你这悟性还参禅？参禅的人最讲究见心见性，心中有便眼中有。佛印看你像尊佛，说明他心中有尊佛，你看佛印像牛粪，想想你心里有什么吧！苏轼大悟。

这个故事告诉我们这样一个道理：怎样的心境，决定怎样的看见。

相信美好是一种智慧。有一位老太太，含辛茹苦把两个儿子抚养大。大儿子卖伞，小儿子卖盐。可她却没有一天开心，晴天担心大儿子卖不出伞，雨天担心小儿子晒不干盐。

某天，有一位智者从她门前路过，见她愁眉苦脸，便上前询问缘由，老太太如实相告，智者笑道：“你何不反过来想，天晴，小儿子会晒干很多盐；下雨，大儿子会卖出很多伞，这岂非两全其美！”老太太大喜。自此以后，无论晴或雨，老太太尽皆笑逐颜开。

这个故事，告诉我们这样一个道理：换一种角度，就会看到生活中的别样风景和互补之美。

相信美好是一种胆略。在革命形势暂时处于低潮时，党内有同志提出“红旗到底能打多久”的疑问。毛主席以其超凡的胆略和哲学的思维，坚定地指出：“星星之火，可以燎原。”

同时，毛主席还以浪漫主义诗人的气质豪迈畅想：“它是站在海岸遥望海中已经看得见桅杆尖头了的一只航船，它是立于高山之巅远看东方已见光芒四射喷薄欲出的一轮朝日，它是躁动于母腹中的快要成熟了的一个婴儿。”

此后革命的胜利之路，证明了毛主席的英明预见和无边胆略。

这个故事，告诉我们这样一个道理：一个人相信什么，就有能力靠近什么；靠近什么，就有能力拥抱什么；拥抱什么，就有能力成为什么。

相信美好吧，你的人生必将花团锦簇、妙不可言。

2019-09-22

“让”的内涵

在汉语中，让，是一个集动词、名词、介词为一体的多词性字。作动词用，有不争、推举、要求之义，如“让文之材也”“退让以明礼”等；作名词用，有礼节、仪式之解，如“大行不顾细谨，大礼不辞小让”等；作介词用，有被动的意思，如“他让青春撞了一下腰”等。

古云：“谦者，德之柄也，让者，礼之主也。”意指虚心是道德的根本，不争是礼仪的主旨。于是，让，就成了中华民族一个极具风度和高贵的字眼。

让，是中华民族的文化内涵和优秀品德。在中国汉字词组中，让的组词不下百余，如礼让、谦让、禅让、让茶、让座、让贤等，而从古至今，有关让的佳话也不胜枚举，有尧舜让位、孔融让梨、张英让地等。

让，是一种智慧。如三十六计中的最后一策“走为上策”，毛主席在与蒋介石决战东北时，提出“让开大路，占领两厢”，就是趋利避害，扬长避短，争取主动，夺取最后的胜利。

让，是一种风度。蔺相如给廉颇让路，让出了将相和，换来了赵国的强盛；宰相让羊，维护了大臣间的团结；粟裕让帅，让出了共产党人的高风亮节。

让，是一种秩序。孔融让梨，让出了长幼有序。程门立雪，让出了尊师重教。曾子避席，让出了谦逊温良。

让，是一种素养。开车的在斑马线让路人先行，让出了安全。健康壮实的人给老弱病残让座，让出了友善。买水果时把好的让一些给后来者，让出了节制。

事实上，让，并非只是一种单向的付出，而是具有极高回报率的修行。因为，在让的过程中，不仅在相当程度上成全了他人，也同步提升了自我的外部美誉度和内心愉悦度，并由此获得人生的价值感和幸福感。

2017-12-19

朋友的正确打开方式

《礼记》曰："同门曰朋，同志曰友。朋友聚居，讲习道义。"

翻成白话，即同一个老师门下的称之为朋，志趣相投的人称之为友。朋友们相聚在一起，研讨学习道德义理。

"同门"是指在同一个老师门下学习的人，所以，那时的"朋"就是我们现在所说的同学。"同志"是指志趣相投的人。所以，"友"才是我们现在所说的朋友。换言之，古人说的"朋友"，相当于现在"同学"和"朋友"这两个概念的组合。

人的一生，会有各式各样的朋友，同性的，异性的，同龄的，隔代的，同城的，异域的，同行的，跨界的，并由此建立起自己的朋友圈。

如此错综复杂的朋友圈，当然不可能都是同频的个体。有趣的灵魂，未必都是高山流水的知心客、交情换命的真朋友，更多的只是匆匆过客、泛泛之交。

那么，怎样才是识别真朋友，并且是正确的打开方式呢？

观其正。正者，意境高远。对国家忠诚，对集体钟情，有宏观审美，能跳出自我，明大局决策，有集体担当，能追求极致聚集体荣光。正者，心怀善念。对社会报以感念，对他人投以温暖，言行中充满正能量，举止间传递真善美。正者，光风霁月。面对诱惑不心动，路遇不平敢发声，在社会活动中不随波逐流，保持人格的完整和内心的纯净。

择其诤。诤者，阅历丰富。在人生沉浮中修炼得耳聪目明，对纷繁复杂的社会有深刻的体味和理解，很难被表象而左右，因名利而失格。诤者，智慧过人。有哲学思辨能力和逻辑思维能力，总能透过混沌洞见本源，穿过迷茫锁定目标，解读问题有深度，处理事情有创意。诤者，品性高洁。与人交往中，尤其对朋友，不做虚伪的逢迎，不做苍白的赞美，反而，出于关心，还会负责地点出修正的地方、提升的空间，并同时给出建设性的解决方法。而自己却常在无人处，平和地消化来自外界的误解和错觉。

贵其懂。懂者，善解人意。总能在你欲说还休时，看懂你要静默的难言之隐，在你言不由衷时，听懂你要表达的弦外之音。懂者，成人之美。当你在人前刷存在感的时候，他会为你送上精准的点赞，当你在人后因莫须有的事情被议论的时候，他会为你发表正义的声明。懂者，一诺千金。无须形影不离，没有迎来送往，但都会为曾经的某一个承诺而痴心不改，即便千里之外，也守候着彼此的那份默契。

因此，我们说，正友，诤友，懂友，才是真朋友。真朋友，是生命中的贵人，拥有真朋友，是命运之神的眷顾。

而这样的真朋友，终其一生，得一足矣。

2019-12-12

乡贤的力量

“乡贤”一词始于东汉。本义是指乡村中的贤达之士，他们有仁有义、有才有德，是为家乡民生和文化做出奉献的人。也是国家对地方上有作为的官员，或有崇高威望、为社会做出重大贡献的社会贤达人士的人生价值的肯定和褒奖。

一个能够被称为乡贤的人，除了有不凡的事业、较高的社会地位、较大的地方影响力这些基础条件外，还必须具备对乡土的挚爱、对乡情的虔诚、对乡里的馈赠等情怀。正如诗人艾青说的：“为什么我的眼里常含泪水？因为我对这土地爱得深沉。”

乡贤是地方发展一股不可或缺的力量。一个地方，总会有一批有志有识之士从乡村走出去，或求学，或为宦，或经商，风雨兼程，驾驭四方，在岁月的交错中塑造自我，成就人生，成为不同领域的佼佼者，被誉为时代精英。这批人，在长期的历练中积累起丰富的成功经验、具备高端的行业特长、掌握精湛的专项技艺；这批人，拥有不菲的物质财富、密集的创业信息、丰厚的人脉资源、多元的文化修养。所有这些，对于营养乡土、示范乡民、泽被乡里，直至重构地方政治、经济、文化格局，都有着举足轻重的作用。

于是，乡贤逐渐演变成一种以乡音为基调，以乡愁为素材，以践行社会主义核心价值观为精神底蕴，以推进地方建设为最终目的的地域文化，叫“乡贤文化”。

乡贤文化是彰显一个地域人文风貌高度的坐标；是凝聚一个地方杰出人士情感的堡垒；是回归故土、维系乡情的纽带，是探寻文脉、延续传统的精神动力。正是基于此，各地方组织都分别以乡贤座谈会、行业协会、异地商会、精英会等符合当地历史渊源的模式，唤醒、构建并运行自己的乡贤文化，架通乡贤之桥，凝聚乡贤之心，集聚乡贤之力，以此引领、助推地方发展。

聚天下英才而用之，集乡贤力量而用之，正当其时。

2018-03-21

企业家是一个地方的路灯

地球，因太阳而灿烂，万物生灵因为有阳光而得以有生命的轮回。阳光下，我们可以欣赏到蓝天碧水之壮丽，痴迷于桃红柳绿之嫣然，钟情那燕瘦环肥之绝色。

黑夜，因路灯而温暖，在她的照射下，道路显得清晰而静美，夜行人的脚步变得轻松而惬意。就像1843年，黄浦江边的人把上海街头出现的第一盏路灯比作太阳一样。

企业家，也是一个地方的路灯。比如：以唐之武士彟、清之乔致庸为代表的晋商，为古老的三晋大地注入灿烂的商业文明，曾分别为李渊父子取隋建唐提供财力支持，借钱给慈禧太后还国债。以红顶商人胡雪岩为代表的徽商，让贫瘠的徽州富甲一方，声名鹊起，深厚多元的徽州文化因此得以形成。以明初天下首富沈万三为代表的浙商，早期就是中国民族工商业的中坚之一，现今则续写着“浙江模式”“浙江经验”“浙江现象”等誉满华夏的商业传奇。

从江山大地萌芽并成长起来的企业家，也是江山的路灯。正是他们，带出了建材、化工、机电、消防、木业等驰名全国的大佬产业，推动了江山社会经济发展，提高了江山知名度；也是他们，越长江，跨长城，走天涯，行海角，在异地他乡建功立业，影响市场，调控价格，左右地方。

企业家之所以是一个地方的路灯，盖因他们身上折射出给人以启迪，催人以奋进的三道灵光。

“第一个吃螃蟹”的创业之光。鲁迅先生曾称赞：“第一个吃螃蟹的人是很可佩服的，不是勇士谁敢去吃它呢？”同样，创业是需要勇气的。想当年，江山一批消防人，睡地板、啃馒头、投身未知、无中生有，一杆水枪行天下，不仅让他们尝到了“螃蟹”之鲜美，并由此打出了中国消防数江山的威名。正如作家张晓风所言：“生命的厚礼，原来只赠给那些肯于一尝的人。”

“龟兔双赢”的协作之光。在我国经济生活中，有一种“龟兔双赢理论”，说的是龟兔赛跑，各有输赢，后来彼此合作，兔子把乌龟驮在背上跑到河边，然后乌龟又把兔子驮在背上游过河去，两者皆赢。“龟兔双赢理论”给我们的启示是：商业竞争，不是单打独斗、你死我活，而是相互借力、谋求双赢。纵观大千市场，但凡成功的企业家，无不崇尚借力与协作。

“春江水暖鸭先知”的智慧之光。相信任何一个真正意义上的企业家，当完成资本原始积累，并有长足发展的时候，价值取向与责任审美就会渐次升华，赋予企业以人文，赋予金钱以温度，把重义、乐善、崇学作为使命，把回馈社会、反哺乡梓视为责任，在把慷慨赋予未来的同时，实现自我人生的华丽变身和高端跨越。

佛陀以他的智慧，照亮人类的无始无明。企业家以他的精神，照亮从丝绸之路走来的远古商业文明，照亮生命中的夜色，照亮徘徊中的你我，照亮有梦者的前程。

作为一方地主，对这盏温暖地方的路灯，没有理由不赞之、敬之、呵护之！

2017-03-11

“第三只手”的功能

在市场经济中，有“两只手”在操控：一只是“看得见的手”，叫政府；一只是“看不见的手”，叫市场。但这两只手都有盲区，也存在失灵的可能，所以就需要非政府社会组织的“第三只手”来填充和弥补。于是，商会应运而生，成为社会、政府、市场间良性互动、优美共鸣的必须。

商会大致分两类：一类是行业性商会，一类是地域性商会。地域性商会，又大致分两类：一类是本地商会；一类是异地商会，如杭州市江山商会，江山市北京商会等。

那么，异地商会作为“第三只手”，自身应该具备哪些功能呢？从江山目前已成立的众多家商会运作效果，以及众会员入会的起始诉求来分析，应该有三项。

其一，做“伞会”不做“散会”。一个组织，特别是一个无强制性制约措施的组织，如果缺乏成员间的正能量互动，说散也就散了，商会也如是。因此，商会核心团队应该做到对内统一理念、化解纠纷、平衡利益、增强实力，起到“黏合剂”作用。对外协调关系、保障权益、扶危济困、扩大影响，在解决地域矛盾、维护地域稳定方面起到“消音器”作用。会员之间则要达成人人为我、我为人人的共识，做到互通有无、优势互补、资源共享、风险共担、利益共赢，使整个商会成为一个开则挡风遮雨，合则凝心聚力的“伞式”组织。众人合力开大船，说的就是这个道理。

其二，做“赏会”不做“伤会”。一般来说，异地商会中的成员除了籍贯相同，在从事行业、规模大小、财富多寡、人脉广窄、学历高低、入会初衷等方面不尽相同，但这些并不能成为攀比的条件、嘲笑的理由、中伤的借口。相反，应该主动发现并深度感知对方的创业经、人性美、高情商，主动发现并深度感知对方的行业优势、管理亮点、处世之道，进而相互欣赏、彼此点赞、查漏补缺、丰满自己，从而使商会成员间亲如兄弟，和谐温馨。这正是“三人行，必有我师”的真谛之所在。

其三，做“善会”不做“膳会”。中国传统文化，从来不排斥以对外联络、洽谈业务、叙旧联谊、喜庆节日等为主题的活动，这不仅是有必要，而且还要很用心，它所要表现的是一个组织所具备的格局、学识、礼仪。但中国传统文化并不提倡无目的纯娱乐的吃请，不仅浪费钱财，也虚度时间。同样，一个商会，支持在对外社交活动和对内联谊活动中派生出的某些必要的接待，所要避免的是那种为给聚餐找个理由的无谓活动。当商会发展到一定阶段，具备一定实力的时候，则要把视线上升到社会责任担当层面，如关注弱势群体、热心公益事业、支持惠民工程、真情回馈家乡等，这样的商会，才是有活力、有层次、有声望的商会，也只有这样的商会，才能够在一定的区域内影响价格、左右市场、成就地方。所谓有为必有位的实质不言而喻。

周虽旧邦，其命维新。商会历史虽悠久，性质亦大同，但所承载的使命和履行使命的方式却应不断革新，只有这样，才能完美到达“苟日新，日日新，又日新”的全新彼岸。

2017-09-18

回顾甚于展望

有一个概念，叫“回顾”。

所谓回顾，是指对曾经走过的路做过的事进行梳理、归纳、反思、总结。所谓展望，是指眺望前头、预测明天、规划将来。

相信一个不甘平庸的人，一个有所作为的团队，对于未来，都会有美丽的憧憬和无限的期待，这种憧憬和期待，就是展望。

还有一个概念，叫“展望”。

展望，表现出的是一种积极的人生态度。也许，真实的故事未必如想象中的那么丰满，有的和原来并无二致，有的甚至比原来更骨感，但没有展望，则一定是随波逐流，前路茫茫。

展望不是闲来遐思，不是缥缈空想，它必须以深度总结、归纳反思为前提，以扬长避短、追求卓越为信念，以冷静的智慧心和坚定的执行力做保障。

回顾，需要实事求是、一分为二的态度，既不要刻意粉饰，也无须故作低调。

回顾，不是面面俱到，通盘罗列，而是通过梳理归纳、去粗取精、去伪存真，抓住事物的中心，切中事件的要害。

回顾，要有正反两个方面的内容。正方：过去哪些事儿干成了？成功的原因是什么？其中最核心的那个因素能否复制？反方：过去哪些事儿干砸了？ 干砸的原因是什么？从干砸的事件中得到何种启示？今后该如何规避？

通过如此这般的梳理归纳、深度反思、合理扬弃，我们对过去所走过的路就有了一份线路图，一本明细账。

“悟已往之不谏，知来者之可追。”人不可能两次踏入同一条河流，同样，人也不可以两次在同一个地方摔倒。而回顾，正是为了找到下一个最佳的转角，避免在同一个地方摔两次跤。

2017-06-18

人需要他律

但凡卓越之人，他们前行的道路或许不同，成功的版本或许有别，但在他们身上，都有一个共性的主因，那就是自律。

自律，是一种修养。儒家主张“一日三省吾身”，此乃修行；佛家主张“举头三尺有神明”，此乃修心；道家主张“道法自然”，此乃修性。

自律，是终其一生的功课。毋庸讳言，人有喜、怒、忧、思、悲、恐、惊七情，有眼、耳、鼻、舌、身、意六欲，有贪、嗔、痴、慢、疑五毒。所谓自律，就是要优化自身的情绪、节制自身的欲望、减排自身的毒素，进而升华自己的人格，尽可能使自己有情而不滥用、有欲而不无度、有毒而不伤身。

这样的境界，相信极少有人敢说完全依靠自律可以达到。偶尔的懈怠、短暂的放松、意识不到的盲区、修养有成时的自满、强烈诱惑袭来时的失聪……这些，都会直接或间接制约自律层次的精进、自律成果的延伸，甚至，前功尽弃，续行更难。

因此，我们说，在不可预知的生命旅途中，自律没有达标日，道行难到终极时，自律的同时，还需要借助他律。

他律，狭义上指非自愿地接受涵盖道德标准、法律体系和其他社会规范的衡量标准；广义上指除本体外的行为个体或群体对本体的直接约束和控制。

这似乎有些抽象。举例说，村规民约、单位纪律、行业规章、特别禁令、十字路口的红绿灯、公共场所的行为警示牌，还有诸多的党纪国法等，这些，都是行为群体对本体进行规范、约束、惩处的他律，这种他律，具有指向性、强制性和不可自主选择性。

正是有了此类强制性他律，才能提升自律的认同感，引导自律的能动性，保持自律的常态化，久而久之，形成一种习惯。比如，正是因为有群体对酒驾、醉驾本体实行常态化惩处，喝酒不开车、开车不喝酒才成为本体律己的标尺，从而使酒驾、醉驾行为大幅度下降，使交通安全状况得到良性改善。

他律，是自律中非常重要的屏障，自觉接受他律，服从他律，本质上也是一种积极的自律，即服从规则，遵守纪律，敬畏法律。

2020-06-19

大智者知止

《论语·乡党》中有一个词，叫适可而止，从字面上解释，意指在游刃有余的份上稍做逗留。

无独有偶，隋代大儒王通，号文中子，曾写过一本书，书名就叫《止学》。书中有云：大智知止。意指知道适可而止，才是智慧之大者。

止，有别于物理学概念的停止或静止，应该是哲学原理的分寸和尺度，即我们常说的进退有度、趋避得体、恰到好处。

在人生旅途中，风景与陷阱并存，喜乐与忧患共生。要适可而止的地方有很多，譬如跻身社会要止怨，与人交往需止嗔，遭遇挫折当止损，获得成功应止骄……

但这些仅仅是具象的表现，也是不够的，还必须有适可而止的理念来指导，尤其要做到“三止”。

止欲。人食五谷，必有欲求。对目的的追求，是向上的力量、进步的本源、成功的诱因。追求欲望的过程，也是取悦自己的过程，展示个性的必须。但欲望又不可以太盛，太盛，则内心就不容易充盈，因而欲壑难填，派生贪念。同样，事物的发展规律告诉我们，物极必反，盛极而衰。况且，大千世界，精彩无限，人之福分，承载有度。所以，花未全开月半圆，才是惜福之道，保泰之方。

止速。目标需要有，欲速则不达。勤靡余劳，心有常闲，才是一种最自然的前行节奏。人生旅程，走在前面的人，未必都能包揽所有的锦绣，而后面的人，同样也能收获赏心悦目的风景。因此，做任何事，切莫用超出自己能力的力，提内功不足以支撑的速，否则，只会让自己的节奏变形且受伤。“得陇”而不“望蜀”，方能舒适地努力，惬意地成长，不经意地邂逅，可控制地优雅。

止居。居，即坐标定位。我们一直在茫茫人海中寻找归属感和获得感，从而明确幸福感的点位。但人生的舞台上，不可能人人都站在中心位，大多数人都是配角或隐居幕后，做着于自己擅长、于社会不可或缺的事。你是农民，那就享受田野的芬芳；你是医生，那就肩负起悬壶的担当；你是船长，那就把握行舟的航向……世间没有量化的高贵，人生没有固定的版本，珍惜当下，欣喜拥有，做好眼前事，莫念他人诗，又何尝不是别人眼中的诗和远方！

知止，是优化之取舍，是空明之智慧。弱水三千，只取一瓢，是智者淡定的自若；知足不辱，知止不殆，是智者泰然的从容。

《大学》开篇云：知止而后有定，定而后能静，静而后能安，安而后能虑，虑而后能得。以“止”为始，方能以“得”为终。知止且知足，实乃凡人之福也。

2020-09-18

圈　子

人的社会属性，注定我们深深地依赖于群体，建立并融入某个圈子。

所谓圈子，以我的理解，是指一班审美相近、志趣相投、目标相关的人，为获得某种特定愉悦而组合在一起的团队。

圈子有很多种类型。若以功能划分，可以有政治圈、经济圈、文学圈、艺术圈等；若以身份划分，可以有同学圈、战友圈、同事圈、朋友圈等；若以日常生活划分，可以有购物圈、旅游圈、健身运动圈、养生饮食圈等。

圈子对于成就事业、丰富生活有着举足轻重的作用。虽然不能说决定人生，但至少可以影响格局。《荀子》有云：“与凤凰同飞，必是俊鸟；与麒麟同行，必是良兽。”换言之，和什么样的人在一起，就会有着什么样的格调，你能走多远，看你与谁一起同行。和勤奋的人在一起，你就不会懒惰；和积极的人在一起，你就不会消沉；和智慧的人在一起，你也会灵动不凡。

有人曾举过这样的例子：一根稻草，被丢在路旁，是垃圾，如果用来捆绑白菜出售，那它就与白菜等价，如果用来捆绑大闸蟹出售，那它就有了大闸蟹的身价。

尽管这个例子并不十分贴切，但至少说明这样一个道理：单枪匹马，难以施展大抱负；和衷共济，方能成就大气候。

圈子具有共鸣性。假如你的审美、志趣、目标和某一个圈的人不同频，那么，彼此间就很难有共鸣，就不太有兴趣进入这个圈子，即便暂时进入，也很难和圈内人相融。比如：一个有趣的人，未必会和刻板的人同处一个圈子；一个爱好文学创作的人，是不大会进入麻将圈子的；一个致力于创业的企业家，一定会有一个交流创业心得的企业家圈子。

因此，认知一个人，很多时候，无须谋其面、知其根，只要了解他在哪个圈，也就八九不离十了，这就是我们通常说的“物以类聚，人以群分”。

圈子还有双重性。一个充满正能量的圈子，各自以其阳光般的能源，相互辐射，彼此作用，修炼大格局，拓宽大视野，成就一番于己于民于国有益的大事和好事，并由此找到快乐的真谛、幸福的理由。这样的圈子，不患其多而患其少，不患其大而患其小。如果一个充斥负能量的圈子，则会蝇营狗苟，以一己私利而不顾大局，以个人好恶而无视主流；甚至，拉党结派，以此抗衡集体行动，扰乱公共秩序。这样的圈子，不患其少而患其多，不患其无而患其有。

于是，我们说：人在旅途，需要圈子。安身立命，需要好圈子。

2020-12-18

空杯盛物有禅机

常听人说，一个人若想通往成功，首先要有空杯心态。

这我信。因为，空杯心态，并非从字面上所理解的“闲置”，亦非精神层面的“虚无”，更非物质形态的“没有”。她是一种态度，主张腾空固化的东西，以便接纳新事物，吸收新营养，焕发新容貌，进而踏上新征程，进入新世界。

然而，杯子腾空了，可以装盛的新事物有很多，该装啥？先盛啥？这里边颇有禅机。

说到这里，我想起一个故事。

某禅师有一位徒弟，很是勤奋，晨昏忙碌，可就是修为不见长进，苦闷之下，便来找师傅问道。

禅师沉思片刻，既没讲道，也没说理，而是吩咐徒弟照自己的指示，做一个“空钵盛物”的游戏。

禅师先叫徒弟拿来一个平日里化缘的空钵，然后要他朝钵里头装核桃，待到装了十来个核桃的时候，空钵就满了。禅师又叫徒弟朝钵里头装大米，一捧米沿着核桃的缝隙顺利地溜进钵里，直到塞满。禅师第三次叫徒弟朝钵里头倒水，一瓢清水把大米的缝隙又填满了。禅师第四次叫徒弟朝钵里头洒一撮盐，盐旋即化在水里，水竟然一滴儿都没溢出。

此时，徒弟似有所悟。

接着，禅师起身，把钵里头盛放的东西倒回盆里，腾出空钵，然后倒着顺序，依次放一撮盐，再倒一瓢水，当一捧米往里倒的时候，水当即就开始往外溢出，而当大米装满钵的时候，要想再往钵里头放核桃，已经没有装盛的空间了。

游戏做到这里，徒弟恍然大悟。

这个故事，给我以深深的启发。如果把自己时间有限的生命，当作一个空间有限的杯子，那么，我们在装盛内容的时候，就应该进行筛选、取舍和优化，确认哪些是自己生命中最重要的核桃，明晰装盛的顺序，从而让生命之杯自觉吐故而不失沉甸，主体丰满而不失多元。

新年至，春如约。最喜有志人儿，既有空杯心态，亦知盛物禅机。

2020-02-03

修炼人的第三种属性
——利他

大千世界，芸芸众生，没有谁可以否认这样一个事实，一个人从呱呱坠地的那一刻起，就具备两种最基本的属性：利己与排他。这两种属性，还将伴随着每个人不同的生命轨迹，走完他短暂而又漫长的一生。

利己，是指个体人在生存过程中和社会生活中，总是最大限度地谋求自我生存空间与生活质量的最大化、最优化、最便捷化的一种属性。比如看电影，观众通常都会下意识地首选一个整洁、稳固、视距恰当、视角合理的座位，让自己坐着、看着比其他观众更舒适惬意些。

排他，是指个体人在生存过程中和社会生活中，总是最大限度地规避、否定、排斥、抵制那些影响自我生存空间与生活质量外在元素的一种属性。还是看电影，因为你主观上有选择最佳座位的意思，客观上也确实坐到这个位子，那么，这就在利己的同时，不可回避地在主观和客观上，对其他非最佳座位和同样想坐这个座位的人实施了排斥。

从这个意义上讲，利己与排他这两种属性，在人性中既各自独立、又互为依存，并在同一时间同一行为同步彰显出来。即在实现利己的同时完成排他，在排他的同时实现利己。

利己与排他具有理性与非理性之分。

理性，是指人在生存过程中或社会生活中，有意识地回避那些有可能给自身造成伤害的某些元素，但又不损害这些元素，并同时给自身带来益处的行为。比如：一个旅人在丛林中旅行，他自然会有意识地尽量避开那些有可能给自身造成伤害的豺、狼、虎、豹、蛇等野生动物，以保证自身旅途安全。这种模式，属于避他利己而不损他模式。这种行为，属于人之本能中的趋利避害。

非理性，是指有意识地侵犯或牺牲某种元素，并由此谋取个人利益的行为。好比一个偷猎者，他同样在丛林中穿行，但他的目的是以猎取野生动物换取钱财。所以，他不但不会有意识去回避野生动物，而且还会主动寻觅、接近、捕获这些野生动物，并从中获取利益。这种模式，被称为排他损他而利己模式，这种行为，属于社会所不认同的损人利己。

当然，在社会生活中，有些损他却是合乎某种特定规则并被社会所普遍认同的，如体育比赛，它的规则就是击败对方获取自身的荣誉、地位、财富。

因此我们说，利己与排他，是作为一个自然人最基本的生存本能，也反映了作为一个社会人最基本的价值取向。以道德与法律为两大基石构建的社会，从来不在抽象概念中、意识形态上、宏观范畴内排斥人性中这两种与生俱来的属性，而是积极地包容、赞赏、推崇理性的利己与排他。

但我们必须同时承认这样一个事实，在整个社会关系中，仅有这两种属性是不够的，也是不完整的。社会还倡导个体人积极修炼人性中的另外一种属性，即第三种属性，利他。

利他，是指个体人在生存过程中和社会生活中，通过自身行为，作用于对方，并因此拓展对方生存空间，提高对方生活质量的一种行为。这是与利己、排他可以相容，却又在一定程度上相互排斥的一种属性。利他是人性中的高级属性，是道德文化的高品内涵，是社会关系中的高尚行为，是社会和谐的高端元素。其行为折射出绅士风度、侠士肝胆、烈士情怀。利他的基本内容包括：礼让、尊重、献爱、施助、见义勇为等。

相信没有人不对这样的情景心生感激。当你手拎沉重提包，在蜂拥人群中挤公交车时，突然前面有个人主动后退一步让开车门；当你在瓢泼大雨中抱头行走时，突然从当街店铺里传出一声亲切的“进来避避吧”；当你因自然灾害造成断路、断电、断粮时，有人翻山越岭送来了电筒、蜡烛、面粉、大米；当你正在为孩子就学的学费、患者治病的药费发愁时，有人心生同情、慷慨解囊；当你路遇歹徒，生命财产受到威胁时，有人挺身而出、拔刀相助；当你因大意失足、麻痹失手，或因不可抗拒的自然灾害等因素造成生命意外时，如溺水、地震等，有人大义相救、施以援手……

毋庸置疑，上述所列举的，也是在生活中屡见不鲜的事例，它所表现出来的正是属于社会推崇的利他行为。

而这种纯粹的利他行为，除了体现在生死攸关、大仁大义的范畴外，更多的还表现在生活中的点点滴滴、凡人小事，乃至大自然中有生命的物种，以及虽然没有生命却有实际价值的物体上。相逢点个头；见面问个好；来客一杯茶；碰到问路指个点；看到路上有个石头随手移到边上；推门而入时转身带门，不让它打到后面人的鼻尖；买水果时不把最好的全都挑走；吃自助餐时不把最后三个龙虾都夹到自己盘子里；卖菜时不要把捆青菜的稻草加得太多，一根也就够了。而尊重山水花木、爱护亭台楼阁，当然也是不可或缺的利他行为。

正是因为有太多的利他行为，正是因为有太多人实施利他行为，才丰满人性中的真、善、美，才构成鲜明且多元的个性化人生，才演绎出许多荡气回肠的爱恨情仇、人间传奇，才分化出角色定位与价值评判不尽相同的英雄豪杰、草根明星，人世间才充满仁义、博爱、善举、柔情、英风义烈，社会才因此而健康文明、和谐温馨。

利他也有理性与非理性之分。

在东方，尤其是在我国，绵延传承数千年的儒、释、道三教文化，最是崇尚人与人之间的亲情纽带，所以，在社会生活中，往往重情感而轻规则。而这样一种习性，又往往使人与人在交往中滥做好人、滥做好事，这就是人们常说的“好心办坏事”。所以，我们在褒扬、赞美并身体力行更多的理性利他时，也应该尽可能地回避、否定、拒绝某些非理性利他。

妨碍社会公共规则的利他。当十字路口显示红灯时，你应该劝阻却不可以搀扶老人、孩子穿越斑马线，因为，你的行为破坏了大家应该共同遵守的“红灯停，绿灯行”的公共规则。在乘坐公共交通工具出行时，当然可以主动给孕妇、孩子，以及行动不便的人让座，但不主张对强行霸座、无票偷座或强求让座的人和事默认，因为，对这样人和事的默认，无疑是对凭票乘车、对号入座这一公共规则的动摇，并且还会助长此种不良风气。

违犯国家法律规范的利他。无论是谁，即便是你的亲人朋友，当他做下盗窃、抢劫、杀人等案子犯了罪，你都应该劝其投案自首，或知情举报，绝不可以在资金、场所、交通工具等方面上给他提供便利，帮助他逃避法律的制裁。因为你的行为不仅在精神、肉体、物质上再次加深受害人的受害程度，而且在主、客观上纵容其二次作案，为其他未知的受害对象埋下再次被侵害的隐患。表面上看，这是一种利他，但却是一种利恶他而损善他，更是极度自私、丧失良知、助纣为虐的助恶性利他。这不仅在法律上不允许，在道德层面上也不予认同。所以，我对某人士关于“大义灭亲就是泯灭人性”的观点持反对态度。

追加或然伤害成本的利他。在海关，当你看到一个手提沉重包箱之人，你切不可轻易地伸出援助之手，因为有可能这包箱里边就藏有海洛因、摇头丸等毒品。而正是由于你自认是做好事，所以你的神态显得特别轻松自如，很可能使得海关人员对你不太注意，致使毒贩、毒品蒙混过关，祸及民众，不仅好心办了坏事，而当东窗事发，你自然也难辞其咎，为自己的鲁莽行为埋单。

同样，当你看到一个人落水时，你尽可以打电话、找工具，当然也包括亲自下水施救。却要尽量避免在自己水性不够的条件下，贸然下水单身施救，这样，有可能好心没办成好事，还可能造成被救者没救到，施救者本身成为被救者，甚至让这种大义壮举成为悲情绝唱。对于此类既有利他之心，也有利他之行，却难有利他之果，更具有损己之患，追加或然伤害成本，目的与初衷相悖的悲剧性利他，在现实生活中，我们并不提倡。

社会的文明需要更多纯粹、理性的利他行为，时代的进步呼唤更多纯粹、理性的利他之人。而要让这种人性中的高级属性成为个体人的必备属性，需要从三个方面加以修炼。

个体人要确立“利他即利已”的私德观。在人与人的交往中，很难想象一个自私唯我之人的生活会充满着坦途和阳光，而恰恰只有发自心灵深处的利他，才能最大限度地为自己赢得更高的人性美誉度、社会信任度、群体接纳度、自身受助度，从而提高自己的幸福指数。所以，从辩证法观点上看，利他并非纯单方付出式公德，更多的是我、他双赢式私德。而只有当个体人真实感悟并真正确立“利他即利已”的私德观，才能真实、由衷、积极地在生活中实施利他，并在利他的同时收获着，快乐着，幸福着。

全社会要弘扬“利他即利群”的公德观。相对于个体人来说，利他可以界定为利己私德，但从社会层面上讲，利他则是实实在在的利群公德。所以，国家、社会要依靠强大的舆论阵地，大力褒扬、引领、倡导发生在身边的所有善人义士和善事义举，强力奏响社会利他主旋律；要健全完善对于利他之人和利他行为的奖励机制，赋予利他之人相应的权益。同时，还有必要健全完善受他之人对利他之人的强制性报偿机制，使“好人能够得好报”“英雄流血不流泪”。如此，才足以保证利他之人有足够的成就感、自豪感、被肯定感、被赞美感，也只有这样，才能唤起、激励、推动并保障更多的人，在社会生活中自觉、放心、愉悦地实施利他。

受他之人要对利他之人报之以德。可以这么说，社会生活中的每个人，都有可能在利他的同时受他，作为利他之人，可以高风亮节、淡名薄利，不要求受他之人做到滴水之恩而涌泉相报，但受他之人绝无理由忘恩负义，乃至以怨报德，反过来要求利他之人和风不语、至爱无痕！这是对公理的践踏、道德的亵渎、人性的侮辱。如果这样，只能让利他之人心为之寒、行为之止。因此我们说，只有每个受他之人都心怀感恩、以德报德，在受他的同时利他，恩爱轮回，社会中不可或缺的利他之人才能世代延续；人与人之间不可或缺的利他行为才能得到良性循环；人世间的高尚人格才能被激活、常刷新。

什么是最本真的人？什么是最美的人？如果从人性上考量，我以为：利己而理性排他之人，就是本真的人；利己而理性排他又能理性利他之人，则无疑就是美丽的人。

非常愿意这美丽的人，就是茫茫人海中的你、我、他。

2012-04-21

优秀是这样炼成的

优秀，词性属形容词，意指出众、出色、卓越。

在现实生活中，人们对那些高官名爵、巨贾富翁、专家学者、侠客义士、各界明星等不凡之辈，往往用“优秀”一词来赞美他们。毋庸置疑，相对于大众群体而言，这些人凤毛麟角，诚社会之精英，褒之以优秀，毫不为过。

于是，多数人，特别是身为父母之人，就把这些人当作励志的榜样，期望自己的孩子长大后也成为这样优秀的人。

成名成家者固然优秀，也不可或缺。但是否除了这些人，其他的就都不优秀了呢？事实并非如此。在跌宕起伏、移步换景的社会进程中，除了需要名角大牌的精彩引领，更多的是需要千万计忠诚、务实、能干的社会实践者。所以，我一直认为，只要是品德高尚、生理健康、心理健全、有良好公共行为习惯之人，即便没有丰功伟业，也不失为优秀之人。

一个人如果在道德层面上有缺失，比如不讲诚信、没有善念，社会对他就不可能有太高的接纳度和信任度；如果在体能上不够强健，弱不禁风，其才智发挥度、环境适应度就必定受到限制；如果在心理上不够健全，得意时忘形，失意时失志，父母一批评就出走，老师一批评就跳楼，经不得半点挫折与打击，那么，他的抗压度、抗挫折度、抗干扰度就很低。这样的人走上社会，如果后期又没有得到很好矫正，家庭、单位乃至社会，就很有可能为其买单。如果没有良好的公共行为习惯，乱丢垃圾，随地吐痰，闯红灯，吐脏话，那么，他在社会上的影响度、评价度、认可度也必定不高。

古希腊哲学家亚里士多德曾说过：“优秀是一种习惯。”而这种习惯除了一定的先天性，更多的则是家庭影响教育所形成的第二天性。从这个意义上说，一个优秀的孩子应该是家庭制造出来的优质产品。

那么，作为家长，我们该怎样让孩子从小养成优秀的习惯呢?

适度威权。在家庭教育中，家长首先必须在孩子心目中树立适度的威权，这是必备之条件。没有威权，就没有服从；没有服从，就没有约束；没有约束，就没有秩序。而一个没有秩序的家庭，或者单位，乃至国家，是不可能和谐的。同样，一个从小不懂得服从、不接受约束、不遵守秩序的孩子，很难想象其长大后会被规则社会所接纳并有所作为。

众所周知，社会有规则，国家有法律，单位有规章，无论是谁，只要生活在这个社会中，就必须懂得服从、接受约束、遵守秩序。从辩证法的观点上看，人的个性是不可能也不应该无限张扬的。因为，个性的无限张扬，往往是更多限制自己的生存空间，而对个性的适度限制，则恰恰能为自己拓展更为广阔而自由的生存空间。

适度贱养。在当今社会背景下，普遍不是对孩子爱得不够，而是爱得泛滥，有的则更是以爱的名义进行非爱性掠夺。饭要喂着吃，衣要揪着穿，春天怕淋雨，夏天怕日晒，冬天怕寒风，水里不让去，山中不能走。更有甚者，当孩子之间发生点小摩擦，有的家长会挺身介入进行升级干预；当孩子在学校受到老师的批评，或同学之间打闹擦破点皮，有的家长会不依不饶、兴师问罪。如此等等，一方面束缚孩子致使他们在世界上找不到自我，另一方面又促使孩子感觉到这个世界只有我。以这种包办式贵养教出来的孩子，自我调控能力必定很差，性格上往往走极端。

当然，这里说的贱养，并非放任、漠视、无爱，而是在不游离于社会规范的前提下，让他充分回归大自然，融入大社会，在干扰中提纯独立的思想，在失败中领悟成功的秘诀，在不断的挫折中体味主动成长的快乐。

天山雪莲之所以高贵，就是因为她生在海拔四千多米高的悬崖陡壁之上，长在冰渍岩缝之中，而不是生长在玻璃温室之内。所以，优秀之人，除了会思考、有思想，我更推崇雪莲品性。

授以理念。纷繁复杂的社会空间无限，多姿多彩的生活应接不暇。在看似漫长其实短暂的人之一生中，会遇到很多事，有曾经接触过的，有意料之中的，有预料之外的，有突如其来的，有强加于身的……所以，我对规划人生一说持不同的观点。因为，人具有社会属性，既不可能完全自由地投放个人意愿，而个人意愿也必然会受到各种显现或潜在的因素影响或左右，让你困惑、迷茫，面对这些因素，又不可能全部在曾经解答过的题库内找到匹配的答案。这就好比数学解题，在课堂上，老师曾经教过："一个苹果加一个苹果等于两个苹果。"而在考试时，题目却换成了"一棵苹果树加一棵苹果树等于多少棵苹果树？"面对这样的题目，应如何作答？这里就涉及数学公式"1+1=2"。我相信，只要对这个公式理解并能融会贯通的人，都会在卷面上写出"2"的答案。

数学解题如此，生活解惑也不例外，如果把数学公式延伸到生活当中，那就叫生活理念，也叫人生境界。一个人，只有有了理念，才会有灵感、有悟性，才会有变通、知融入，才会处变不惊、左右逢源、诗意人生。所谓"授人以鱼，何如授人以渔"，正是这个道理。

当今社会，并不缺乏高端憧憬、美丽梦想之人，缺乏的恰恰是把憧憬付诸行动，把梦想变成现实之人。这样的人，正是社会需求量最多的精品。不断培养社会精品，才是所有教育者终生追求并为之毕生奋斗的终极目标，也是家庭、国家、民族繁荣兴旺之所在。

而成功的父母，就在于避免育出半成品、次品，乃至废品，为社会输送成品、正品，是精品当然最好。

2011-11-25

真正的风度

也许我们还记得，当日本福岛地震引发核泄露的消息一经传出，一股抢盐风呼啸而至，并迅速波及我国城乡，一时之间，盐成了最热门的名词，也成了最紧俏的商品。

在商场、超市、小卖部门口，抢购加碘盐的队伍像长蛇阵一溜烟儿排开，抢购者中，有普通市民百姓，有知识分子，有企业老板，也不乏行政事业单位的工作人员；有老人，有青年；有妇女，也有男士。购买的数量少则三五包，多则十数箱。据说，在武汉，有一位“抢盐哥”竟一口气抢购了一万三千斤（如按一家三口每天正常消耗二十克食盐计算，足可供这一家子食用九百年）。在所有抢盐者的心中，都有一个共同的不可动摇的理由：那就是，加碘盐，能防止日本核辐射！

虽然，核辐射终究没大面积波及生灵，抢盐潮也随着政府强有力的介入而尘埃落定，抢盐者在事后也饱受“盐症”之困扰，但就这一事件来说，我们不应该仅仅从表象上把它当作一般的“从众”“跟风”事件来看待，而应该从深层次去解读出我们人性中潜藏着的某些缺陷与悲哀。

无知。应该知道，我国是当今世界上的产盐大国，仅位于青海湖西的柴达木盆地，经初步探明的矿盐储量就达六百多亿吨，可供全世界人正常食用两千年，如果用它来造一座六米厚十二米宽的桥，可把地球和月球相连接，假如有幸，我们大可以通过这座盐天桥悠然直达月宫，与吴刚同饮，与嫦娥共舞。而且，和粮食一样，食盐是国家控制的战略物资，一旦发生战争、自然灾害或其他紧急事件，国家将随时启动应急预案，实行战略配制，这一点，在平息抢盐潮中已经得到充分验证。再说，从科学的角度上讲，加碘盐，对于防治核辐射也绝非是灵丹妙药，只要一日三餐日常食用，保持体内矿物质的相对平衡即可。过多食用，非但无益，而且有害。

自私。设想，假如核辐射真的危急到我们的生命，那么只要是人不是神，就都会受到威胁；假如碘盐对于防治核辐射真的有效，那么只要是人不是神，就都同样需要；假如我国碘盐是那么紧缺，那么只要是中国人不是外星人，就都有权利得到他应有的一份。那么，作为有着五千年灿烂文明、三千年儒家文化熏陶的中华人民，这般超量的抢购，岂不是置他人之生死于不顾而独活！若非如此，又难道是想囤居奇货，而后高价出售，发一笔生命救赎之财！

法国哲学家帕斯卡尔曾说过："人，只不过是一根苇草，是自然界最脆弱的东西；但他是一根能思想的苇草。用不着整个宇宙都拿起武器来才能毁灭他；一口气、一滴水就足以致他死命了。然而，纵使宇宙毁灭了他，人却仍然要比致他于死命的东西更高贵得多；因为他知道自己要死亡，以及宇宙对他所具有的优势，而宇宙对此却是一无所知。思想——人的全部尊严就在于思想。"

这话说得真好，人之所以被称为世间万物之灵，就是因为他能思考、有思想，也正是因为这一点，才造就了作为人的全部高贵与尊严。在历史的长河中，大千世界，浩瀚宇宙，难免给我们人类制造一些灾难，就像我们人类也曾或多或少伤害过大自然一样，但这并不可怕。可怕的是，当灾难来临的时候，甚或还仅仅是一种自然现象来临的时候，我们不是以客观、从容、大爱的态度面对，而是悲情延伸，扩大并人为地制造恐慌，在天灾之上追加人祸，从而把自己推向自己制造的悲情旋涡，这才是超越自然灾害本身的，也是我们应该避免的悲剧！

所以，我们有理由这样说：抢到了盐，丢掉了自信，丢掉了从容，丢掉了善念。而且，我还敢这样说，最早抢盐之人，抢盐最多之人，必是最先后悔之人，受折磨最多之人！因为，他们遭受的不是“盐累”，而是知识的衡量、良心的叩问、道德的评判！但愿经过“非典抢醋”“核辐射抢盐”事件的反思，今后不再有“抢味精”“抢酱油”之类的悲情滑稽剧上演。

当太阳穿行在万里长空的时候，当雪花飘落在苍茫大地的时候，当雨丝梳理着依依垂柳的时候，当白菜叶子上有一条青虫蠕动的时候，甚或当某种自然灾害真的来临，作为地球灵长的我们，当多一分冷静，多一分自信，多一分从容，多一分尊严，当然，还得多一分慈爱。

这是一种风度，一种真正的风度！

后记：

早就想就抢盐事件写点什么，但总怕得罪人，所以一直撂下，后来是因为一位熟悉的人对我说：“我家买了七箱盐，一时之间吃不掉，如果你家需要盐，可到我那里去买二手。”惊愕之余，我回答：“如果到你家买二手盐，那么，我宁愿不吃盐而吃糖，尽管可能会得糖尿病！”

感慨之余，遂有此文。

2011-05-02

清茶一杯度乾坤

有消息说：一个日本人，因为心脏病做了外科手术，出院时医生给他看了医疗账单，他突然气血攻心，晕厥，死亡。两个美国律师，吃饱了饭没事干，在办公室里赛跑，其中一个近视眼撞破了玻璃，从摩天大楼里飞出，死亡。阿拉斯加瓦尔迪兹发生石油泄漏后，政府救援每只海豹的花费高达八万美元，在一个独特的放生仪式上，有两只花巨款拯救回来的海豹，在旁观者的欢呼声与掌声中被放回大海，但一分钟后，它们被一只觅食的杀人鲸吞入肚中。一个叫凯·拉纳加的恐怖分子，在寄邮件炸弹时没付足邮资，邮件被贴上“退返寄信人”的印戳退回，而他忘了那是炸弹，于是打开邮包，被炸成碎片……

近日，又耳闻目睹了几件不可思议的事情。一个农民，在高达四十摄氏度的炎热中午去烧荒种芝麻，结果一把火烧掉了大片森林。两个在健身广场卖冷饮的流动摊主，为了一米的距离各不相让，大打出手，结果一同住进了医院。一个耄耋老者到邻居鱼塘里打水，女主人不让，拉扯中双双掉进鱼塘，溺水而亡……

从上述故事中，我们不能不感叹：世事无常，人生苦短。在纷繁复杂的现实世界，在朝花夕拾的生命旅途，谁也无法预料下面会有什么样的事情发生。可能交好运，也可能触霉头，得到的未必是福，失去的也许是祸。同在蓝天下，王子可以日光浴，乞丐也可晒太阳。

从这个意义上说，放弃鸡虫之争，抛却冷暖之气，用自己的方式和心境经营并且享受生命现实中的美丽，才是提高我们每个人幸福含金量的优雅所在。

比如一杯清茶，有的人是夺杯牛饮，一解奇渴，浑不知此茶何味。而有的人先是舒缓地举杯，再用两指夹起杯盖，左右兰花指，很优雅的造型，接着闭目嗅一嗅它的清香，然后轻吹漂浮在水面的叶片和雾气，唇不沾杯地小呷一口，柔柔地顺喉咽下……前者是饮，后者是品，虽然方式不一样，但都满足了各自的心理和生理诉求，谁都是幸福的。

有道是：世事无常谁能料，人生苦短莫愁眉，弱水三千无穷碧，清茶一杯度乾坤。

2009-07-26

谁能不虚此生？

人有两种自信：一种是人格上的独立自主，即俗流万顷不随波；一种是理智上的狂妄自大，即弱水三千我独饮。

我欣赏前一种自信。

所谓人格上的独立自主，是指在不游离社会既定的游戏规则，更不干涉圈内人别样生活的前提下，以那种从骨子里迸发出的，且有别于他人的、独树一帜的人格特质，作为自己的立身之本，并以其迷人的魅力，感染身边的世界。而从不把自己一味依附在身外之物或他人身上，即使是极品之物，或极优秀的人。

这里，我特别引用爱默生的一首诗：

为爱牺牲一切，
服从你的心；
朋友、亲戚、时日，
名誉、财产，
计划、信用与灵感，
什么都能放弃，
为爱放弃一切；
然而，你听我说：
你需要保留今天，
明天，你整个的未来，
让他们绝对自由，
不要被你的爱人占领，
如果你心爱的姑娘另有所欢，

你还她自由。
你应当知道，
半人半神走了，
神就来了。

所以，我不喜欢韬光养晦、无动于衷，甚至道貌岸然、惺惺作态。我喜欢尽心竭力地投身工作，如痴如醉地坠入情网，酣畅淋漓地享受生命，把喜怒哀乐统统写在脸上。换句话说，就是为生活而活，而不是为生存而存！数不尽的生命精彩，无不证明了这样一个命题：因为独立，所以精彩。

因为独立，才有自己准确的定位坐标，因为独立，才有自己自尊的精神世界，因为独立，才有自己丰美的心灵家园……独立，是一个拥有无限产权的个人城堡，它单项收藏并日益丰厚着每个人一生中最珍贵的宝物：高贵与堕落，优雅与入俗，悲伤与欢乐，踏月而去与风雪夜归……

当有一天重归那风和日丽的港湾，打开城堡，清点藏品，将从心灵深处由衷地发出感叹："呀，老天待我不薄，老子我总算不虚此生！"

2009-08-04

学会管理自己

这天傍晚，冷风细雨，夜幕低垂。我和君君、佳佳、英英，以及初次见面的徐总一行五人，应邀前往牛头山健康营，说是体验健康生活模式。

虽然城市的霓虹灯和高速两旁的路灯依旧明亮而温暖，但我的心情却像灯光下的雨丝那样，潮湿又有些许低温。因为，此行并非本意，皆因友情难却。

然而，经过两天的亲身体验之后，我的感觉是，爱你何须曾商量，此行非虚得益多。那么，为什么前后会有如此一百八十度的转变呢？

此行给了我生理清扫的机会。

人是需要他律的，人的自由通常是以约束为前提的。组委会在异地营造了一个相对封闭的物理空间，让我远离红尘的纷扰，屏蔽物欲的诱惑，以一种清心寡欲的生活方式，倒逼我在精神上放松自己，在生理上放空自己，继而开发肌体潜能，激活细胞灵性。这就好比我们的家，一天一小扫，一月一大扫，一年一彻扫。健康体验，也就是一次人体大扫除，让我们尘封已久的身体得到一次内部清洗。这种方式，既是养生，也是修炼。

此行给我心理洗牌的理由。

对老子关于“尊生贵生”这句话有了新的认知。所谓“尊生贵生”，指的是尊重生命，珍惜生命，因为在道家看来，人的生命是生物界中最为可贵的。因此，作为生命的个体，一生中最大的目标和最重的任务就是努力养护自己的生命，让自己活下去，活得有质量，活得有意义。所以，我们要找到善待生命的理由，转变厚爱生命的观念，掌握维护生命的原理，改正将就生命的习惯，规范尊重生命的行为。

试想：如果一个连自己生命都漠视的人，怎么能够遵守道德规范，热爱世间万物！从某种意义上说，养生无疑得道。当然，为了大爱而不惜奉献生命的高尚行为，依然被全社会所推崇并敬仰，这里仅指养生而言。

我对孟子的“食色，性也”这句话有新的理解，即养生就是吃对。孟子这里所说的食与色指的是吃与爱，这是人的本能属性，但为谁吃、吃什么、怎么吃、吃多少却是一门学问，比如：至少让我懂得吃饭并不是为了味觉果腹，而是为免疫细胞提供营养，细胞饱了，才是真饱。

我对人们所说的“子欲养而亲不在”这句话也有新的领悟，即养生就是尽孝。自古道：人生有三大快事，那就是“他乡遇故知，洞房花烛夜，金榜题名时”；也有三大悲苦，那就是“少年丧父母，中年丧配偶，老年丧独子”。如果仔细体会，这三喜三悲和生命的健康都有着割舍不断的内在联系。

假如没有一个健康的身体，那么，三喜来时，无福消受，而三悲则将如影随形。再回到“子欲养而亲不在”这句话，它无非表达儿女对父母早早离去而自己却尽孝不够的一种遗憾。那么，为什么会有这种遗憾呢？原因不外乎两种：要么回馈父母不够，要么父母走得太早。而走得太早的原因，正说明父母的身体不够健康。但我认为也不要只停留在此种遗憾上，作为儿女，完全有机会弥补这种遗憾，那就是积极地养护自己，让自己健康长寿。古人云：身体发肤，受之父母，我们是父母的终生作品，让这部作品升格成为精品，并成为传世作品，这何尝不是一种尽孝！而且还是对父母在天之灵最好的告慰！

此行给我身体管理的启示。

长期以来，我对自己的身体总是充满自信，也坚持率性而为、挑战本能的生活方式。从心理暗示方面说，这也是正确的，但正如毛主席他老人家说的那样，战略上藐视敌人，战术上重视敌人，光有自信是不够的，还需要科学的生活方式配合，这种配合，叫作管理。通过健康营的重生体验，我有机会对自己的身体状态有所了解，对往日的生活方式有所反思，从而让我在自信中看到一丝危机，在率性中多了一份理性，对今后的身体管理多了一份自律，更重要的是对如何善待自己的身体多了一份责任。

从理论上来说，人的一生可以划分为三个阶段，第一个阶段是被人管理阶段，叫未成年期，这个阶段没有自主权。第二个阶段是自我管理阶段，叫初入社会期，这个阶段有相对的自由支配权。第三个阶段是管理别人阶段，叫成家立业期，这个阶段有绝对的自由支配权。这三个阶段的递进过程，正是人从生到死的过程。

事实上，自我管理至少贯穿一生中的三分之二，所以，管理自己就成为一生中读不完的功课和没有满分的试题。但我们可以尽可能地得高分，在初入社会期不要过度地放纵自我，消耗青春，透支健康；在成家立业期更要有一份上有老下有小的忧患意识和责任意识，在管理好自己的同时，管理好父母，管理好爱人，管理好孩子。在保持自己健康的基础上，让父母因你而无忧，让爱人因你而有伴，让儿女因你而长安。

于是，我得出结论：健康是一种习惯，健康是一种能力，健康是一种文化。

青春可以超越，美丽可以定格，健康可以还原。让我们终其一生，做一个人民医院的匆匆过客，一个生命长河中的阳光常客，让年龄在彼此的身上，仅仅成为阿拉伯数字的抽象存在。

2017-06-13

不能忘却的英雄

汶川地震，举国同悲。

它昭示了大自然的暴戾与无情，生命在瞬间降临的自然灾害面前的渺小和脆弱。然而，在抗震救灾的伟大斗争中，无数平凡的英雄，用他们最凝重的善良和博爱，诠释了中华儿女金子般的人性！

在这些人当中，有舍身赴难，冒死抢救生命的武警官兵；有强忍失去亲人的悲痛，悉心救助伤员的白衣战士；有不计个人得失，奔赴灾区援助的社会各阶层志愿者；有慷慨解囊，捐钱捐物的党员、干部、企业家、平民，乃至乞丐；也有履行人道主义的国际友人……他们都是真心英雄，都应该受到“郎铮式”的生命礼赞。而那些以超强的意志与忍耐，在废墟中守望生命，创造重生奇迹的遇险同胞，又何尝不是英雄呢！

当然，我还要赞美另外一个群体，一个容易被人们忘却的英雄群体，那就是乡镇干部。

无论是贫穷抑或富贵，在瞬间降临的灾难面前，其生存机会、生命价值是平等的，没有丝毫的特权。然而，都江堰市某乡镇干部就以牺牲自己的生命为代价，给那些孩子创造了生命特权。当七名乡干部被埋在废墟中的时候，一位女副乡长与幸存的十余名干部，只是怀着对这七名同事深深的愧疚，毅然决然地奔赴学校，率先营救遇难学生。而当后续救援部队赶到时，这七名乡干部的生命，已经永远定格在了这片曾经为之魂牵梦绕的土地上。

生者何求，死者何憾！这是人性的无情吗？不是！这是对生命的漠视吗？不是！这恰恰是一种伟大之放弃，至爱之无我。

其实，在气候恶劣，交通、通讯一度中断的灾区，不乱、不等、不靠，于第一时间赶赴第一现场进行第一拨营救的，正是这些同样承受着失去家园、失去亲人的苦难的乡镇干部。

在巨大的灾难面前，他们把群众的生命放在了特权地位，在平时工作中，他们又何尝不是把群众的冷暖放在第一位呢！

党的各项富民政策、安民措施，主要靠他们来落实；老百姓在生产、生活中碰到什么困难，最先要找的是他们；防汛、抗旱、扑救森林火灾、抗击冰冻雪灾，最先赶到现场的是他们；当个别群众一时对党的政策有误解，最先受到责难的是他们……

也许，他们有时会发一点脾气，但那只是人性本能在忍耐极限下偶尔的宣泄，无关乎人性的善良；也许他们有些灰头土脸，那只是因为他们常常与青山、田野作伴，无关乎他们内心的华丽；也许，他们终其一生，也没有做出过惊天动地的大事业，只是为百姓的柴米油盐，为左邻右舍的鸡毛蒜皮而奔波劳碌。然而，百姓安居乐业、平安富足，恰恰是国家强盛、民族兴旺、社会和谐的终极内涵。

“为国为民，侠之大者”，像这样一个心为民所想、情为民所系、利为民所谋的最基层群体，我们能不由衷地赞美一声“大侠”吗！

2008-05-25

你心中，谁最重？

初读《西汉演义》，是我还在初中的时候，那时，青春朦胧，情窦初开，对西楚霸王的勇武绝伦崇拜不已，对项羽虞姬之间的生死恋情心摇神驰。虽然项羽力拔山兮盖世，终不免四面楚歌，血洒乌江，心爱的虞姬也在一首凄婉的《和垓下歌》中自刎以谢，鲜血到处幻化出一朵亭亭玉立、婀娜多姿的虞美人。但我仍然觉得那就是英雄美人式的爱情，是天作之合、刻骨铭心、海枯石烂、地老天荒的爱情。正如屠洪刚在《霸王别姬》歌中唱的那样："我心中，你最重。"

然而,《红楼梦》中的宝玉痴儿却并没有因为黛玉香消玉殒之后，践行"你死了，我去做和尚"的诺言，遁入空门，落发为僧，而是"见宝钗举动温柔，也就渐渐地将爱黛玉的心肠略移在宝钗身上"，两人竟"如鱼得水，恩爱缠绵"。

这样的结局，使少年的我对霸王愈加崇敬的同时，对宝玉充满了怨恨，觉得他是个负心汉，不仅辜负了黛玉的那份痴情，也亵渎了"宝黛情缘"的那份圣洁。我曾这样想，高鹗先生即便不让宝黛花好月圆，共效于飞，也得让宝玉在黛玉仙去之后剃度受戒，面壁潇湘，而最不应该的是让宝钗入主怡红院，取代林黛玉。因为，我相信，黛玉对宝玉的爱是一往情深、刻骨铭心、至死不渝的，对宝玉来说，黛玉应该是他心中的唯一和最重，既无法轻弃，也无可替代。

渐渐地，我从一个冲动少年走上初恋、再恋，直至步入婚姻围城，我方发觉少时的想法尽管纯洁，却是多么天真。

其实，在我们的一生中，会遇到很多可能会爱上的人，也许是擦肩而过，也许是美丽邂逅，也许是演绎出一曲悲欢离合的千古绝唱，但却没有唯一，也无所谓最重。之所以会有执子之手、与子偕老、相濡以沫、厮守终生的人生佳话，是因为对方恰恰出现在自己眼下最需要的时候，也因为我们都植根于三千年儒家文化的土壤上，更因为在他们的世界里没有发生难以应对的裂变。

所以，我对那些用笨拙的手折出千纸鹤，用有限的钱买昂贵的九百九十九朵玫瑰，颠颠送给女友的少男持不屑的态度。我坚信，当千纸鹤还没发黄，玫瑰花还没凋谢，也许，同样的物种已经出现在另一个女孩的闺房里。“如果非要我在爱你的前面加上个期限，那么，就是一万年！”这句表达，听起来是多么深情款款，有多少热恋男女曾经套用过它，有多少热恋男女曾经为这句话而激动得热泪盈眶！然而，我依然对此持不屑的态度，且不说它明显违背了人的自然生命规律，这句话的本身也就是一个气球，是那么轻佻，那么苍白，那么虚无缥缈，那么让人不可信。

当然，我相信，在两情相悦的季节，或者在荷尔蒙激荡的时候，说这话、做这事的人，肯定是发自肺腑的，听这话、收这礼的人，也肯定是满心感动。只是漫漫人生，滚滚红尘，几多变幻？几多无奈？又有谁能够看得清，摸得着？就说项羽，假如他不是兵败乌江，又有谁能保证他不会移情别恋？再说林黛玉，又有谁叫你是个多愁多病的身呢！

我终于承认，世上不可能有，也不应该有唯一和最重，所谓“爱江山更爱美人”，是一种江山也要、美人也要的占有式爱情传奇。所谓“宝黛情缘”，是一种被我们理想化了的爱情传奇。而虞姬殉情、宝钗替代黛玉入主怡红院，才是我们现实生活中的势所必然。“空对着山中高士晶莹雪，终不忘世外仙姝寂寞林”，实非吾辈俗人所能到达的境界。

2010-03-24

你为何走得这样匆忙？

虽然你我曾经有过心灵对视，虽然你我不曾有过肌肤相亲，虽然因为十八年前的一次误会最终没有走到一起，但当我今天听到你因患癌症去世，并且已经火化的消息时，我实在无法相信这是真的。

你本是蒲城人，认识你，是十八年前你随父母兄长举家从蒲城迁居到你外婆家的所在地，也是我的老家。那时的你，卷发飘逸，文采飞扬，内秀多智，打理精致，活脱脱一个靓丽青春美少女。你的到来，让山村里那些青涩的、成熟的小伙多了几分冲动，连你屋子旁的小桥流水似乎也多了几分灵气。

后来，我只身一人调到城里工作，我们接触的时间就更少了，你我之间没有打过电话，没有写过信，但就从那时起，你我的思念却与日俱增，有一次在你家，几乎达成默契。

十八年，星移斗转，物换人非，你我终究没有修成正果，你为人妻、为人母，我也为人夫、为人父。可你知道吗？在私下，我曾多少次责备自己的无能，为什么不能帮助你解决在当时看来非常重要的一件事，使自己总觉得底气不足，羞于见你？我也曾多少次责备自己的粗心，为什么在一同参加朋友朱君婚礼时没有把你留下，让你带着误会矜持地离开？我还多少次责备自己的傲气，为什么在你走后没有回头再找你，让你在忧郁中走过你最美丽的十八年？

十八年，社会终究没有给你提供一个展示才华的平台，爱神或许也没有让你找到生命中最重要的另一半。如今你走了，带着对尘世间世俗的厌倦，可为什么你要走得这么匆忙，走得那样矜持？难道在病痛的折磨中，你就没有想过给我一个问候的机会？难道在生命的弥留之际，你就没有想过对我说一句什么话？

然而，这尘封的思念，不解的为什么，一切的一切，都随着你的香消玉殒而成为过去，留下的只是今生再也无法弥补的遗憾。

天堂并不遥远，天堂的路也好走，虽然，在你生前彼此都没有说过什么，但是，假如你在天有灵，那么请你记住，在每年的这一天，5 月 16 日，我会对你说十八年前没有对你说的话，对你说只能对你一个人说的话。

愿你在天堂找到一个洁净的小屋，像生前一样，独自看书，独自弹吉他，独自把屋子收拾得纤尘不染，依然用谜一般的眼神，表达内心最丰富的想法。

2009-05-16

清明祭祖的联想

清明，是中华民族的传统祭奠节，在这个节日里，人们都会扶老携幼，拎上鸡、鱼、猪肉、酒水、豆腐、水果等供品，前往先人的长眠之地虚祭一番，以遥寄我们这些后辈儿女无尽的思念。

乍一看，祭祖之举颇有几分现代网络空间虚拟表达的味道，彼此见不着面，供奉的祭品也没有听谁说过让墓中的先人动过一筷子。但细想起来，它的真实含义还是有的。让后辈儿女记住，这是我们家族中的哪一位先人长眠在此地，知会乡里乡亲，这墓中的主人是有后代的，并且是孝顺的后代。

不过，我更愿意让祭祖的含义再延伸一些。通过祭奠，认知生死之道，感悟天人合一的道理。

比如，有的先人是正常离去的，那么，就不妨体会“纵人生百年，红颜谁驻”这一生命自然规律，从中找到善待今天、善待生活、善待生命的理由。比如，有的先人是在人祸中悲情消失，那么，就不妨反思我们的行为习惯是否符合社会规则，从中汲取遵纪守法、洁身自爱、未雨绸缪的动力。比如，有的先人是在自然灾害中不幸遇难，那么就不妨叩问我们的心灵，在向大自然无尽索取的同时，是否善待并回报过众生赖以生存的大自然，进而从中提炼珍爱自然、善待地球、呵护环境的高端品性！

呜呼，死者已矣，生者唯善。

2010-04-03

垃圾“出卖”你

亲，别以为将垃圾袋往那一丢就完事了，其实，你丢垃圾的这个动作，就已经告诉别人你的修养得几分，接下来，你的垃圾会毫不掩饰地出卖你。

比如：你倒的垃圾中常有高档生活物品的外包装，说明你家物质条件不错；你倒的垃圾中常有酒瓶和烟蒂，说明你是个杜康兄和香烟君；你天天倒垃圾，说明你是个相对稳定的居家族；你隔三岔五才倒一次带有荤素菜脚料的垃圾，说明你不常开伙；你倒的垃圾中不时有半旧物品，说明你比较懂得收纳；你倒的垃圾中不时有剪裁下来的或枯萎的花枝叶瓣，说明你比较注重情调；如此等等，不胜枚举。

毫不夸张地说，垃圾，集中了你个人乃至家庭的绝大多数信息，包括生活条件、生活作风、生活规律、生活品位等诸多层面，比公安网还要真实详细。

所以，假设某人对你感兴趣，那么，无须实地考察，无须访问查询，只要读懂你倒的垃圾。

一孔之见，无凭无据，说不说在我，信不信由你。

2017-04-28

不要在送礼中看轻自己

逢年过节，亲朋好友之间都要互送礼物，交流情感。这既是我国的传统习俗，也是必不可少的社交活动。

然送礼却是一门艺术。送礼，送是技巧，礼是标的。当技巧与标的完美结合在一起的时候,就会有体面,出境界,得高分,双方愉悦，锦上添花。而如果技巧蹩脚，标的错位，那不仅有悖初心，而且还会弄巧成拙，被对方看轻。

礼物必须符合对方的身份。如果对方是个讲究品位的人，你就应该选送正品，土特产也是不错的选择，但切不可送大减价的次品或不明来历的暧昧品；如果对方是个注重实惠的人，你最好选送生活中的常用品和实用品。这里体现的是送礼者的审美。

礼物必须符合对方的需求。如果对方是个读书甚少且不善笔墨的务农长者，你最好别送他文房四宝、英文版莎士比亚诗集，这会像送秃子吹风机一样的滑稽。这里体现的是送礼者的用心。

礼物必须是新的。如果是有保质期的，必须选送最近生产的，切莫将家里搁置已久，接近过期或已经过期的商品送给对方，当然，藏品除外。这里体现的是送礼者的真诚。

帽子再破，不能穿在脚上，鞋子再新，不能戴在头上。人和人，物与物，人与物，讲究的无非是适合两个字，所谓适合的就是最好的。就礼物而言，不在价格，重在价值；就送礼而言，送的是态度，送的是品位。

2018-01-18

介绍姓氏的艺术

在日常聚会中，主人会对相互不熟悉的双方进行介绍，一般以介绍姓氏为主。因为汉语一音多字情况较多，加上有的姓比较冷门，为了让听者不产生歧义，主人往往会用拆字法或引用印证法（即引用其他的人或词来做印证）来解释。别看这只是社交中的一件小事，其中倒也颇有讲究。

拆字法一般有约定俗成的方法，比较简单，如“关耳郑”“立早章”“古月胡”“双人徐”“双口吕”“美女姜”等。而引用印证法就有所讲究了。

记得一次中午聚餐，主方很热情地把我介绍给对方，他用的就是引用印证法。他说：“这位先生姓唐。”可能考虑到“唐”与“谭”音近，生怕对方误会，又补了一句，说：“唐某某的唐。”

坦率地说，我对这一介绍很是不以为然。理由有三：第一，唐某某何许人也？他是20世纪60年代某县的一个人武干部，从社会层面上讲他不具备公众性。第二，因为不具备公众性，所以公众的知晓度就很低，大部分“70后”都不知道他是谁，用彼“唐”来印证此“唐”，听者仍然不知是何“唐”。第三，他是非善终人物，用这种非善终人物的姓来印证现实生活中人的姓有欠吉祥。

因和主人是朋友，过后我对他说：“你的介绍不能说不对，但缺乏人文。”他愕然不解。

其实不难理解，我们东方文化崇尚吉祥，在与人交往中讲究的是善祷善颂，这一源远流长、根深蒂固的价值取向，直到今天依然被人们所认可，并在我们日常生活中被广泛运用。比如，面对老者，我们会说健康长寿；面对青年，我们会说事业有成；面对稚童，我们会说前程远大；面对女士，我们会说优雅美丽；诸如此类。

说到要引用或人或词来印证被介绍人的姓氏，特别是比较冷门的姓氏时，除了铁杆哥们儿在一起调侃，在正规场合，个人认为至少要遵循以下两条中的一条：知晓性，即引用的对象（或人或词）必须是大多数人都耳熟能详的；吉祥性，即引用的对象（或人或词）必须是善颂的、褒义的，至少是中性的。

试举例说明：本人姓“唐”。如引用人来印证，可用“唐僧”或“唐家璇”的“唐”来印证；如引用词来印证，可用“唐朝”或“唐诗”的“唐”来印证。比如这位主人姓“席”，一般不用“草席”的“席”来印证，应该用“主席”或“出席”的“席”来印证。如某人姓“赖”，就忌讳用“赖皮”的“赖”来印证，不妨用“不赖”或“仰赖”的“赖”加以印证，如不嫌麻烦，还可用“‘天籁之音’中的‘籁’字去掉竹字头”或“左束右负”来印证。如某人姓“董”，用“董事长”的“董”，肯定比用“古董”的“董”更贴切，更顺耳。根据对象不同，有的还可以更诗意化一些，如姓“杨”，你不妨引用毛主席诗词“春风杨柳万千条”中的“杨”来印证。如姓“黄”，可用唐诗“白日依山尽，黄河入海流”中的“黄”来印证……中华姓氏百千，汉语浩瀚无穷，运用之妙，存乎一心，这里不一一细述。

总之，主人向互不熟悉的双方做姓氏介绍肯定是社交礼仪中的一项重要内容，其人文性、艺术性、幽默感的程度不同，社交效果也必不相同。当然，要做到这一点，介绍人必须要有较广的知识面，敏捷的现场互动能力。

这就是我们东方人，我们东方文化！

2009-07-05

水库，你让我欢喜让我忧

说到水库，谁都知道所指何物，搜索百度，发现虽有定义，但在文理逻辑上似乎都不够严谨，其中有的定义更像是库水，比如“因建造坝、闸、堤、堰等水利工程拦蓄河川径流而形成的水体”这一条。

所谓“库”者，乃“舍”“容器”“场所”也。顾名思义，水库，是指用以贮存水体之“舍”“容器”“场所”。

据此，我大胆尝试着为此下了一个定义：在山川、河谷的某个区段，修筑拦截河川径流的坝闸、堤堰等人工设施，形成用以储存、蓄积天然水体的场所。

水库是近代的叫法，它的历史渊源，却可以追溯到两千多年前，早在两千两百五十年前，我国就建成了第一个水系统——都江堰，它的四六分水治水法，集中体现顺应自然的智慧灵性，解释兼利天下的完美理念，蕴涵水政治、水哲学、水文化、水文明。因此，有人称它是比万里长城还要伟大的工程。

清道光二十六年（1846），台湾动工修建了被称作台湾第一水库的虎头埤水库，1951 年 10 月，我国又在河北省张家口市和北京市延庆县界内的永定河，着手修建了新中国的第一座水库——官厅水库。

在此后的六十年来，人工水库像雨后春笋般遍布全国三十多个省区市，涉及二十多条江海河流。仅库容量大于十亿立方以上的大一型水库就有近百座，库容量大于一亿立方米小于十亿立方米的大二型水库有四百多座。中型水库、小一型水库、小二型水库、天然水库，则更是星罗棋布，数不胜数。

不容否认，在农业、工业、渔业、旅游业、民生等众多领域内，在推进社会物质文明的进程中，水库曾起到过举足轻重的作用，也立下了汗马功劳。远的不说，就说江山，从20世纪70年代至今，分别在峡口、碗窑、白水坑建成国家大二型水库两座，中型水库一座，这些水库的建成，对于缓洪减涝、下游农田灌溉、城乡饮用水供应、电能源输送、库区小生态气候形成，都发挥着积极有效的作用。而且，水库还供养了一批管理、使用、服务自身的劳动者。

近年来，随着人们生活观念的生态化回归，生活情趣的自然化趋向，那碧波微纹、鸟鱼相戏的万顷库水，那松涛低吟、飞花曼舞的夹岸青山，都成了人们感受野趣、信步闲庭的悠然去处。借助于丰山美水的辐射，一些有识之士纷纷依库筑庐，傍水而居，在尽情享受着月白风清的同时，兴办起了极富山乡农家韵味，集食、宿、游为一体的综合休闲产业，使得原本默默无闻的地方，因水库而声名鹊起，富庶一方。

正如哲学所定义的那样，任何事物都具有两面性。水利之，亦害之，水库亦如是。我们在缅怀感念水库之功绩的同时，也应该正视因建造水库给自然界、给人类造成的负面效应。

在河川建坝，是人对自然运动着的水体的强力阻遏与强硬截流，这有违顺应自然，兼利天下，即“我用水也想着让别人用水”之理念。而事实上，截流以后，原本流淌着的河水不再流向远方，坝体下游悠长的山川河道，再也看不到浪花飞溅、惊涛拍岸，再也听不到珠落玉盘、裂帛怒吼，再也欣赏不到村姑浣纱、总角戏水、老牛低饮、蓑翁垂钓。原本温柔湿润的清风变得锋利而干燥；原本游鱼如织的河床，演变成杂草的领地。

水库蓄水后，河床基部至最高水位的所有森林、良田、耕地被淹没，众多具有文物价值的人文景观、风景名胜被埋没沉淀，原始生态系统被分割缩小。而由水泥钢筋筑成的拦水坝，还将完全阻断大量水生鱼类和水生物的生活走廊，影响生物的多样性。

建造水库，势必将淹没区、影响区的村民迁徙外移，而这些移民的安置，不仅给政府财政增加巨大的负担，也给那些世代在此安居乐业的村民带来颠簸之累，同时也使安置区的生态系统承受着加倍沉重的压力。

《老子》说“上善若水，水善利万物而不争”，意指最高境界的善行，就是水的品性，而水的品性，恰恰在于泽被万物而于名利无争。水品高贵如是，安能亵渎如斯？所以，我们人类在任何时候都应该对她深怀敬畏之心、顺应之心，即便为了最大限度地趋水之利，也当遵循天人合一的理念，适度地予以改造、疏通、调节。而如果仅仅基于短视的功利需求，以及对技术的过度自信，盲目与之抗衡或强行将其征服，则必将给水循环系统造成紊乱，也必将遭到柔水至刚的回应，更给后辈子孙造成短时间内难以恢复的生态荒凉。

而这，既非水之本意，亦非吾辈之所愿也！

2011-08-24

“斗战胜佛”今安在？

在我看过的诸多小说中，最让我推崇的是神话小说《西游记》，最让我欣赏的人物是《西游记》中的“斗战胜佛”孙悟空。

我推崇《西游记》，是因为这是一部借神话而鉴现实的小说。

在本书中，作者吴承恩先生通过超凡的想象、神奇的夸张、虚实相间的艺术手法，描绘出一幅天地人正邪交错、善恶与共的立体画面，并通过西天取经这一主线，浓墨重彩地刻画孙悟空从一只天生石猴，到美猴王、齐天大圣、行者、斗战胜佛的全部成长升华过程，讴歌坚守信仰、忠诚事业、奉献自我、刚正清廉、自尊自强、勇于担当的人性华美，诠释邪不压正、善必胜恶、正义定将击败非正义、大道终成的千古真理。

书中除描写那些横行一时、为祸一方的妖魔鬼怪之外，还描写宝象、乌鸡、车迟、西梁、比丘、灭法、祭赛、朱紫、天竺九个国家，以及凤仙郡、玉华州、金平府三个州郡。这些国家与州郡，由于“文也不贤，武也不良，国君也不是有道”，因此妖孽横生，这一切，无不暗示着明朝中后期朝政腐败、宦官专权、特务横行、民风不正等社会现实。而“国势日衰”的时势，必然催生像孙悟空这样秉天地之灵气、受日月之精华的纯天然生命体，来担当扫清寰宇、正本清源、匡扶正义、保国安民的大任。

因此，小说《西游记》具有很强的时空穿透力、后世影响力、现实鉴戒力，正如作者在《禹鼎志》序中所表：“吾书名为志怪，盖不专明鬼，时纪人间变异，亦微有鉴戒寓焉。”

我欣赏孙悟空，是因为他具有高贵不凡的人格特质。

本真。本真是指事物的本源、真相、天性，亦指真实不加任何修饰的内心世界及外在表现。但凡天性本真之人，不会随波逐流，不会低俗迎合，不会同流合污，总是能够在群体传播、群体趋势、群体诱导、群体压力之下，保持自身的优势基因，体现个性，维护自我，拒绝同化，蔑视权威，扬弃传统，勇于担当，并在实践中追求真理。

所以，这个出身不凡，凭着自身的大智慧与真本领，成为花果山水帘洞八万四千只铜头铁额猕猴群中美猴王的天生石猴，不像群猴那样，仅仅满足于“我等日日欢会，在仙山福地，古洞神州，不伏麒麟辖，不伏凤凰管，又不伏人间王位所拘束，自由自在，乃无量之福”的现状，而是追求“跳出三界外，不在五行中”的最高生存境界。于是，他扎筏漂洋过海，遍访名山大川，以求长生不老之术。基于这种高端理念，当他拜在西牛贺洲“灵台方寸山，斜月三星洞”须菩提祖师门下学道时，对师父提出的“流字门中之道，静字门中之道，动字门中之道”根本不屑一顾，独对“一个筋斗能翻十万八千里，七十二般神异变化”的道术痴迷情钟。

学成归来后，他首先力逐“混世魔王”，重振家园，保护族群；又下龙宫索宝；再下幽冥勾寿；复上天庭讨封：实现了从美猴王到齐天大圣的自我提升。当得知“弼马温”和“齐天大圣”这两个封号，只是玉帝忽悠他的一个骗局时，他断然发出“皇帝轮流做，明年到我家”的呐喊，继而两度大闹天宫，摘王母蟠桃，饮天庭御酒，吞老君仙丹，一条一万三千五百斤的如意金箍棒，打的“九曜星闭门闭户，四天王无影无形”。即便玉帝从西天大雷音寺请来如来降服他时，他依然敢与如来叫板赌赛。

虽然此时此举不免有心高气傲、唯我独尊之嫌，但那种与生俱来的本真、率性、胆略、勇气和尊严，着实让人如饮美酒、大呼畅快。

忠诚。忠诚，广义上是指对所发誓效力的对象忠肝义胆、信实无欺、竭尽所能、真实无妄，如国家、人民、事业、上级、朋友、亲人等。但凡忠诚之人，其思想，人格，意志，行为抉择，总是与所选定的信仰和所处的大局保持一致，不见风使舵，不见异思迁，不见利忘义，不因诱惑而背叛，始终在顺境时保持清醒，追求更好，在逆境中审时度势，选择顽强。与人交往中不卑不亢，维护气节。

如果说孙悟空在被如来压在五行山下之前的种种行为，是年少轻狂不成熟。那么，在经过五百年“渴饮铜汁”“饥餐铁弹”的寂寞与孤独，落魄与煎熬，并经过观音菩萨点化皈依佛门，扶保唐僧西天取经的种种历练，孙悟空已从一个桀骜不驯的齐天大圣，向有理想有责任有担当的行者跨越。他的信仰由此确立下来，他的非凡本领，也就与决心为之献身的崇高理想和正义事业紧密结合起来，其人格品性也随着信仰的确立，实现由生命的自发到生命的自觉这一完美的升华。诚如孟子所说：“故天将降大任于斯人也，必先苦其心志，劳其筋骨，饿其体肤，空乏其身，行拂乱其所为，所以动心忍性，曾益其所不能。”

在其后长达十二年的取经道上，小到逢山开路，遇水搭桥，为唐僧化斋取水；大到上天入地，降妖伏魔，济世救人，他从来没有懈怠过，更没有动摇过。在白虎岭，他忍受着唐僧念紧箍咒时那求生不得求死不能的痛苦，力排众议，坚决打杀了那个三番变化只想吃唐僧肉的白骨精，保护了唐僧。在迎战红孩儿时，被对方的“三昧真火”烧得火气攻心，三魂出舍，差点丧命，醒来后说的第一句话，竟然是“师父啊”！即便被一时不辨善恶的唐僧一度气跑、两度驱逐、数度念紧箍咒，孙悟空也从不计较个人恩怨得失，依然“身回水帘洞，心逐取经僧”，一听到师父有难，便抛却先前所有被误解的委屈，冲锋陷阵，解救师父，也包括被俘的八戒和沙僧。这与一遇到困难就嚷着要“分了行李”“一拍两散”“各奔前程”的师弟猪八戒，形成强烈对比。

不过，这种坚定的信念与宽广的气度，在美猴王或齐天大圣时代，相信他是万万做不到的。

无畏。无畏是指没有什么人和事值得惧怕。但孙悟空身上所表现出来的无畏，并非那种因无知而鲁莽的无畏，而是既知之而确信的不畏，这是一种高境界。这种境界，只有兼具无私献身精神和非凡真实本领的人才能达到。

所以，作为唐僧的首徒，孙悟空在取经道上始终表现出既英勇无畏又英雄无悔的气概，一句“俺老孙来也”吓退多少魑魅魍魉！一根如意金箍棒，“扫尽天下不平之事，除尽天下不仁之人”！面对黑风怪、黄风怪、金角大王、银角大王、虎力大仙、鹿力大仙、羊力大仙、狮王、象王、大鹏金翅雕、辟寒大王、辟暑大王、辟尘大王等形形色色的妖魔鬼怪，他主动请缨，冲锋在前，即便前面是刀山火海，无底深渊，他也坦然面对，顽强战斗，直至最后的胜利。

比如在火焰山，他与铁扇公主、牛魔王斗智斗勇，先后三调芭蕉扇，最终将火扑灭，打通西行之路，也为当地百姓根绝了火患。又如，当他得知六耳猕猴冒充自己，打伤师父，另立伪取经四人组时，他怒不可遏，把被唐僧逐回花果山的事情抛诸脑后，与假美猴王从花果山一路打到珞珈山、南天门、阴司地府，直到西天雷音寺，搅得天翻地覆，最终在如来指出妖猴的真相时一棒将其打杀，从而挽救了取经大业。

这种无畏精神，贯穿于取经道上的九九八十一难之中。可以想象，如果西天取经缺少孙悟空，缺少孙悟空身上那英雄无畏精神的保障，唐僧别说取经成功，就连踏进西天雷音寺，恐怕都难于上青天。

有为。《易·系辞上》说：“是以君子将有为也。”所谓有为，是指有所行动，有所实践，有所作为。而有所作为，则一定是有所为有所不为，如果是无所不为，那必然是碌碌无为。但凡有为之人，不善空谈，不善作秀，不做幻想，不去投机取巧，总是能够在纷繁复杂的社会实践活动中选定目标，然后坚定地朝着这个目标，脚踏实地、由小到大、由近及远地实现个人价值和社会价值，积累并延伸着一个个的成功。

孙悟空就是这样一个人物，比如，当群猴说要到水帘洞里探个究竟，他率先纵入瀑布泉中，遂被推举为猴王。当得知生有定数，死有轮回，他立马远赴外地，拜师学道，成就上天入地无轮回的长生之身。觉着手上兵器不趁手，他立即赴东海下龙宫讨取，于是拥有神妙无比的如意金箍棒。

如果说这些还多少带有个人英雄主义色彩的话，那么，在扶保唐僧西天取经十余年间的所作所为，那就称得上是具有社会普遍价值的英雄所为，他不仅竭尽腾挪变化，打败一个又一个盘踞在西行路上的妖魔鬼怪，保着唐僧硬是一步一步走过千山万水，到达西天雷音，取回三藏经书，而且关注民生，体察民情，惠及百姓。

在通天河畔的陈官庄，他从金鱼怪嘴里救下童男陈关保和童女一秤金；在比丘国，他从白鹿精手下救出一千一百一十一个即将被剖腹挖心做药引的婴儿；在灭法国，他消弭了一场浩大的宗教迫害，挽救了大批佛门弟子，使国王心悦诚服地将灭法国改名为钦法国；在凤仙郡，他多方协调，促成上天普降甘霖，免除了一郡百姓的干旱之苦……

所谓有为者有位，正是由于孙悟空在取经道上的大作为和大功绩，所以才有“九九数完魔灭尽，三三行满道归根”的圆满结局，才有“径回东土，五圣成真”的无量功德。

寡欲。寡欲是指节制欲望，是一种取舍境界。道家认为，人的私欲和贪欲是罪恶的诱因和灾难的根源，所谓个人修养，实质上就是要节制私欲和贪欲。但凡寡欲之人，心必净，志必坚，行必果，身必安。

西行途中，唐僧师徒面临太多的美色诱惑，有白骨精、蝎子精、玉面公主、万圣宫主、杏仙、蜘蛛精、狐狸美后、老鼠精、玉兔精等妩媚女妖，有西梁女国里的绝色君臣，还有变化成妙龄少女，试探唐僧师徒定力修为的黎山老母、观音、文殊、普贤四位菩萨。

面对这些美色，孙悟空心系西行，不为所动。是妖怪，则击之；

是凡人，则远之；是神仙，则敬之。当沿途路过的国王、员外、百姓感念孙悟空为民除害，捧出金银相送时，他也仅仅取一点供师徒西行所需的盘缠，其余的坚决不收。在化斋过程中，无论一粟一帛，他都奉给师父，自己绝不藏私，其心之诚，其志之坚，端的非同一般。

而同为徒弟的猪八戒，却抵挡不住财色之欲。每遇艳丽女子，就禁不住“心痒难挠”“垂涎欲滴”，甚至对盘丝洞中的七个蜘蛛精，也要情不自禁地调戏一番，面对四圣变化而成的女子，他也意乱情迷，不知本我，所以一路上不是被捆就是被吊，误事不少。至于私房钱，自然也免不了背着师父师兄师弟暗中藏些。

人道是无欲则刚，正是由于孙悟空有一种与生俱来的寡欲清心，所以他才在取经道上，威武而不屈其志，富贵而不移其心，美色而不削其身，成为一名忠实而又坚定的真“行者”，并最终完成从“行者”到“斗战胜佛”的完美转身。

我推崇《西游记》，欣赏孙悟空，是因为现阶段社会在呼唤现代版“斗战胜佛”孙悟空。

无须讳言，在体制还不完善的市场经济大旗催动下，特别是西方恐华丑华反华文化思潮的渗透侵入，曾经平和安详的国人变得浮躁焦虑；曾经销声匿迹的丑恶现象沉渣泛起；曾经丰美富足的精神食粮日渐匮乏；曾经精心构建起来的道德体系差堪崩溃；曾经艰难确立起来的理想信念风雨飘摇，各种与文明社会格格不入的恶行劣习屡见不鲜，并逐渐弥漫于社会生活的诸多层面。

在这样的背景下，国人真的从心底里呼唤并翘首期盼，有孙悟空这样坚守信仰、忠诚事业、刚正清廉、自尊自强的“斗战胜佛”再生！

虽然孙悟空只是一个神话式人物，现实生活中并不存在，但他身上所具有的那种富有正能量的超凡脱俗之美、英雄斗战之美，却真实反映了当今人民群众的普遍诉求和美好愿望，也正是当今社会予以主流倡导并大力弘扬的理由所在。《西游记》与孙悟空的文学艺术之美也就在于此。

不妨试想一下，如果我们的国人皆如“斗战胜佛”，那么，又何患我泱泱中华不崛起于东方之巅，我中华民族不屹立于世界之林！在国际博弈中，又何惧那亚洲跳梁、欧美熊罴！

2014-09-26

叩头拜佛，何如弯腰求土？

儿时的记忆中，春耕是一个充满着喧闹繁忙且喜庆的时节，播五谷，兴六畜，收获十分希望，尽在于此。

在廿七都山区，每逢插秧之日，总要雇上几个人，杀鸡买肉，吃一顿“莳田饭”，上午下午还要各做一份“借力”（即点心）送到田头，以示隆重。

当我和伙伴们上山砍柴，或者提篮小卖，看到那绿油油的草，金色的稻穗，翻滚的麦浪，都会像父辈们那样的心醉，因为，这是人们所向往的农村丰收、农民收获的繁荣景象。

惜乎，这种诗情画意般的田园风光如今已经很难欣赏到了。种田不如打工、打工不如经商、经商不如办厂、办厂不如炒股的就业导向，万元户贫困户、十万元户才起步、百万元户算小富的暴富心理暗示，外出即“活人”、进城即“能人”、从事非农业即“创业”的非理性诱惑，使相当部分精品务农人心情激荡，纷纷离开故土，踏上变幻莫测的茫茫淘金路，留下“三八六一九九”群体守土务农。

于是，曾经被当作“上田”的大畈田里，除了斑斑驳驳地点缀着一些农作物，或者偶尔看到星星点点地分布着一些大棚蔬菜大棚菇之外，春风吹不起绿禾浪，夏夜闻不到稻花香，秋日看不到谷穗黄，冬雪盖不到麦苗长。而在曾经被称为“大寨田”的山垄田里，则早已长满了茂密的杂草芒杆，山田相连，再也不是旧时模样，与其说是田，倒不如说是平的山。

据业内人士透露：即便把种一围白菜的大田也计算进种植面积，或可勉强接近可耕作大田面积的百分之八十，如论精耕细作，则面积不足百分之三十。

我曾这样想，仓颉造字，应该是这样的寓意。“土”，是一棵破土而出的小苗，“田”，是纵横的阡陌、灌渠、道路和一行行的庄稼，“禾”，是一棵直立的植株上，低垂着一串沉甸甸的穗。

曾经，为了拥有属于自己的土地，无数前辈先烈不惜为之抛头颅、洒热血；为了感谢土地，党和政府不惜为之倾真情、重投入。然而，在一颗浮躁心灵的驱使下，许多曾经视土地为性命，并世代与之共生存的农民，对此却不再有虔诚，不再有敬畏，不再有依恋。

与此形成鲜明对照的是寺庙。在以弘扬民族传统文化的名义之下，大有日益复兴之趋势的寺庙里，门庭若市，信徒如云，香烟袅袅。在描金涂漆、庄严肃穆的菩萨脚下，一拨拨人争先恐后地匍匐着顶礼膜拜，祈求神灵保佑风调雨顺，财源滚滚，其姿势之标准、神态之虔诚，相信菩萨也无从挑剔。

在这些信徒中，有腰缠万贯的商贾，仕途春风的官吏，饱读诗书的学子，更有坐拥土地不事耕作的农民。

我佛慈悲。对源远流长的中国佛教，我不敢有丝毫的不敬；对度人从善的佛经教义，我更不敢有丝毫的亵渎；对人们通过礼拜方式表达心中的善念与期盼，我同样不敢妄自菲薄。

以我的理解，世间并无活菩萨，人们虔诚朝拜的菩萨，其实只是一尊塑了形镀了金端坐着的泥土。而菩萨本身并不可能让你不劳而获、坐享其成。之所以把泥土装扮成慈眉善目、气象庄严的神灵，其本意正是神化泥土，以此唤起人们对泥土的敬畏和感恩，让人们永远记住，是泥土养育了世间众生、万物生灵。

从这个意义上说，拜佛，其实就是拜土地。

中国是一个以农耕供养的国家，中国的土地不可能布满工厂。当中国人自己不再重视农耕的时候，这个世界不可能施舍给十几亿人足够的粮食。而当种田人急于进城，哪怕是找一份最低贱的工作；当媒体精英大谈这个国家又为欧美市场开发了多少软件，这些软件又卖到怎样的价钱；当灾难来临，国家启动机器来救助劫难中的供养人，城市以拯救者的身份出现在乡村；当很多年轻人乐观地认为，面包来自超市，热量来自火炉；大片曾经丰沛的土地，正在那里忧伤地哭泣。

黄金能否换大米？这应该是地球人都知道的答案。作为手中掌握着第一生产资料——土地，并世代与泥土打交道的农民更加不能忘却，当你从虚幻的心灵世界回归到现实；当你从无奈的外面世界回归到家乡，面对的依然是貌似朴素，却真正滋养着万物生命的泥土。

对此，千万不可有丝毫的轻视与鄙夷，应该弯下你自以为高贵的头颅，俯下你自以为骄傲的身躯，像面对菩萨那样恭敬虔诚，或许，泥土才会给你心中所期盼的那份回报。

当前，党和政府正致力于以“农业增产、农民增收、农村富裕”为主要目标的社会主义新农村建设，从政策、项目、技术、信息、资金、服务各方面倾斜“三农”，扶持“三农”。这对广大农民，特别是守土农民来说，是一个极好的发展机遇。

只要你重新收拾起虔诚之心，打叠起务实精神，开动脑子，积极发展常规农业，重点开发效益农业，让一度萎靡的土地重新焕发青春与激情，朴素、无私、灵感的土地无疑会保佑你丰收富足，幸福安康！

善哉。叩头拜佛，何如弯腰求土！

2010-06-29

老师：你快乐吗？

年少时，老师在我心目中就是无所不知的，他会告诉我天上有几颗星星，田字为什么有四个方块，红领巾为什么是红色的……

在父母长辈眼里，老师就是断案清官、调停圣手，无论是谁家父子、兄弟、夫妻闹矛盾，或者是邻居之间有不和，都会异口同声地说：去请老师来说说！而后，一个茶娘没喝淡，心结就打开了。于是，忙不迭地留老师在家吃饭，当事人也同桌言欢。

那个时候，没有教师节，但随机都是节。只要谁家有新荤，都会叫上老师，每逢清明、立夏、端午、中秋、重阳等节日，母亲都会吩咐孩子抢先叫上老师来家同吃。没叫到的，也不忘送上一份。

生产队收获的玉米、番薯、洋芋、大豆等农产品，总有老师的一份，老师过年回家，生产队还要派人专程送行，并带上乡亲们沉甸甸的祝福……

当然，家长对老师也有诉求，那就是一句话：孩子不听话，你给我打！

什么叫师道尊严？就是没有诉求的信任，发乎自然的礼敬，近乎崇拜的服从。

假如，我是老师，我会怀念那样的日子，那是无须节日的快乐。

今日恰逢教师节，特草诗一首，以表我对老师的祝福。

其实你也是家长

你曾高贵地与天地君亲同班，
备受莘莘学子和谦谦家长的敬仰。

你也朴实地和渔樵耕读为伍，
诠释农耕传家和书香继世的内涵。

你愿孤独地与三尺讲台相伴，
开启知书达礼和经天纬地的殿堂，
你会友好地和四方儿女互动，
塑造内外双修和德才兼备的栋梁。

你坚守着清贫，
却常遭到太多质疑的目光，
你传递着善良，
却总受到太多莫须有中伤。

职业的高贵，
那是因为你的作品实在太过高端。
生命的平凡，
那是由于你的身份其实也是家长。

希望所有的孩子，
要把人生进步筹码掌握在自己手上。
呼吁所有的家长，
别把双重评判标准附加在老师身上。

教书育人，
应该是家校共同的作业。
尊师重教，
关键是对人格的秋毫无犯！

2017-09-10

不知道给什么题?

并非天方夜谭，实乃真情实感，仅供茶余饭后聊作笑料耳!

——题记

本人自打接触点、横、竖、撇、捺，身边就再也没有间断过铅笔、圆珠笔、钢笔。即便在台式电脑像座机、手提电脑像手机的今天，我依然固守着水笔、便签、方格子的传统书写模式，没有邮箱没有QQ，可以说，我所有的文字材料都是专业文员对着草稿给打出来的，个人博客也是一位媒体朋友给注册并且管发的，我只管写。偶尔玩“红五三打一”游戏碰到个别搭帮朋友胡乱出牌气不打一处时，也只能用右手食指，在键盘上蜻蜓点水似的点出“z、h、u”三个字母，那架势挺像少林寺的“一指禅”。这里要向那些曾经跟我搭过档的素未谋过面的被我点过“z、h、u”的朋友说声“对不起！”因为我无法在短时间内用键盘送上最绅士最优雅的话语。

不过，我丝毫不会因此而怀疑水笔、便签、方格子这一传统书写模式不可替代的极大优越性。至少，很难出现像见诸报端的某高级知识分子那样，把“潜水”写成“替水”，“博士”写成“搏士”；至少，很难出现像充斥荧屏的某些电视连续剧那样，一句画面台词里有三个同音别字。

我还暗自庆幸：就因为这，降低了我感染上被视为“新世纪疑难杂症”之网瘾的概率，避免了被虚拟世界里变幻莫测的是是非非所诱惑。譬如去年传得沸沸扬扬的“艳照门”，若非行内人指点，我竟不知这是啥门。

所以，尽管看到那些少男少女在键盘上双燕掠水般的双手时，心下多少有些羡慕；尽管有时朋友戏说我“科盲”“老土”时，心底多少有些自惭。可我既出于情感又不无自嘲地说：我坚守着的是一块传统文化原生态的净土！她的魅力就像人可以没有汽车轮子却不能没有双脚一样永恒！

不能不佩服社会群体改造力和同化力的强大，不能不承认网络影响力和诱惑力的可畏，不能不相信数字系统提速力和快捷力的迷人。就在 4 月底，我蓦然产生了要整理个人多年积累的文字材料，同时也进一步拓宽文思的念头。

这种活，如脱电操作工程量那就大了，可自己又是个“科盲”，而这种活，既不好意思借助也不大方便借助他人，好不犯难！这时，一些年龄比我大，却在前不久自学成才的，十指已经能在键盘上弹出优美旋律的，以凌波为代表的好朋友，就纷纷来游说我：“学打字吧，不要再固守了，一个月包你会。”不仅游说，还得意向我亮出自己在虚拟世界里肆意遨游的瞬间精彩，不仅秀，还以极大的热情要给我发博，给我注册雅虎邮箱、腾讯 QQ。

基于需要，基于盛情，也基于猎奇，我终于动摇了多年的坚守，带着忐忑，也带着期盼，打开了尘封的但绝对是转手不打折的手提，用绝大部分人不屑一顾，自己也感觉极为笨拙的手法，开始了平生第一次脱笔书写之旅。

“若识庐山真面目，直须身在此山中。”一个多月来，我逐渐由“一指禅”过渡到“二指禅”“三指禅”“多指禅”，并终于第一次试着脱笔完成近两万字的文稿，第一次试着发博，第一次试着用个人邮箱给人发邮件，第一次试着在虚拟世界里和似真亦幻的人接触。呀，你还别不相信，虽然我的动作直如“凿碑”，却也得到那位给我开博的媒体朋友和游说鼓励我学电脑的凌波朋友“了不起”的肯定与赞美，而且，我还真的聊上一位蛮有品位的网友呢！她的名字嘛，叫“保密”。

就像新婚燕尔云雨初试，对电脑带来的便捷性，我已经深信不疑，对初涉电脑的微小成就感也暗自窃喜。每个周末，我足不出户，沉浸在电脑给我带来的美妙之中。然而，当看到书房里伴我走过数十个春秋寒暑，如今已被渐渐冷落的硬笔，接到常聚朋友打来略含不快的电话，受到个别 QQ 高手的忽悠，心里不免有些失落。

夜深人静，对月凭窗，看银河间斗转星移，思取舍处得失无常，我茫然自问：昨日之固守，今天之随波，得耶？失耶？该喜？该忧？是脱俗，还是入流？抑或是哲学概念上的扬弃？

2009-05-25

随想二则

自觉

释迦牟尼修行，发现自我生命中有一颗菩提心，这颗菩提心，叫自觉。

一个自觉的人，表现为高境界、大格局、正能量。置身于三千浮世、百态红尘，都能保持自然的属性，独立的人格，以及纯净的灵魂。

事君忠诚，于国有爱，履职不因诉求而勤勉，交友不因有用而多情，言行不因外力而双标。若遇人生偶尔的不快事，也会以哲学的思维，自我消费，转换能量，给自己以慰藉，给他人以温暖。

自觉，发乎自信、基于自律、护法自尊，并由此通往自由。

能力

在日常生活中，人们难免会对身边人的能力大小进行评价。

以我愚见，一个人的能力，除了德品无亏，大抵应具备三种力。

一是体力。有体力，才能应对成长路上的风云变幻，阴晴圆缺，才能乐享人生途中的花前月下，诗酒花茶。

二是智力。有智力，才能精准认知事物的本源，高屋建瓴，把握分寸，才能在错综复杂的社会关系中辩虚实、明是非，趋避有度，腾挪得体。

三是战力。有战力，才能逢山开路，遇水搭桥，才能攻关夺隘、开疆拓土，把素描的蓝图转化成生动的现实。

这三种力之和，也不妨称之为实力。

2020-08-15

红绿灯下为何有交警？

电动自行车，因其启动快、小巧灵动、购置成本低、能源消耗省、无烟环保型、适应人群广、技术含量低、活动空间大等特性，受到众多市民的青睐，一跃而成当前小交通领域的新宠。

但毋庸置疑，也正是因为它瞬间启动、悄无声息、灵动不稳、老少皆宜、骑驾随意、违法成本低、查处难度高等特点，决定它同时成为违章频、事故多、影响大交通秩序，乃至影响社会稳定的主角。

大量翔实而又触目惊心的资料无不证明这一点。《现代快报》曾报道，在南京市鼓楼区，每天发生的伤人交通事故，有百分之八十以上都与电动自行车有关，而且这个数字还在不断攀升。而且由于电动自行车的录入信息不完整，且大多未投保，骑乘者又大多是中低收入者，一旦发生伤人交通事故，追责索赔等善后工作难度颇大。

在现实生活中，可能有相当多的人都会有这样的遭遇，当你在人行道悠闲地散步时，突然间一辆电动自行车像诡秘的蛇一样，悄无声息、风驰电掣般从身后倏忽闪过，即便没撞上你，也惊得你一身冷汗。如果你凑巧在侧身观望诸如店面广告或店内商品，一辆电动自行车毫无征兆幽灵般地迎面袭来，瞬间擦身而过，同样会让你汗毛倒竖，心有余悸。至于翻车伤人，逃逸或争斗之事，那也早已是司空见惯。

如此说来，是否电动自行车就是一个无声杀手，必须得予以封杀而后快呢？这也未免有失公允。车无非是一种代步工具，真正应该负责的主体，是使用这个工具的人，一个有意识有行为能力的人。

因此，我们不妨借电动自行车交通安全这一话题，延伸开去，由车及人，从行为主体的道德修养与行为习惯中溯本求源，或许更能从中提炼出一些本质上的东西。这也正是本文以“红绿灯下为何有交警”为题的本意所在。

放眼人海如潮，置身车水马龙，无论是行者，还是驾者，我们谁都无法回避这样一个奇特之现象，即红绿灯下有交警。从职业角度上看，我们可以说交警同志敬业精神可嘉，但从交通秩序的角度上看，我们不能不说这是一道极不协调、极不养眼的风景。

然而，这道风景却有它存在的土壤，因为，闯红灯、斑马线加速、抢道、占位、超速、穿插、互不相让、拥挤堵塞、开大灯等严重危害交通安全的行为屡见不鲜，而且成为见怪不怪的一种行为习惯。更令人担忧的是，即便交警又是手势又是鸣笛地忙了个口干舌燥，七窍生烟，但匆匆前行的人未必就会停下自己的脚步，静止座下的车轮，特别在车流高峰期，更是混拥乱挤，很难保障通畅。因此，我们完全有理由说，这一现象，从本质上反映了出行人的交通意识与文明程度。

这样说，既非空穴来风，也非有意放大，更非危言耸听。

在有规则意识的人看来，闯红灯、穿插抢位、斑马线加速、人行道撞到人，绝对是让人感到不可思议的事情，莫说警方要强力干预，就连普通民众都应该嗤之以鼻。而人走人行道、停车让人、走自己的路、发现事故报警、维护事故现场秩序、帮助事故车主等，则被认为是天经地义的事。

有一则消息称，某些地区，幼儿园要求孩子养成三个习惯，第一个就是“认识红绿灯”，其余两个则分别是“怎么扔垃圾”“分清男女厕”。这说明他们已经把认识红绿灯上升到道德修养、行为习惯的高度，并从幼儿开始加以教育培养。这种启蒙模式，和我们总在关注“认识了几个字？”“会跳什么舞？”“考了几分？”形成了强烈的反差。

多少年来，我们曾不无自豪地向外宣称，中华有五千年文明，是礼仪之邦。然而，那种习惯被人管着、盯着，习惯在管你盯你的那个人打个盹或者一不留神的时候，搞点小动作并自以为占了点小便宜的生活方式，却或多或少地给我们灿烂而悠久的道德文明与行为礼仪蒙上了一丝阴影。

不可否认，每个人都渴望民主自由，但有一点却不能忽略，那就是：自由必以不损害公众利益为先决条件。如果片面追求某些非理性的个人自由，比如无视法规行车，那么，就必然会给许多人造成不自由，当然，自己也不可能置身事外。

走路人人都会，开车也不再奢侈。设想有这么一天，我们每个人，无论是老少男女，无论是开汽车，还是骑电动车，抑或是骑自行车，就算是徒步，都能够做到自觉自律、循规蹈矩，那么，红绿灯下何须有交警。

2010-11-26

能“忍”者廉

为官之道廉、勤、仁。所谓廉者生威，勤者有为，仁者得道，而廉、勤、仁三者之中，尤以廉字居首，自有阶级社会以来，盖莫如是。

我们共产党人，自建党以来，为保持党的生命活力，为实现国家的长治久安，更是把廉政建设作为增强党内凝聚力，提高各级党组织在建设中国特色社会主义伟大工程中的执行力，保证党在广大人民群众中的公信力的一项头等大事来抓。

所谓廉，它的本意是指正、直、清、矜、简、逊、让，换言之，就是有节操、不苟取、清白高洁、品行端方。

廉对于每个人来说，是一种生活态度，是一种内在品德，而对于执政党内的党员，特别是党的干部来说，这种态度和品德，却必然要延伸并上升为一种党性修养，从政操守。从这个意义上说，养廉无疑是我们每个党员、党的干部毕生所修的一门功课。

说到养廉，我想起这样两个小故事。一个故事出自《醒世恒言》。县令薛伟于昏睡中梦见自己化为金色鲤鱼，畅游湖中。恰逢渔翁垂钓，明知饵在钩上，吞之必罹大难，但犹豫再三，还是忍不住饵香扑鼻，张口咬饵，最终被渔翁钓住。《醒世恒言》对此的点评是“眼里识得破，肚里忍不过”。

另一个故事源于国外，说一个抢劫银行的逃犯，被警察追捕，他躲进了一个教堂，对祷告的牧师说：“请救救我，给你五百个金币！”牧师闭着眼摇头。逃犯又说：“一千个！”牧师又摇头。逃犯急了，说：“五千个金币！”这时，牧师突然睁开眼，对逃犯喊道：“你快走吧，再加我要守不住了，这已经是我的底线了！”

以上两个故事，虽然结局不尽相同，但都蕴含着这样一个发人深省的人生哲理，即面对诱惑当须忍。

谁都知道，山珍海味吃着就是档次，名牌服装穿着就是气派，高级轿车开着就是风光，豪华别墅住着就是骄傲。试想，当耀眼夺目的金钱递到你手上时，当风情万种的美女坐到你腿上时，当风光显赫的职位摆在你面前时，只要是凡人，不是圣人，就很难说丝毫不动心，也很难说没有一点思想斗争的过程。正如李真在临刑前对新华社记者乔云华说的那样："五千元你不要，一万、十万、二十万呢？你总有眼睛发直的时候吧。"

所以，在这样的情境中，考量检验的不是你的智慧，也不是你的学识，更不是你的资历，而是你的定力，面对诱惑的忍耐力。

其实，廉者并非生来就廉，贪者也并非生来就贪。孰贪孰廉，唯忍者而分水。

忍是指抑制、克制，这是儒家所倡导的一种理念，如《荀子·儒效》里说："志忍私，然后能公。"而在佛家则叫作"持"，道家则称之为"无为"，我们共产党人则称之为"律己"。

当然，要在五光十色、眼花缭乱的诱惑面前真正做到忍得住，也并非一件易事，必须时刻保持"三不"。

不眼红。这个世界很精彩，香车宝马，名媛豪宅，数不尽的风花雪月，道不完的灯红酒绿，然而我们对此却无须眼红，正如有一首歌中唱的那样："香水有毒。"要知道，很多精彩不可能也不应该都属于自己，如果不当索取或不当拥有，给自己带来的也许不是福，乃是祸，所谓月盈则亏，正是此意。所以我们要谨记：君子爱财，取之有道。而事实上，也只有做到眼不红，才能做到心不贪。

不侥幸。俗话说，畏惧之心，人皆有之。事实上，有些人在伸手时，并非不知道这是党纪国法所不允许的，也并非不知道这样做将受到法律的处分，并且大多在事发后也懊悔不已。而之所以还是忍不住把手伸出去，很大程度上是心存侥幸，总认为天知地知你知我知，殊不知天网恢恢，疏而不漏，纸终究包不住火。所以我们必须牢记：若要人不知，除非己莫为！世上没有后悔药，侥幸实乃自欺。

不放纵。孟子曾说过：“故天将降大任于斯人也，必先苦其心志，劳其筋骨，饿其体肤，空乏其身，行拂乱其所为，所以动心忍行，曾益其所不能。”还说：“生于忧患而死于安乐。”这些话告诉我们，但凡一个能承担重任的人，一个有所作为的人，必须在艰苦的环境中磨炼身心和意志，以培养坚韧力，增强担当力，提高执行力。同样，要使自己成为一个发奋图强、顽强拼搏、意志坚定、勇往直前的人，强烈的“忧患”是必须具备的先决条件。

从古至今，有多少英雄豪杰，正是因为有“忧患”意识作为精神支柱，才做出可歌可泣、千古传颂的丰功伟绩。相反，一个贪图安逸、纵情享受之人，是不可能有所作为的。那么，作为党的干部，特别是党的领导干部，我们的肩上担负着党的重托，群众的期盼，就更应该敛性怡情，持正守洁，真正做到有所为有所而不为。

忍更多地体现为一种严谨的自律。只要我们耐得住寂寞，抗得住诱惑，守得住底线，就能忍得住欲望，养得住性情，保得住清廉。而如果从人生价值、人生意义的层面上去理解，则忍能成事，忍能保身。

因此，忍是大智，是大勇，更是大福。

2013-06-06

为官清白 民无菜色

当我从喧闹的华丽中回归，让思绪沿着时空的轨迹，穿越两千五百年沧桑，我仿佛触摸到老祖宗经典儒学的温暖。如果说黄河是中华民族的母亲河，那么，儒家思想就是中国传统文化的摇篮。

从春秋时的创立到战国时的发展，从秦始皇的焚书坑儒到董仲舒的独尊儒术，从程朱理学的兴盛到明清时期的延续，从德治方略的确立到传统文化的回归。儒家思想历尽悲欢离合，却依然带着庄严的微笑，神闲气定地走进了今天的文明。当我们去理解人性中的真、善、美，探求短暂生命中的终极价值，思考国家、社会的命运前途时，我们仍能从她的身上获得智慧和灵感。

譬如一个“廉”字，我们就解读了近三千年。直到今天，我们仍然在苦苦地思索并寻求着她的真谛。

“廉”，相对于从政者来说，是一项特定的道德修养。它所追求的是正直、节俭、无私、清正、高洁的人格特质；是超凡脱俗、内心完满、安贫乐道的人生境界；是“身居庙堂之高，心系江湖之远”“安得广厦千万间，大庇天下寒士俱欢颜”的从政操守。因而，它备受儒家的推崇和褒扬。

廉生公、公生明、明生威。如果把“仁”“勤”“廉”三者概括为从政三德的话，那么，廉应该是三德中最为基本的道德规范。这也就是历代君主在整顿吏治的政治活动中，往往都把“廉”放在首位，对官吏的考评也通常以“廉”为主要标准的理由。今天，我们党在领导中国人民进行新时代特色社会主义建设中，在追寻中国梦的伟大实践中，同样把“廉”作为从政道德建设的基本准则和要求，其出发点也正是基于此。

“廉”，既然是从政三德中一项最基本的道德修养，它当然是我们每个从政者必修的一门内功。那么，不妨让我们用现代的思维从老祖宗那深邃的思想里探寻修廉之道吧。

安贫。安贫是修廉的入门。一个具有安贫之心的人，他的内心才是富有的，在他的心灵深处，总有一块自然丰饶的桃花源。那些物质上的财富，灯红酒绿的繁华，对她来说莫如过眼烟云。贫者，分贝也！我无法考证这是否是仓颉造字时的有意组合，抑或是文人游戏时的巧合,但安贫之人必不贪婪却是不争的事实。在我们的身边，就有许多这样的党员干部，不追名、不逐利，在平凡的岗位上默默地工作并快乐奉献着。

去贪。古往今来，贪都被视为万恶之源，被道德所唾弃，更为从政者所不容。一个有贪念的人，他的内心是失衡的。“恨不能尽天下之美女，供我片时之欢乐”，就是这种人内心真实的写照。为了名利，他可以巧取豪夺，六亲不认，甚至出卖自己的人格灵魂。若与这种人相处，带给你的是沉重与阴寒，若是让这种人从政，其结果必然是社会政治腐败，群众利益受损。对于一个党员干部来说，去贪实乃去毒，如不去贪，何以养廉！

无争。“淡泊以明志，宁静而致远。”无争，崇尚的是一种谦和礼让的人生态度；是“予人玫瑰，手留余香”的人生价值；是花儿半开月未圆的冲虚之美的人生境界。对于从政者来说，就意味着在面对金钱、鲜花、奖杯、掌声、闪光灯时，始终保持着那份从容和坦然。做到无争，就不会患“红眼病”，也就不会因垂涎他人而心生贪念。

换位。换位就是假定双方角色互换，然后审量自己，感受对方。这种思维方式，对从政者修廉是十分有益的。试想，当你作为一名普通群众，你是否心甘情愿地将辛辛苦苦的血汗钱拱手送给对方？即便在无奈之下送了，你是否会由此而心生怨恨？如果对方是一个党员干部，你又是否会怨及我们的党、我们的政府？那么，如果再次换位，你又怎么开得了口、下得了手呢！

慎小。“莫以善小而不为，莫以恶小而为之。”这是古之明训。廉者并非天生就廉，贪者也并非生来就贪。之所以成为廉者，是因为他能谨小慎微，严守自己的道德底线，对于再小的干扰，他也是采取“狮子博兔”的精神来拒之。而贪者却恰恰相反，面对金钱的诱惑，往往以偶尔为之无伤大雅来放纵自己，或者以掩耳盗铃来安慰自己。于是一次心慌，二次手顺，三次愉悦，再后则就天经地义，一发不可收拾。最终身败名裂，受到法律的制裁，人民的唾弃。千里长堤，毁于蝼蚁，岂不令人可恨可悲且可叹！

有畏。“不知死之悲，焉知生之欢？”无数的事实证明，一个人，尤其是一个当政者，当你一旦沉湎于香烟美酒、名马宝车的优越感时，你恰恰是在玩火，离自焚也就不远了。现实生活中，在位时放纵自我、贪污受贿，受制时痛哭流涕、追悔莫及的当政者屡见不鲜。所以，奉劝从政诸君谨记：“莫伸手，伸手必被捉。”与其悔在今日，何不畏在当初。

当然，品儒倡廉，并不排斥对物质财富的追求，我党始终把富民强国当作衡量执政能力的终极目标，也从不认为党员干部个人通过勤劳创业获得财富是不正当的。不仅如此，还鼓励党员干部要率先致富。所要坚决反对并从严惩治的是以权谋私、损公肥私、贪污受贿、腐败堕落等非正义索取。“不义而富且贵，于我如浮云。”这才是我党所要传承并弘扬的廉政文化，也正是从政以廉的真正意义所在。

也许，今天的你我，身不居高位，手不握重权，但这是否就意味着远离红尘，不被物欲所侵扰了呢？其实不然，这就好比白菜，虽然只植根于山脚田边，不为人所注视，但西伯利亚的寒流、厄尔尼诺的高温，还有喜欢叶绿素的虫儿，无不时刻影响着它的生长。菜犹如此，人又何堪？

可见，人世间并没有真空地带，无论你职位高低、身份贵贱，若想在茫茫人海、滚滚红尘中独善其身，唯有慎独、慎小，构筑牢固的道德防线，以保留心中的那块净土，那份恬静。

说到白菜，我想起一个典故，清朝一代名臣于成龙，不论升迁何职，调任何方，都带着母亲送给他的一幅画，画中并非山水花鸟虫鱼，而是一望无际青葱可爱的白菜，两边的联语是："官不可无此味，民不可有此色。"

这幅画，看似朴素，却意境深远，它蕴含着这样一个发人深省的哲理：为官清白，民无菜色。

追忆历史，缅怀先人，我们对"廉"的解读具有太多的资本和骄傲。江山清漾，是孕育心系天下、爱民胜子、两袖清风的一代伟人毛主席祖居地，清廉书香是千年不灭的灵魂；衢州，是克己修身、启蒙大道的南孔圣地，经世济民是恒定不变的宗旨。那么，我们完全可以这样说：江山清漾文化，衢州南孔文化，共同给我们传递着大公无私、博爱无痕的精神。

斯时、斯地、斯人，如果我们在"廉"字上还交不出一份满意的答卷，岂不羞乎！

2010-10-09

君若从容 便是逆行

一个平均直径一百纳米的冠状病毒，就像传说中的怪兽“年”，或曰“夕”，把己亥与庚子交替时节搅得云烟四起，预约的传统版跨年被按下“暂停键”。

作为平凡个体，我们也许很难做到泰山崩于前而不惊，很难做到第一时间像教科书那般应对，但最初的忐忑过后，各种身份不同、职责有别的群体，顺天应人，以自己的方式，从容逆行，合力奏响全民除“夕”的主旋律。

各地医护人员率先出征。以主力军的强大阵容，进入主战场，夜以继日地与病毒博弈，与死神较量，为未知者检测，为疑似者隔离，为确诊者疗治，使出“降龙十八掌”，反击最凶险冲击波的突袭。刚毅的面容，聚焦救赎的从容。

市县乡村干部梯次跟进。以村社为阵地，网格为堡垒，精筛细选，摸排返乡人员；走街串巷，传播防控知识；对号入座，息止聚会事件；巡查执勤，劝返走亲人员，巩固大本营，稳定大后方，用坚实的脚步丈量守土的从容。

外地返乡人员趋避得体。自觉登记报备，自觉接受检测，自觉居家隔离，自觉闭门谢客，有的还特意在口罩上书写“我来自武汉，祝大家新年快乐”。襟怀坦白，通情达理，用谦恭的举止诠释利他的从容。

居家过年的老百姓洁身自爱。把宅当作旅行，把家定位远方。有的打开尘封的书，弹起悠扬的琴，把从疫情中偷来的光阴，转换成怡情的氧吧；有的听长辈唠叨日常琐事，听孩子表达内心想法，与爱人在眉眼盈盈处，探讨柴米油盐酱醋茶和琴棋书画诗酒花的关系，把闭关的日子，演绎成温暖的陪伴。用久违的细腻表达律己的从容。

滞留他乡的迟归客豁达乐观。开启爱情、亲情、友情新模式，云相聚，屏拜年，流量斟酒，空间干杯，把虚拟变成质感，把微信玩出人性。用淡泊的心态寄托敬畏的从容。

社会各界的有情人挺身相助。或捐资捐物，支援疫区；或赶制医疗设备，保障抗毒急需；或开辟绿色通道，维持运输流畅；或服务市民零距离，上门配送食用品。用自选的动作蕴含无私的从容。

公益组织的志愿者闻风而动。配合当地组织，身穿红蓝马甲，井然有序地开展于维稳有益的志愿服务。用穿梭的身影定格仗义的从容。

感人的一幕幕，激活了文艺工作者的创作细胞，有的提笔捉刀，有的深情朗诵，有的引吭高歌，以各自的艺术特长，传递人间正能量，弘扬人性真善美。用琳琅的作品传播审美的从容。

逆者顺势，行者从容。从这些画面中，看到从容的魅力，逆行的壮美。

道法自然，清静无为。辩证法告诉我们，人有生理和心理两套免疫系统，生理免疫可消毒于躯体之外，心理免疫则御毒于窥视之初。而心理免疫的硬核，就是从容。在当下，君若非战士，不动就是主动，无为就是有为，慎行就是逆行，而书声、琴声、歌声，无疑就是扶正怯邪的丹田真气，护体神功。

暮色苍茫看劲松，乱云飞渡仍从容。完全有理由相信，太阳依旧从东方升起，生命一定像鲜花那般绚丽，当春风吻脸的时候，相约去武大，谈笑看樱花。

2020-02-03

問桃李

义富应有道·高贵必多福

毛江森：荆楚文化
爱的基因成就一代医界宗师

虽有古人云：“以貌取人，失之子羽。”但面对这样一位天庭饱满、重眉如帘、红颜鹤发、气定神闲的长者，相信谁都不会怀疑这是一位天生睿智、品行端正、性格慈祥、必成大器的人物。而世界的客观事实，也有力地验证了此言非虚。

他天资聪颖，幼承儒学，尤精于数理，遵母命赴沪专攻医学，1957年出道，六十余载，终身结缘。而他一生病毒学研究成果的问世与临床，可说是惠及苍生，善果累累。也正因为如此，他声名鹊起，毫无争议地成为医学病毒学领域的一代宗师。

毛江森先生，因其学术之专、贡献之大、名头之响，故而他的事迹频频见诸各大媒体，尤其是他的医学病毒学研究成果以及临床应用，那更是有口皆碑、誉满中外。因此，要撰写斯人斯文，总觉有重复再版之嫌。

然而，与毛先生的一次居家近距离交流，让我领略到他人性中的别样风采。听他谈《诗经》、说《天问》、论《史记》，我知道什么叫学富五车；听他谈一生最要感谢的是母亲、是杭高、是夫人、更是祖国，我懂得什么叫家国情怀；看到他像初恋情人般地握着夫人的手、揉着夫人的肩、白首相依偎的温馨画面，我明白什么叫相濡以沫、爱的永恒。

并且，他坚定地认为，毛氏文化的精髓是耕读传家，根基是荆楚文化，老祖宗是屈原。的确，从西周时期熊绎的筚路蓝缕、以启山林，到春秋时期楚庄王的饮马黄河、问鼎中原；从“车毂击，民肩摩，市路相排突，号曰朝衣鲜而暮衣敝”，到“楚虽三户，亡秦必楚”，无不昭示出楚文化自强不息的精神特质。特别是楚辞宗师屈原的作品，少几分“腰缠十万贯，骑鹤下扬州”的风花雪月，多几许“与天地兮比寿，与日月兮齐光”的大气豪迈，其中的《天问》，使屈原成为诸多先贤中第一个兼具爱国情怀和崇尚科学的人。

于是，我确信，他所有平凡的故事、不凡的建树、超凡的人生，皆源于荆楚文化最优秀的基因——爱。

母亲滴泪：天使之旅自从容

中国传统文化有着极为鲜明的吉祥性和寓意性，江山亦如是。如过年在饭桌上摆一盆鱼，意指“年年有余”；往亲朋好友行囊里塞几重米糕，意指“步步高升”；即便孩子不小心打碎了碗，大人也会应声说道“岁岁平安”；而给孩子取名，则更是查五行，请先生，以求趋吉避害，一生平安。

毛先生也不例外。按照族中排行，他这一辈系维字辈，出于对知识的崇拜，父母便给他取名维书。抛开传统排行不说，即便用现在的时尚眼光来审美，这也是一个字面优雅、寓意深刻的名字。然毛先生小时候读书虽好，却总是体弱多病，让父母不得省心。有算命先生说：这孩子五行缺木，原名维书字中无木，父母便把他更名为毛樟森，又拜村口的大樟树做干爹，以求多福多寿，一生平安。而今天沿用的大名毛江森，则是毛先生上学后嫌笔画繁多，自作主张改的，此乃后话。

两易其名，貌似平常，尽管毛先生当时尚属懵懂，但父母对孩子那份最朴素的疼爱和期盼，却给他幼小的心灵以爱的启蒙。

然而，最让毛先生终身难忘的，是另外一件事。小时候得麻疹，同龄的孩子一般十天半月就会痊愈，而他则要缠缠绵绵地拖至月余以上。在这段时间里，母亲每天在床边守候，还喃喃地在他耳边说：“维书啊，你怎么还起不了床呢，这病让妈帮你生，你快好起来吧。”毛先生虽然当时虚弱地躺在床上连睁眼都乏力，但却非常清楚地听到，母亲的泪珠滴落在竹席上发出的轻微“啪嗒”声，声音的分贝虽小，却犹如净瓶滴水，传递着爱的呼唤，激活着生命的机能。毛先生说，这声音，至今依然在耳边回荡。

母亲的泪滴，奠定了毛先生“顺即孝”的孝道理念，在全国闻名的浙江省立杭州高级中学毕业前夕，校长曾夜半敲门让他报考大学工科，是母亲专程赶到学校对他说：“你从小体弱多病，把你带大实属不易，你还是念医吧。”一番话，让他义无反顾地转考国立上海医学院，即后来的复旦大学上海医学院，自此走上漫漫天使路，并成为医学界一代宗师，济人无数，惠及苍生。

夫人相伴：虽在丝路亦柔情

毛先生的生命中，除了有一位慈祥的母亲，还有一位贤淑的夫人。她是毛先生医大的同学，毕业后就职于北京协和医院，不仅医术精湛，还曾为多位党和国家领导人诊治，是中南海的常客，对毛先生更是相依相伴、风雨同舟。

1974年，毛先生下放陇西，夫人二话不说，收拾行囊，千里同行。

陇西，属黄土高原，古丝绸之路和新亚欧大路桥的必经之地，她以悠久的历史彪炳于华夏文明史册，这里钟灵毓秀，人文荟萃，天下李氏皆源于陇西，“陇西堂”闻名海内外。

然在当时，这里的条件颇为艰苦，医疗水平更是十分低下。就在毛先生刚到陇西时，全县流行一种莫名的病，有不少婴幼儿不明就里地夭折，有医生认为是病毒性出血热所致，但毛先生在调查中发现，病因并非出血热，倒是与吃发绿的玉米有很大关联。因为陇西缺粮，老百姓大都吃东北供应的返销粮，而在运输途中，又经日晒雨淋，粮食往往会发生霉变产生毒素，毒素分子量很小，可以通过乳腺进入婴幼儿体内，在婴幼儿的凝血机制不够健全的前提下，极易引发死亡。

不过，和军代表汇报时，毛先生思想也有斗争，因为他们是来接受再教育的，并且这也不是权威推断，有很大不确定性。若明哲保身，毛先生只要在调查报告上写不是出血热，请组织上另派专家复查即可。但出于医生的天职，对生命的尊重，毛先生还是正面建议，先停止吃返销粮两个星期，以观动态。事实证明他是对的，停止食用返销粮一个星期，流行病即告停止。后兰州大学经研究，发现这种氯霉素确能破坏血凝而致死，从病理上再次验证了毛先生推断的科学性。

类似这样的故事，其实很多。早在 1958 年下放北京市昌平县期间，毛先生曾用嘴巴吸出堵在孩子喉咙里的浓痰，救了孩子一命，孩子的父母感动地下跪致谢。此事还惊动了中央机关卫生部领导，毛先生因此被评为劳动模范，受到周总理的亲切接见，并与朱德、郭沫若等合影。

1957 年反右期间，担任班级党支部副书记的毛先生，和书记两人斗胆面见学院党委书记，请求停止在班级内部定性十名右派，以便让学生安心实习，在他俩的数度坚持下，最终得到学院的首肯。此举让中国少了十名右派，百姓多了十名良医。

谈起这些往事，毛先生无动容地说道，有这份没有城府的坚持，源于夫人温暖的陪伴，使他不惧寒暑，心若春风。

家国情怀：纵然白首不归隐

把“功成名就”一词用在毛先生身上，相信没有人会怀疑；用归隐林下、悠然南山来审美毛先生的生活，相信也没有人会有异议。然耄耋之年的毛先生却豪情不减，退而不休，“让中国和世界能尽早消灭甲肝，愿普天下人生命都健康”，依然是他未了的心愿。

普康公司，就是他践行的第一步。1991 年，时任省医科院院长的毛江森带领一群科技人员创办科技经济实体——普康公司。2000年3月，经浙江省人民政府批准改制为股份制企业，致力于“冻干甲型肝炎减毒活疫苗”的批量生产，并迅速成为世界上使用量最大的甲肝疫苗。至今，甲肝疫苗已接种约一亿八千万人份，使我国甲肝发病率逐年下降，中国乃至世界的甲肝流行得到有效控制。

为适应疫苗生产国际化的要求，普康公司于2005年3月在杭州滨江高新技术开发区新建普康生物医药园，包括甲肝疫苗生产车间、狂犬疫苗生产车间、出血热疫苗生产车间、检定中心、疫苗研发中心、综合楼，以及工程仓库等辅助楼。其中甲肝车间生产线已竣工投入生产，并取得了国家FDA颁发的GMP认证证书。公司自成立以来一直为国家高新技术企业；2014年和2018年，两次获批杭州高新区瞪羚企业；2016年成为浙江省科技中小型企业；2018年成为杭州高新区第一批境内外上市梯队企业。

科学之路，只有延伸，没有终点，但需要后来者的智慧接力，乃至超越。近年来，毛先生先后在江山老家捐资建设“维书小学”，在当年的母校杭州高级中学捐赠奖教基金，捐赠复旦大学上海医学院一百二十八万元人民币，设立“毛江森奖教基金”，每年分别在基础研究和临床研究领域各评选一名教师予以奖励。

桑梓情浓，故土情深。2018年4月，风轻云淡，春暖花开，毛先生亲率专家团队一行七人回到家乡——江山市清湖街道贺仓村，为“院士文化阵地”揭幕。在江山市疾控中心院士专家工作站举行专题讲座，勉励各位医务工作者要跨界学习、多读良书，以求知识融合，学科贯通，并有所创新，有所作为。

毛先生是这么说的，也是这么做的，他坚持早看新闻知世界，闲读古籍通历史，而对承载着人类健康使命的普康公司，依然高屋建瓴，驾驭有方。

人物档案

毛江森

1934 年 1 月 15 日出生

江山市清湖街道贺仓村人

国际著名医学病毒学家

浙江省医学科学院研究员、院长

中国科学院院士（学部委员）

国家级有突出贡献中青年专家

全国先进工作者

浙江省劳动模范

浙江普康生物技术股份有限公司董事长

2018-12-15

郑树生：筚路蓝缕云中客

朴素，内敛，含蓄，不事张扬，不爱应酬，郑树生平日里最喜欢与年逾九旬，但依然精神矍铄、相濡以沫的父母相处，最爱母亲做的清粥小菜。每当逢年过节回老家，则会拽一条竹椅，泡一杯清茶，点一根烟，坐看缥缈在郎峰绝顶的薄雾轻云，沐浴穿云破雾透过来的霞光暖阳。有时也会应约串个门，和曾经的小伙伴回眸少年时光。

我愿意相信，这是一位知天命的寒门子弟，对人生三次智慧选择的静默回味，也是一位纵横当今云时代的大宗师，效法祝东山，追求身心回归的泰然与惬意。

其中的奥妙就在于：低调必以实力和内涵为前提。

自古名山大川，必出贤人高士。素有“雄奇冠天下，秀丽甲东南”之美誉的江郎山，钟灵毓秀，代有贤者，其中不乏文臣武将、饱学宿儒、社会贤达、商界巨贾。像紧邻江郎山的清漾村，千百年来，就先后出过八位尚书八十三位进士，一代伟人毛泽东主席的祖居地也在清漾。而在距清漾不远，同处江郎山下的一个千人小村西山村，也是人才辈出，其中就有唐代大隐祝东山，如今更是先后走出五位成就不菲的博士。

通信与电子专业博士，迪普、宇视、宏杉三家公司董事长郑树生，就是从这块沃土得灵气，出乡关，取功名的。

剑走偏锋：舍却名校事华为

有哲学家说：世上没有两片完全相同的树叶，每个人都是独一无二的。在民间，也流传着这样一句谚语，叫“三岁看长，七岁看老”，意思是指通过孩子最无修饰的言行举止，可以看出孩子固有的先天潜能，并由此推断孩子今生的造化指数。

另有一说，但凡多思少语、大智若愚、对数理特有灵感的人，属于蓝色性格，这种性格的人，大都思想深邃、独立思考而不盲从，事业追求高端而完美。据熟悉郑树生的人说，他打小就有这样的特质。而从此后的人生传奇来看，这些观点竟深得其中三昧。

1993 年，郑树生在浙江大学完成十年的专业深造，取得通信与电子博士学位，成为众多浙大通信与电子专业学子中的翘楚。当时，浙大领导意欲让他留校当讲师，即便在当今，这也是一个可遇不可求的机会，然而，“十年面壁图破壁”的莫名冲动，不甘于常态安逸的卓越追求，以及对未知将来的探索欲望，使郑树生婉言谢绝校方的挽留，转而应聘进入成立不过六年，在当时还不显山露水的华为公司，成为华为公司的一名程控交换机技术员。

自 1993 年进入华为公司后，郑树生就迅速以其扎实的研发技术功底，成为华为公司的技术中坚，得到业界的肯定，坐实了公司第一位博士的名号，华为也由此迎来黄金期，步入快车道。

1994 年，华为推出 C&C08 数字程控交换机。1995 年，销售额达十五亿人民币，继而成立知识产权部、北京研发中心。1996 年，推出综合业务接入网和光网络 SDH 设备，与香港和记黄埔签订合同，为其提供固定网络解决方案，成立上海研发中心。1997 年，推出无线 GSM 解决方案，与德州仪器、摩托罗拉、高通、西门子、微软等十家公司成立了联合研发实验室。1998 年，产品数字微蜂窝服务器控制交换机获得了专利，成立南京研发中心。1999 年，在印度班加罗尔设立研发中心，成为中国移动全国 CAMEL Phase II 智能网的主要供应商，也成为当时世界上最大和最先进的智能网络。2000 年，在瑞典首都斯德哥尔摩设立研发中心，在美国硅谷和达拉斯设立研发中心。2001 年，在美国设立四个研发中心，加入国际电信联盟（ITU），10 Gbps SDH 系统开始在德国柏林进行商用。据 RHK 统计，华为的光纤系列产品稳居亚太地区市场份额的第一名。2002 年，海外市场销售额达五点五亿美元，华为通过了 UL 的 TL9000 质量管理系统认证，成为中国移动部署世界上第一个移动模式 WLAN。

伴随着华为事业的如日中天，郑树生本人也声名鹊起，十年间，先后担任华为中试部总监、生产部兼技术支持部总监、交换事业部总裁、国内营销管理办公室主任，1997 年，升任华为常务副总裁。

峰回路转：挥师江南创华三

有一些企业，成立之初承担的就不是长久的产业与财富使命，而是简单、直接，具有针对性的阶段性任务。

2003 年，华为面临港湾内忧和思科外患两大困境，为寻求突围，华为便把与思科有知识产权冲突这一块业务独立出来，通过与另一家美国公司 3Com 的联姻，成立华三通信技术有限公司，把中美公司间的战争变成美国公司间的战争。

郑树生临危受命，出任公司总裁兼首席运营官，率领一千余众，从深圳、北京两地挥师江南，扎营杭州，和他的团队精英夙兴夜寐、殚精竭虑，开始恢宏的破局之旅。

在最初的六年间，华三通信销售额以十五倍速度增长，从六亿元人民币做到一百亿元人民币，逼平全球老大思科。其高速发展和未来成长性，也给联合作战的 3Com 以重整山河的希望。

在他的主持下，华三通信每年将销售额的百分之十五以上用于研发投入，在北京和杭州设有产品鉴定测试中心。十年间，华三通信累计申请专利超过四千七百件，其中发明专利比例超过百分之八十五，有效发明专利申请量居国内第六名。

到 2013 年底，华三通信服务的范围有：百分之七十以上的中央部委，“十二金工程”中的九个全国骨干网，四大国有商业银行，五百强企业中的四百家，全部“211”“985”高校，并规模服务于电信、移动、联通、广电等运营商市场。

在国内市场，华三通信服务覆盖多个领域，包括党政、教育、金融、电力、能源、交通、水利、制造业、公共事业、中小企业，涵盖 SOHO 家庭用户。

在全球市场，华三通信服务覆盖英国、德国、俄罗斯、巴西、泰国、墨西哥、香港等近百个国家和地区，客户包括惠普、梦工厂、瑞士电信、西班牙电信、英国沃达丰、法国国铁、法国标致雪铁龙集团、俄罗斯联邦储蓄银行、澳大利亚昆士兰政府、美国麻省理工学院、韩国三星电子、AMD、时代华纳、美国太平洋人寿保险等。

十年砥砺，郑树生不辱使命，以骄人的业绩验证了什么叫高手间的博弈，诠释了什么是低调的内涵，清晰地告诉人们：我是谁。

筚路蓝缕：统领三军逐云端

2012 年 6 月，郑树生告别华三，出任宏杉、迪普、宇视三家公司的董事长。

如果说华为十年是牛刀小试，华为三十年是大显身手，那么，出任宏杉、迪普、宇视董事长，则是真正意义上的统领三军，逐鹿中原，主宰云时代。其成功的秘诀就是走自主研发道路，把进军互联网大门的钥匙掌握在自己手里，其麾下的三家公司莫不如是。

宏杉科技是国产专业存储技术的领军企业，也是全球存储领域中少数具有从低端到高端全系列产品，及解决方案研发能力的高新科技企业。公司在杭州和深圳设有研发中心，研发人员占员工总数百分之五十一，百分之九十以上人员具备本科以上学历。

公司根据中国用户的使用特点，推出自主研发的 CRAID、双活、CloudSAN、全闪存等业界领先的存储技术，在数据中心、云存储、大数据、安全存储等领域，具备独特的解决方案，性能与可靠性创造业界最高纪录。

公司产品及解决方案，广泛应用于国家各大部委、医疗、教育、科研院所、能源、交通以及大企业，在国家级电子政务内外网、国家电网、南方电网、中国移动、人民银行、中科院云灾备服务平台、教育部金教工程、航天科工、兵器工业集团等领域，得到大规模应用。

2016 年底，宏杉科技连续取得百分之六十以上的复合年增长率，2015 年在中端存储市场的增长率更是达到百分之七十一，大幅超越业界平均水平。如今，宏杉科技已经在全国三十个省会及直辖市设立了分支办事机构，合作伙伴增加至四百家，2016 年，公司销售额增长率雄踞全球行业第一。

迪普科技是在网络暨安全以及应用交付领域，集研发、生产、销售于一体的高科技企业，专注智能安全与网络，以“让网络变得简单，智能，安全”为愿景，为云时代客户打造云网络，建设并保障云安全，简化云管理。公司拥有业界领先的开发团队，在北京、杭州设有研发机构，每年投入的研发费用占销售收入的百分之二十五以上，是国家重点软件企业、国家知识产权优势企业、国家信息安全漏洞库技术支撑单位，曾承接国家发改委下一代高性能防火墙及高性能入侵防御系统等多项科技专项项目。

迪普服务涉足许多重大项目。包括国家税务总局流控 & 审计产品一级骨干网、国家环保部骨干网、环保系统南方十省骨干网、国家发展改革委一级骨干网、国家电网公司信息网数据中心及三大容灾中心、国家电网调度网安全二平面超过百分之五十的安全份额、国家财政部一级骨干网、政务外网总出口及数省级骨干网、交通部海事局数据大集中等。

基于对客户需求的深刻洞察和理解，迪普推出场景化的用户解决方案和产品，其 DPtech 全系列产品和解决方案，成功部署于世博会、最高检察院、环保部、国税总局、交通部、公安部、财政部、发改委、中国银行、中国农业银行、中国交通银行、中国邮政、国家电网、中石油、中石化、北京大学、国防科技大学、宝钢集团、歌华有线、中国电信、中国移动，涉足多行业和运营商用户。在中国，迪普的产品及解决方案已服务一万多家客户。

宇视科技。以“云监控易安防”核心技术理念，对云平台、云业务、云终端清晰布局，同时发布八十余款 IP 摄像机、二十余款 NVR 作为云终端和云平台的重要组成部分，在中国三十个省 / 市设立了办事机构，全球合作伙伴覆盖一百零五个国家和地区。以比肩德国精工制造为目标，2015 年进入全球市场前八位，中国视频监控市场第三位。

公司在杭州、深圳、西安设有研发机构，拥有业界最具创新能力的研发团队，研发人数占总人数的百分之五十。截至 2016 年底，宇视专利申请总数一千两百六十一件，发明专利占比百分之八十三（实用新型专利百分之九，外观专利百分之八），涵盖光机电、图像处理、机器视觉、大数据、云存储等各个维度，专利质量、人均数量皆位于安防行业第一。

而在举世瞩目的 G20 峰会期间，郑树生麾下的三家公司，全程参与网络攻击安全防护工作，视频监控的建设及安全防护，交警公安大数据存储等云保护，并为运营商数据网络的安全提供支持及保障。

写到这里，我忽然想引用宋朝黄庭坚《水调歌头 · 游览》中的“我欲穿花寻路，直入白云深处，浩气展虹霓”，以及唐代杜甫《出塞》中的“男儿生世间，及壮当封侯。战伐有功业，焉能守旧丘”，浅解本文主人公的人生脉络与心灵轨迹，或许，对众多追梦者会有所启迪。

2017-03-18

王建成：浙江“爱迪生”

明许仲琳所著的百回长篇科幻神话小说《封神演义》，讲述的是武王伐纣、子牙封神的故事，在封神榜三百六十五位正神当中，有一位金光圣母被封为雷部二十四天君之一，专司闪电，又称电母。在神话小说《西游记》作者吴承恩先生的笔下，封神后的电母与风伯、云童、雷公、龙王诸神合作，联袂在天下四大部洲鼓风推雾、震雷闪电、行云布雨，普济黎民百姓。而自先秦两汉起，民间则更赋予雷电以代天行道、惩恶扬善之义，说是电母手持两面雷电镜，照出人间无良之徒，由雷公将其击杀。《史记》《殷本纪》里就有这样的记载：“武乙无道，暴雷震死。”

这传说中身处九天太虚的司电神，只是出自小说家言，我等无从识见。对于深藏浩瀚苍穹的万千奥妙，人类则表现出更多的未知、莫名的敬畏，以及无尽的探索。而对于闪电这一自然常态现象所产生的已知的超级电能，即便是掌握高端科技的人类，至今仍无法将其收集利用，她依然像神话般的高傲。

然而，作为地球上最为灵长的人，总是勇于并善于发现、认知大自然的万事万物，并通过自己的智慧把一个个未知变为人们日常生活中的现实，进而造福万千苍生。

王建成，就是这样一个纵横电力领域三十年，领衔研发发明专利六项、实用新型专利十四项、外观专利九项，共计二十九项国家发明专利，被浙江电力业界有关人士称为“爱迪生”的探索者。他的这些发明专利应用到电力运行系统后，不仅极大地增强电网整体运行的可靠性、快捷性、可持续性，还同步降低电力运行成本，提高电力安全效率和经济效益。

我从来都对规划人生一说持不同观点。理由是，一个人，在看似漫长其实短暂的一生中，总会遇到很多事，有意料之中的，有预料之外的，有突如其来的，有强加于身的……就拿建成来说，他的与电结缘，就纯属无心插柳。

1983 年，电力系统面向社会招收七名工人。在当时，人们普遍认为电力工人是一个高风险、低收入的岗位，相当一部分人还不愿意步入这一行。那年刚好十七岁的王建成，却带着依稀少年的稚嫩，带着对不知世界的向往，一边参加高考复习，一边抱着试试看的心态参加了招工考试，却未曾想，一通考下来，主考科目物理满分，加上语文、数学等辅考科目得分，总分高居录取榜首。到此份上，王建成只好收拾起高复念头，怀揣着江山中学颁发的高中毕业证书，到金华电业局一百一十千伏花园岗变电所报到，当上一名变电运行学徒工，当时的月工资才十八元。

相信那个时候，谁也不会把一个只拿十八元工资的小学徒，和日后科技发明者联系在一起，包括他自己。但与生俱来的灵动与激情，使得这位初出茅庐的小学徒，对全新的岗位充满着求知和掌控的欲望。在变电所前后八年的时间里，他一方面努力工作，一方面熟读电力运行规范，熟悉电力运行设备，查阅电力运行图纸资料，虚心向经验丰富的老师傅请教，先后记下了一百多本实用笔记，为自己奠定了扎实的应用技术功底。在切实做好本职工作的前提下，他利用业余时间，参加上海电力学院发电厂及电力系统的函授学习，进一步提升自己的理论修养。

功夫不负有心人。1990 年，才华初展的王建成受到同仁的肯定与组织的赏识，被任命为一百一十千伏江山变电所所长，成为江山当时最为年轻的变电所所长，自我实现从学徒到技师再到中层管理者的华丽转身。

进步后的王建成并没有因此而自满驻足，依然寓于勤而精于业。

1991 年，在参加浙江省一百一十千伏变电技术大比武的前夕，衢州一位领导曾这样对他说：“你们如果能进入前三，那就是给我们衢州增光，我就重奖你们！”此话虽是一时的激励性戏语，但王建成却当了真，也不负众望。由他领军的衢州电力代表队在大比武中，艺压群雄，一举夺得个人第一、团体第二的辉煌战绩，不仅立下了自己任职之初第一功，也为衢州电力系统挣得了一份厚礼，当然也赢得了这位资深领导的青睐。

一个热爱自己的岗位并用心做事的人总会有太多的灵感。如果说，最初进入电力行业是王建成的朦胧初恋，那么，多年用心与电力行业结缘所建立起的那种难以割舍的情感，则是他的真情热恋。

基于这份情感,他对变电所在运行方面存在的高危低效等隐患，有着太多的想法和太多的萌动，总在思考琢磨，如何才能最大限度地缩短工人的劳动时间，降低工人的操作风险，提高电力运行的安全可靠性。在一些同仁不解的目光中，他尝试着开始他的“风投”攻关之旅。经过多少个不眠之夜，终于在 2000 年，个人首个发明专利——“电力接地线防误操作多功能定位程序装置”问世，并成功通过试验应用到生产领域。

首战告捷，王建成更是灵若泉涌。在 2000 至 2004 年的五年间，他频频出手，先后主持完成针对电力安全运行的“安全高效三十五千伏高压限流熔断器”“电力设备控制、功能切换开关防误罩”“GIS 组合电气及变压器外壳测温、监听系统”“十千伏中置柜验电辅助装置”等十四项系列科技攻关项目。这些科技成果经挂网运行，分别取得预期的效果，也分别获得浙江省电力协会、衢州市人民政府、浙江省电力公司、衢州电力局科技成果奖和国家专利证书。

特别是“安全高效三十五千伏高压限流熔断器”的发明，不仅使原先笨重的保险装置变得轻巧，换装操作时间也从原来的两个小时缩短到两分钟，而且提高了作业者的安全系数，缩短了断电再供的时间，其经济效益、社会效益十分显现。目前，该项发明已被广泛应用于电力运行系统，普及全国二十多个省（市）。

常常在很多场合听到这样一句话："高调做事，低调做人。"可在现实生活中，有相当一部分人，只是把低调表现为一种凡事不作声、见人都说是，貌似敦厚深沉，实乃圆滑虚伪的处世态度，而当名利扑面而来的时候，就未必真正做到淡名薄利、优雅转身。

但完全有理由相信更多的人是言而有衷、表里如一的，比如王建成。当有厂家看中"安全高效三十五千伏高压限流熔断器"发明专利有着极大的市场潜力，出价百万提出转让时，王建成却婉言谢绝了，他说："这是在职发明，专利属于团队，产权属于企业，利益属于全社会。"

什么叫"低调做人"，什么叫"成绩归功于集体"，王建成的这一举动，才最为真实、最具说明力地诠释了这两个实际含金量极高，但人们却习惯于应付的处世命题。无疑，这是一种登高望远之境界，而正是这种境界，才使得他在科技创新道路上越走越远，成就了他个人发明专利数量之多及应用范围之广，他的业绩至今高居全省前列。

2005 年，王建成以其不凡的业绩，出任衢州光明电力工程有限公司总工、输变电分公司副经理职务。这一身份的转变，意味着他将从个人发明向引领团队发明的转变。他提出："要让输变电公司这一技术密集型单位成为名副其实的技术单位和科技大户。"

事实充分验证这一点。在此后的五年间，他注意发现、着重培养、大胆启用创新型人才，组建科研团队，并亲自带领研发团队先后完成变压器输油管接头组件""大型隔离开关操作机构安装辅助装置""开关柜就位辅助装置""管型母线专用调节装置"等五项科技攻关项目，先后获得衢州电力局科技成果一等奖、浙江省电力公司二等奖。其中，"大型隔离开关操作机构安装辅助装置""开关柜就位辅助装置""管型母线专用调节装置"获得国家发明专利。

这三项新型装置应用到实际操作过程中，取得运行灵动、操作轻松、终极定位的极佳实用效果。

2010 年，他研制成功“输变电多功能移动加工工房”，获得实用新型专利和浙江省电力公司科技进步三等奖；他所主持完成的多项 QC 成果，也先后在全国 QC 大赛、浙江省电力公司、衢州电力局获奖；还参加在泰国、孟加拉国举行的国际 QC 学术交流并获奖。所开发完成的多项系列装置、电气产品已在全国电力系统得到推广应用。据有关专家测算，这些科技成果在专利期间（按十年计算）可产生直接经济效益五千万元以上，到目前为止，已创造经济效益达五百万元以上，而就其安全效益、社会效益而言，则就不是仅仅用数字可以计算的了。

科技发明总是要与产业应用联姻，才能显现出四两拨千斤的生产力和事半功倍的社会经济效益，王建成深谙这一点。于是，他开始走科技发明与产业推广相结合的路子。

近年来，他先后撰写《安全高效三十五千伏高压限流熔断器的研制》《GIS 组合电气及变压器外壳测温、监听系统》《一百一十千伏线路 D30 保护 PT 断线距离保护误动问题分析处理》等专业技术论文，分别在《电力安全技术》《浙江电力》等专业杂志上发表，并获得了衢州市自然科学优秀论文奖。这些专题论文的发表，使颇具神秘的科技成果更具社会性、透明性和共享性，有力地推动科技成果向生产力的转化。

2009 年，一百一十千伏巨化园区变电站安装，使用的韩国现代 GIS 设备首次在我省落户。面对业务要求精专而翻译却又无力的情况，他凭借严谨的工作作风和深厚的技术功底，带领团队成员自己摸索，硬是在规定时间内完成项目安装，并实现技术上的无缝对接，韩方项目负责人朴经理直竖大拇指，并许诺以后这种项目，在浙江内只找他们这个团队施工。而在同年承接的两百二十千伏南竹输电安装工程，是公司有史以来遇到的最难的一个项目，他同样带领并依靠团队，通过技术创新，提前完成安装调试并交付使用，受到省公司的高度评价。2010 年，他作为专家组成员之一，远赴新疆宣讲电力科普知识，推广电力科技成果。

2010 年底，王建成两度回江山，担任江山供电局副局长，分管基建和综合产业。当时回江的第一战，就是要完成“国网里程碑”项目——一百一十千伏虎山变电工程。为打好这一战，他坚持每天亲临现场，零距离指挥协调各个施工团队能力合作，快速度、高质量、零风险地完成安装调试并投入运行，得到市委市政府的高度肯定。2012 年，他牵头负责新建三十五千伏张村变电所，该变电所的建成，激活目前处于休眠状态的张村小水电的送电功能，为张村的工业、观光农业、旅游业开发打下供电基础。

此时的王建成，尽管职位变了，工作繁杂了，但他的创新热情并未稍减，创新脚步依然矫健。三年间，他带领团队多次实践，成功研发三项国家专利，还有五项专利正在申报之中。

就像我们从来都对发明曲尺、墨斗、锯子的鲁班，发明活字的印刷的毕升，发明地动仪的张衡，发明蒸汽机的瓦特，发现电磁效应的法拉第，发明电灯的爱迪生，发明电话的亚历山大・贝尔等科技先驱，给予历史性的赞美一样，我们同样没有理由，不对我们身边那些用灵感与智慧推动社会文明进步的人，予以垂青和眷恋。

对于王建成这位用三十年青春、三十年探索、三十年勤奋，在科技道路上勇猛精进且成绩斐然的佼佼行者，社会也给予应有的肯定与褒扬。他先后被浙江省电力工业局授予“青年岗位成都奖”，荣获“浙江省百名科技自主创新青年标兵”“浙江省电力公司科技创新先进个人”“浙江省电力公司群众性科技创新先进个人”“浙江省电力工业局科技贡献先进个人”“优秀共青团员”“优秀共产党员”“先进生产工作者”“2011 年度浙江省优秀职工”“衢州市金锤奖——杰出职工”“浙江省电力公司劳动模范”等荣誉称号，被纳入“衢州市 115 人才”培养序列。

我曾私下里这样问他：“这么多应接不暇的奖项称号，你最感兴趣的是哪一项？”他不假思索地回答：“金锤奖——杰出职工，当然，还有劳动模范。”又进一步介绍说，“因为，金锤奖的对象是行业技术尖子，而劳动模范的对象则更应该是职工。”

我理解他的话中之义，他从来没有把自己当作局领导，也没有自认为是“爱迪生”，在他潜意识的天平上，总是把自我定位在一介平民职工，一个普通劳动者的位置。当然，是一个不甘寂寞的职工，一个有所作为的劳动者。

只是，我还有个非分之想，因为，金光圣母至今仍是一个高傲的神话，她在那电光火石的瞬间所产生的十亿瓦特乃至十万万亿瓦特的超大电能，竟然只是浩渺虚空的须臾精彩，不能福荫于人类，着实让人扼腕。试问，是否有这样的勇者、智者，试着破解这个不可能的天宫神话，让她成为惠及人间的现实？

譬如，王建成。

2013-09-19

白衣风情

生来喜欢谈笑的我，终于忍耐不住好大一阵子开口无声、欲言还休的无奈和郁闷，放弃可能自愈的侥幸，挥走尽量不挨一刀的念想。在似晴又雨、乍暖还寒的芳春二月，携带简单的行囊，前往杭州市第二人民医院做声带息肉切除手术。

这是我平生第一次以患者身份入住省城三甲医院。所以，要在那摩肩接踵、熙熙攘攘的人群中，独自完成挂号、缴费、刷医保卡、办理住院手术等一整套流程，我是既陌生而又笨拙，好在院里一位芳名极有诗意的“妙朵”小妹妹，如约在医院门口等候，并行云流水般代我办妥了一应事宜。

术前检查的项目很多，有喉镜、血压、血液、尿检、便检、心电、B 超、胸透、脑 CT、下肢动脉穿刺等，因检查中发现有个别指标不是很好，于是又要对我进行多科室专家会诊，那种认真劲，让我这个平生快意心情的人不免觉着繁琐和厌倦。然美女代医生的一番话，使我对自己先前的不快直呼“无知”。她说：“会诊是为了验证你在全麻的情况下，供氧、供血、心脏等机能，是否足够维持手术的需求，这是对你的负责。”

我穿着医院特有的蓝白相间条纹服，空腹坐在十九楼六十六号病床上，静待手术呼唤，虽然自小连打针都怕，可此时的我却显得十分淡定。只是在跨入手术室大门的刹那间，当看到医生个个身着手术装，听到护士推着手术车在地上发出“咕噜咕噜”的摩擦声，整理手术刀剪发出冰冷的撞击声时，膝盖关节处才突然有瞬间的发酸发麻。当护士在手术台上给我做麻醉时职业地安慰我“不要紧张”，我伸手要笔在纸板上写道：“这是在填补我人生的空白，何惧之有！”

手术很成功。从失去知觉到被护士拍醒，前后不过七十分钟。既无明显疼痛感，也无明显虚弱感，只是对这七十分钟里发生的所有事情，茫茫然如南柯一梦，恍恍惚似醉里乾坤。

接下来的七天，就是每天躺在病床上接受数量多达五袋，时间长达六小时的输液治疗，虽说噤声少言，但四肢无碍，双眸尚灵，神智也清。所以，这个疗程，给我这个长期以来总是来去匆匆的医院过客，创造了一次零距离接受白衣护理的机会，也让我有闲暇时间，到医生办、护士站晃悠扫描，与她们进行适度交流互动，并从中攫取到她们的一些职业片段。

我这一楼有八十多张床位，忙时还得在走廊里加铺，每个责任护士至少要护理十名以上患者。为保持巡回换药速度和病房安静，这些年轻甜美的姑娘大都不穿高跟鞋，节制自己的喝水量，以减少去卫生间的次数。

一位颇有印度风、韩红味的责任护士，在给我查验二十分钟青霉素皮试是否有过敏症状时，会叫上其他同事一同验证，这种以往从未领教过的细致到近乎多余的做法，让我备感踏实。而在注射换药前，都要进行人与姓名、人与病情、病与药物三核对。与患者打招呼，多用“大哥”“大伯”等礼称。我邻床住着一位患耳鸣症的八旬老者，医生除了对他进行药物治疗，还特意一招一式教他做一套据说有根治功效的站姿手操，这份耐心，让我不免怀疑，那位名义上全程陪护，但基本见不着人影的儿子是否是亲生的。

这些片段，使我对医护们的职业操守有了“医者仁心”的总体定位，也对当今社会关注度比较高的医闹、医暴事件有了一种自己的解读。

每个患者都想得到最有效的治疗、最周到服务，从个体心理诉求上讲，无可厚非。但医护面对的，却是一群皆有这种心理诉求的患者，并非一对一的贵族个体。而这个群体的生命权利又是平等的，接受治疗和护理的权利也是平等的。所以，当你亟待第一时间得到治疗的时候，你应该想到其他患者，甚至病情比你更重的患者，也同样亟待治疗。当你输液管里的药液滴完，需要重新更换的时候，你应该想到其他患者，甚至病情比你更重的患者，也正在换药。即便因现行技术所限，或因医护的某些非主观失误，致使你的求治期望值打折，你也应该想到她们并非千手观音，无法做到妙手回春、万无一失。而当你冲动之下闹医甚至伤医时，则必须想到更多患者正等待着他们救治与护理。

所以我认为，对医生护士人格上的贬损，特别是身体上的伤害，除了是对医护者个体生命权的漠视外，更是对其他患者群体生命权的剥夺。

基于这种理解，在前后九天的住院期内，我服从医嘱，遵守医规。输液过程中，极少按第二遍换药呼叫铃，有时则主动把滴速减慢，或干脆关掉等待她们的到来。这是对她们应有的职业尊重，也是对其他患者应有的健康尊重。

在这短短的九天时间里，我记住了医术精湛的周雪华、代丽丽医生，记住了反应敏捷的凌文娟护士长，记住了温婉甜美的胡琼莎、杜杭燕、许远望、徐炫等俏护士，我把她们当作我初相逢却长相忆的朋友。

赞美她们吧，这些守候在某个生命站点，延缓你我青春脚步的白衣天使。

2014-02-08

附诗一首：

送给自己

如果不是组织的体贴细腻，
差点忘了今天是啥日期。

那刚好换下的白大褂，
还散发着我的体温，
服务对象的气息。

今天是 2020 年 8 月 19 日，
第三个中国医师节志喜。
一千一百万名卫健工作者，
在讴歌抗“疫”的伟大，
诠释健康的主题。

在这湛蓝的天空下，
应该赞一下咱们的群体。
说一说青春无悔的小故事，
谈一谈鲜为人知的小秘密。

在这自由的空气中，
也要爱一回可爱的自己。
秀一秀阔别已久的小任性，
晒一晒珍藏心底的小欢喜。

在我清香萦绕的大衣柜里，
挂着的服装像七色彩旗。
但最为名贵的那一套，
是用厚实布料做的，
不会吸汗的白衣。

我喜欢古茗奶茶和巧克力，
可在岗时喝水都要设计。
只为减少内急的次数，
及时接收患者按铃，
给他们换上点滴。

都说久病床前无孝子，
在我们这里却不成逻辑。
每一个患者都是至亲的人，
咱就是最近最温柔的孝女。

碰到有些人火爆脾气，
我们就化身智慧及时雨，
抚平他们情绪上的障碍，
拉近彼此间心与心的距离。

《本草纲目》是我的悬壶秘籍，
摆弄手术刀就像绣花女。
无影灯下恒定的亮度，
常让我把时辰弄错，
不知道今夕何夕。

太多渴望重生的目光如泣，
还有被病痛折磨的躯体。
触动我心中最柔软处，
去感受生命的脆弱，
“大夫”俩字的意义。

我把每一份病历，
都看作无分值的考题。
怀着对生命的虔诚敬畏，
我如履薄冰不敢答错毫厘。

周末未必就能休息，
节日不一定就是假期。
只要有谁发出生命的呼唤，
我都会披星戴月风雨逆行。

当看到病人康复后的神采奕奕，
当听到新生命降临的第一声哭啼，
当看到精神障碍人对着我笑容可掬，
当听到农村大娘亲切地叫我“孩子”“闺女”，
职业的成就感霎时爆棚，
心中的幸福感无与伦比。

人世间没有万能的天使，
健康责任人就是你自己。
我们能够做并愿意做的，
就是守候在某个生命站点，
延长你红尘旅行的有效期。

不想说太多的豪言壮语，
不需要给我太多的鼓励。
一句真诚的“辛苦了”“谢谢你”，
便是对我们莫大的嘉许，
最温暖的回礼。

2020-08-19

生命的守候

有这样一群人，十个人的年龄相加有六百六十一岁，其中最大的八十一岁，最小的五十岁。这群人，在长达六年的时间里，用无欲的柔情、阳光般的温暖、数年如一日的恒定，真爱无悔地进行着一场人间最美工程——生命的守候。

他们，就是我为之动容，并发自内心赞誉，堪称须江之畔“靓风景”，彩虹桥下“帅爷爷”、江滨长廊“美奶奶”的江山市虎山街道东门社区“五老义务游泳巡查队”。

每年三伏时节，准确地说，是在农历六、七、八这三个月，彩虹桥至江津路段近千米长的须江浅水区域，俨然成了江城最大的天然大浴场，众多的红男绿女，总角皓翁，特别是假期放飞的各段学子，都会沐浴着夕阳余晖，置身于波光粼粼，尽情享受戏水弄沙的惬意，激情彰显击水扬波的酣畅。

然而，这个区域也恰好是鹿溪渠入水口，江面上看似碧波微纹，柔若绸缎，静如处子，水下却是暗流涌动，旋涡接踵。这里，曾不知发生过多少次游人被旋涡暗流卷入闸门以致命丧黄泉的悲情事故。

就在2006年，两位即将跨入清华大学和四川某重点大学校门的学子，便在此溺水而亡，魂断须江，留下了梦未圆、身先卒的遗恨，也留下了父母亲人那撕心裂肺的哭喊和带血的眼泪。

知水者明，善水者达。目睹这一件件人间悲情，有些老人坐不住了，他们觉得，作为一个生长在须江、深知水情的老市民，特别是作为受党教育多年的老党员、老教师、老职工，如果不为游者做一些有益的生命提醒，让更多无辜的生命不再有无谓的终结，心中不会安宁，也不会快乐。所以，他们决意组织起来，做点什么。八十一岁高龄的吴桂荣爷爷就掷地有声地说：“我现在过的不是年，是天，所以，我要在这有限时间里，让自己活得踏实些，快乐些，更有意义些。”

于是，2007年，在东门社区的牵头下，由十人组成的“五老义务游泳巡查队”正式成立。只要是晴天，他们总是或两人，或三人一组，头戴红帽，臂挂袖章，手拿哨子，准时在下午三点集合上堤，南北来回巡查。

通常情况下，他们以组轮班，每组又分水面巡回瞭望、重点固守盯防等岗位，主要功能有：提醒指引一些不知水中暗流旋涡的游者不要进入危险区；警示规劝一些血气方刚、极想彰显阳刚之美的俊男帅哥不要高处跳水；为个别因过度自信不听规劝闯入险区而发生险情的游者提供应急工具，并在第一时间呼救。同时，他们还对游者留在岸上的衣物钱财进行全程看护，防范一些心怀不轨的空空妙手顺手牵羊；对极个别貌似摆阔气充贵族，实乃欠素养多俗气，牵着大狼狗与人共浴，给游者造成现场心理恐惧和潜在生理危险的轻薄之辈进行疏导和约束……

直到傍晚七时，当夕阳的余晖渐渐褪去，当江面上的游人陆续散尽，老人们这才缓解素衫、轻擦珠汗、慢摇罗扇，悠悠然踏月而归。

六年来，老人们顶烈日、冒炎阳、挥汗如雨、始终如一。千米江堤，留下了他们的万里足迹；乌木山峦，回荡着他们的深情呼唤；须江碧水，定格了他们沧桑而又慈祥的伟岸身影，近百次的生命悬情，在他们零回报的援手中得到化解、消弭和救赎。

也许有许多人会问，这些老人，莫非是在享受时尚日光浴？莫非是闷得慌出来管点闲事？抑或是为五斗米而来？非也！事实上，六年来，他们从未到任何一级组织或任何一个单位，拿过一分一厘的薪酬。而且，这些老人都有一个子孝孙贤、祥和温馨的美满家庭，也有一份足够安享晚年的固定收入，他们同是深受中国三千年儒家文化熏陶的东方人。他们所追求的绝非朝花夕拾的时尚，绝非有形有质的钱财，更非无事找事瞎转悠，而是在这种低调朴素的旋律中，忘我地演绎人世间最为高尚、人性中最为高贵的利他情怀。在当今多少有些浮躁、功利、物欲元素的社会条件下，这种情怀，恰似雪泥鸿爪，尤为弥足珍贵。

也许，他们的行为，没有勇斗歹徒那般壮烈，没有勇救落水者那般无畏，但却有着清风拂轻尘那般的细腻，有着细雨润无声那般的深刻，有着衣带渐宽终不悔那般的坚韧。他们的守候，意义非凡，因为，他们守候的是人间生命！

古有一联，联语是“夕阳无限好，只是近黄昏”。但在这一张张敦厚可亲、阳光快乐的脸庞上，我读到的却是：夕阳无限好，最美是黄昏！

2012-07-09

忘情美

据说黄帝的史官仓颉造字时，把“美”字的结构分为“羊”和“大”两部分，意指疆土辽阔、物产丰富、百姓温顺。经过朝代更替、理念更新，到了现代，美字已演化成为一个以形容词为主要词性，集动词、量词等词性为一身的多词性字，如形容词美女、美酒、美景，动词美言、美化、美容，等等。

在现实生活中，特别是在人与人的交往中，人们更多使用的是形容词性的美。而当下颇为流行的恐怕要算“美女”一词了，当然，说“美男”的不是没有，可现今大都用“帅哥”一词来替代了。

说到美女，我不由地想起那些书上看过的，自头而脚描写女人形体美的绝妙词汇，如云发丰艳、娥眉青黛、杏眼明眸、朱唇樱嘴、编贝银齿、杏脸桃腮、玉臂纤手、酥胸椒乳 、杨柳柔腰、润臀修腿、肤如凝脂、软玉温香等。如果真有这样的女人，那无疑算得上是金足赤、玉无暇、月不缺的绝色美人了。即便用上闭月羞花、沉鱼落雁、一笑倾人城、再笑倾人国等极致形容词，那也难表她的超绝之美，真正当得上此女只应天上有，人间哪得几回看！

然而，在太多的现实工作场景中，我却发现女人还有另外一种超乎形体、胜似形体、极具感染力的美，我把她叫作忘情美。

那是在“2012 首届碗窑乡乡村休闲旅游文化节暨江山市全民合唱节”开幕式前夕，为了让老百姓自己用最朴实的乡音唱出心中最美的村歌，碗窑乡党委组织了一支主要由来自山林田间灶头的农民，兼有部分村干部、大学生村官、乡机关工作人员组成的百人合唱队，集体学唱《碗窑美》《幸福乡村曲》等自创村歌。

从专业角度上评说，这是一批五音不全或者顶多算卡拉 OK 级水平的草根合唱队员，要想在短时间内让队员们知曲谱、懂音律、能熟唱、善表情，当非一件易事。于是，节目筹备组特意邀请了市文化馆的朱锡群老师前来现场教唱。

朱锡群老师，芳龄时是江山市婺剧团的当家花旦，唱念做打均见功力，在地方戏曲界颇负盛名，堪称腕级人物。抽身舞台后担任婺剧团书记、江山文化馆副馆长、馆长等职，继续为繁荣地方文化而奔波于鞍前马后。

在人们的一般印象中，文艺界人士大都打扮入时、顾盼生辉，而眼前的她却是素颜简装、朴实无华，自然随意中透着实诚亲切。如果不是事先知道，很难把她和资深艺人联系起来。而当她抬头挺胸、放开嗓子、舒展双臂、一节一句地教唱时，整个人便进入歌曲所要表达的特定情境之中，与台下简直判若两人。

“千万里大地，千万里风景，千万年历史，千万年奋进。”当这四句略带沧桑感、深邃感的歌声响起、飘然而至时，只见她展眉醒眸、轻启朱唇、侧身挥臂，那神态就仿佛是在穿越时空，与历史对话，与自然呢喃。

当唱到“从刀耕火种到农机轰鸣，你抚育了人类发展的文明，从洞穴草庐到别墅高楼，你见证了人类演变的进程，从劳动号子到神农作琴，你吟唱了人类前行的声音”这一节时，她又是深情款款、娓娓道来，就像是一位柔情婉约的诗人，向人们诉说着中国源远流长的农耕文明史；又像是一个热爱劳作、勤于农耕的农民，向人们诉说着农耕是创造历史并推动历史的最美使者。

当唱到“唱起来，这是九亿中国农民美好的憧憬，唱起来，这是百万中国村庄前进的号令，唱起来，这是希望田野丰收快乐的和鸣”这高潮部分时，她转而神情激昂，一股发自内心写在脸上的幸福与快乐扑面而来，让人真切感受到农民对今日幸福乡村甜美生活的无比自豪和对未来生活的最美憧憬。

而当唱到“唱起来啃，让世界听到中国幸福乡村的声音”这一结尾句时，她那高亢悠远中见大气恢宏、余音绕梁时又戛然而止的音韵和神态，就像是要把中国幸福乡村的美妙声音送出乡村、送出国门，送达遥远世界的每个角落。

在教唱《碗窑美》这首本土村歌的时候，她更像当地的资深农民，把碗窑历经千年的古瓷文化、旖旎丰美的山水文化、蜚声长三角的农家乐文化演绎得情真意切，不由自主地让人萌生出一种欣赏碗窑、品味碗窑的冲动。

此时的她，已经不是一位教唱的老师，而是一个歌者，在舞台上忘情地演绎着音乐之美；她更是一个耕者，在金色的田野里深情地向人们诉说着乡村世界的生活之美。

台下的学员们都不由自主地被她那跌宕起伏的声音、恰到好处的表情、相得益彰的手势，以及那发自内心的情感表达所感染，抛弃了羞涩，没有了紧张，忘记了自我，进入了状态，纷纷扯开粗豪嗓子，跟着节奏旋律，时而引吭高歌，时而浅唱低吟。

短短两个小时，这些草根学员竟很快地把握住了《碗窑美》《幸福乡村曲》这两首村歌的节奏旋律和情感韵味，吟唱得有模有样，演绎得真挚感人。以至于散场时，我深有感触也不无调侃地对周围的同事们说：“姐唱的不是歌，姐唱的是情。”

这就是我所说的忘情美。忘情美是一种专注之美、忘我之美、无欲之美，这种美，会让你忽略她是飞燕瘦还是玉环肥，是李玟胸还是文蔚腿，是曼玉腰还是青霞嘴。而且我坚信，忘情之美不会因为她的韶华逝去而不美，因为，不老的青春永远属于激情的人，深刻的美丽永远属于忘情的人。

社会的进步需要忘情之人，在我们身边就有许多这样的忘情之人，也祈愿我们的身边有更多这样的忘情之人。

2012-08-15

心　路

2014 年 5 月 10 日，应江山市峡口公路管理站站长、江山市万能公路养护有限责任公司经理东辉君之邀，我们作协一行十三人，于清晨 8 点准时在市文联门口集中，前往峡口公路管理站，对活跃在三百公里国县乡道上的公路人进行动态采风。

前来接我们的是公路管理站派出的一部“依维柯”黄色公路巡查车。好在这天适逢周末，心情自由，情绪放松，又恰好是雨后初晴，湛蓝的天空格外地阳光明媚、云淡风轻，所以，采风一行人情绪大好。伴着汽车马达声，男高音激越震耳，女低音软语呢喃。峡里湖晨烟、仙霞关飞云、浮盖山石秀、微电影幽默等乡土话题，信口道来，娓娓动听。

我坐在驾驶室副驾座位上，因前日酒高，略显疲态，所以初行无语，只是一边感受着身后同行的热烈，一边毫无目的地闲看着开车师傅的凝重。

当车行至江碗线外垄段时，师傅忽然将车速降了下来，继而把头探出驾驶室窗外，对行走在路上几个养路工模样的人说：“前面有棵白杨树的一枝树枝被风雨打折了，你们记住去把它清掉。”

这个稍纵即逝的小小举动，沉浸在热烈探讨或出行愉悦的人们或许并不怎么在意，可却被我捕捉到了，也一扫我初时的慵懒，激起了我想认识他、走近他的极大兴趣。于是，我便和他聊了起来。交谈中得知，师傅姓王，今年四十七岁，早先自己开货车，2002 年应聘到公路管理站，现今是个临时工人。

接着话茬，我问他：“你是司机，清障又不是你的工作，你怎会如此上心呢？”他手把方向盘，眼睛注视前方，非常自然地回答道：“一样的，如果不是刚好看到他们，我也会打电话叫他们来清的，有些时候我自己就去把它清掉了，因为这树枝掉下来，会影响到行车安全。”我点头称是。

不一会儿，他的又一个小举动，再次证实他先前的所言是真。在市上村路段，透过前挡风玻璃，我注意到前方左车道中间，躺着一捆不知谁家运苗车抖落下来的红叶石楠小苗，王师傅当然也注意到了，只见他将车靠右熄火停稳，下车走过去，双手将这捆红叶石楠小苗抱起移到行道树外侧，然后像什么事也没发生过一样，复登车启动，在平整通畅的柏油路上继续驾车前行。这一次，我什么也没问，眼前的场景已经足够。

到了峡口公路管理站，东辉站长热情地接待了我们，如数家珍般地向我们介绍他们公路管理站的职业内涵、员工的工作生活状态、团队管理理念，以及近年来所取得的不凡业绩；陪同我们参观站内绿化、运动场、阅览室、书画展厅、书协创作基地、司机休息室、职工食堂等功能场所；向我们引荐了几位一线工人和管理人员接受采访。

通过一番零距离多角度的接触与体察，我由衷地感觉到这是一个极富文化元素和浓厚家庭气息的地方，这里的工人，也绝非是人们传统观念中的“大老粗”，而是一群普遍有着质朴情感、职业操守、技术含量、文化素养的高素质护路工人。

所以，当同行们一对一采访优秀养路工人代表时，我在想，这位在公路站勤恳工作十三年的临时工王师傅，虽然不在采访之列，但他一路行来所做的几件凡人小事，已经真实、具体、生动地诠释了“人在路上，路在心中”的公路人格言。

美就在不经意的身边，我又何须舍近而求远。

2014-05-08

穿行在红尘中
的那一抹蓝白色

因公安这一职业的特殊性，一直以来，人们对公安总有一种神秘、敬畏甚至远望的感觉，尽管我在公安战线中不乏朋友，但大都也只限于私谊，很少涉及公务。

2010 年 11 月 5 日，本人应邀参加由衢州市公安局、衢州市新闻网联合举办的“网眼看警营”采风活动。这是我第一次以访者身份走进警营，用我那双不太灵动却相对自由的眼睛，对世人眼中颇具神秘的警营，进行近距离、有意识、多侧面、不刻意地透视，并用我的拙笔记录下两天来的徽光蓝影。

坛石所的扑火警官

下午 2 时 40 分，我们一行五人同乘市公安局政治处冯主任亲驾的警车，前往采风第一站——坛石派出所。

近四十分钟的路途转眼即到，刚到所里，就见满脸书卷气的郑建伟所长早早地在内院等候，未及寒暄，便听郑所长说道：“你们来得不巧，所里的干警都去郭丰坞村扑救山火了。”

约莫过了二十来分钟光景，只见那些扑灭山火的干警陆续回所，那汗流浃背、灰头土脸、警衫不整的形象，已无声地告诉我们，这次山火不小，现场扑救也相当激烈，而且在火情发生时，干警们肯定连服装都没来得及换，便迅即赶赴火场了。

金日旺的百宝行囊

坛石派出所辖区分设多个警务室，横渡就是其中一个。驻横渡警务室的民警叫金日旺，此时也正在扑救山火的归途中。同行的沈主席提议到横渡警务室去看看，同时顺道驱车前去接金警官。

车行至郭丰村，我们见到了一手拿弯刀，一手拎黑提包，徒步而行的老金。经了解，弯刀是老金平时随身携带的必备工具之一，因为此地属山区，村民居住分散，日常徒步下村进户，需要用它来劈斩山路两旁的灌草刺丛。今天，则刚好在扑救山火时派上用场。

不过，他那鼓鼓囊囊，拉链都拉不上的提包，更引起了同行的极大好奇，我试着向陪同的郑所长提议，是否可以让我们看看。

得到允许后，我们便检视起包里面的东西，只见里面装着警民联系簿、电话簿、出警簿、排查案卷、询问笔录、工作笔记、调解协议书、安全检查记录簿、照相机、印泥，十多种物件一应俱全，琳琅满目。同行中有人问："怎么会随身带这么多东西？"老金淡淡地答道："这些都是进村入户用得着的。"其态度之坦然，话语之质朴，语气之真诚，真实印证了冯主任之前所做的"忠厚、敬业、亲民"之介绍。

当然，从老金的百宝行囊中，我不仅看到了是那些没生命的实物，而是看到了真正的警务并不在室内，而在流动着的警察心中。像老金这样的百宝行囊，应该就是无数个心系辖区、情牵百姓的流动警务室之缩影。

三元钱的安民之举

听郑所长介绍，原先，他们辖区最为频发的案件就是家禽失窃案，每年在百起以上，每起价值在四五百元，也就是说，每年被盗的家禽价值为四至五万元乃至更多，村民是既痛恨又无奈。

我完全理解村民的心情，鸡鸭鹅本身算不上有多么昂贵，但它却承载着村民，尤其是女主人的一份牵挂、一份成就感，有时，丢鸡比丢钱更让她们伤心伤情。

为遏制这一危害百姓民生的盗窃案，2009年，坛石所首先在横渡、潭边、占塘、坛石、郭丰坞等村，倡导并探索试行了一套简称“三四五”的治安防控机制，收效颇丰。特别是“三四五”中的三元防盗器，自安装以来，该辖区2010年的家禽失窃案件，从2009年的百位数锐减至个位数，这不能不引起我们的极大兴趣。于是，我们决定到横渡村的村民家中实地看看。

首先，我们来到一户名叫王飞荣的村民家中，主人不在家，门却虚掩着，随行的老金推门便进，径直领我们进到厨房。从他那娴熟随意、如进家门的动作中，我没有理由读不懂老金乃至这里的警察与辖区村民间的那份亲密程度。

借着窗外透进来的微弱余光，我看到关着的厨房门门框顶端，左右紧贴安装着一块极像床头开关一样的白色物件。经现场演示，当门关着的时候，如若无物，而当门外有人拨弄门闩或门锁的时候，这白色物件就会发出短促而又连续的警报声。这种铃声，在白天听来还不觉得刺耳，但在万籁俱寂的深夜，当这种从天而降、突如其来的警报声响起时，绝对会使神经本就处于高度紧张的盗贼汗毛倒竖、魂飞魄散，主人却会在这熟悉而又亲切的铃声中醒来，令盗贼功败垂成，甚至束手就擒。这种防盗器，正是坛石派出所从网上联系到的厂家提供的，每只价格仅仅三元。

正当我们行将离开的时候，主人王飞荣从田头回来了，得知我们的用意后，他不无感触地说：“去年，我家的二十多只鸡和鸭被窃贼偷了个精光，自从有了这三元防盗器后，一只鸡都没有丢失过。”听得出，他的语气中透着满意，同时也透着一股浓浓的谢意。

在见识了家用三元防盗器之妙用后，随行的横渡村支部书记，又领我们参观安装在村口的监控探头。通过探头，记录进出人员的动态，这不仅对心怀不轨之徒起到威慑作用，同时也为公安民警尽快锁定铤而走险之辈，提供真实信息。

家用防盗器、村庄监控探头。自防含量高，防盗效果明显，且成本低廉，应该说实施难度并不太高，难的是作为一方国家力量，是否真的为村民动了情，用了心，出了力。

三个零的维稳真功

一路走走看看，不知不觉已是夜幕初降，郑所长热情地邀请我们到上王就餐，席间，郑所长不无自豪地说：“2010年，在坛石所辖区，已经实现零积案、零上访、零转刑（即民转刑）。”这不由得让我想起一句江山人耳熟能详的俗语：“没两下真功夫，莫到坛石头赶圩。”意指此地本就民风彪悍，更于江西玉山、浙江常山等地接壤，民俗风气、人员流动、人际关系错综复杂，要在这样的地方站住脚并有所作为，没有两下真功夫是不行的。

如果说“零转刑”多少还有点法律弹性的话，那么，在非理性上访渐成产业化、犯罪手段日趋智能化的今天，要做到辖区“零积案”“零上访”，除了必须身负降妖伏魔的“打狗棒”“降龙十八掌”等刚猛武功之外，还得练就一身济世安民的“一阳指”“柔云绵掌”等内家功夫。

警徽下的一地书香

11月6日上午8时30分，采风组一行启程前往峡口派出所。巧的是，今天恰是秋冬交替的一天，也许是大自然知秋、恋秋、念秋的缘故，也许是回归故里的缘故，也或许是随行中多了几位才女加美女的缘故，今天是特别的阳光明媚、云淡风轻，真个是看不尽秋意无限，道不完风月无边。

峡口所，就设在峡口镇下山安置区的临街中段。如果不是有警徽与穿着警服的警官，很难把这里与派出所联系起来。且不说警营内的那一份窗明几净，陈设优雅，就从一楼到三楼分设着的工作区、办公区、办案区、生活区等不同功能区，并用指示箭头配以文字清楚指示这一点来看，就足见所里领导的匠心独运。据衢州市公安局郑副局长介绍说，这四大功能区的改造，正是被称为“执法革命”的切入点。

让我更感兴趣的倒是那些定位准确、简明扼要，却又蕴含励志性、警示性、自律性、疏导性、规劝性的标语，在这里，我仅选择性地抄录了几条。如用粉笔书写在学习园地黑板上的每警每日一格言“海不择细流，故能成其大，土不拒细壤，方能就其高”，戴利平所长自拟的“艰苦而不叫苦，简陋而不简单”，过道上的“人生的光彩在于行动的风采”，三楼阳台上的“历经风雨见彩虹，千锤百炼展英姿”，调解室的“矛盾双方想他人之好”，采集犯罪嫌疑人信息工作间的“善不可失，恶不可长”，询问室的“要清白，就坦白”，还有“懂群众心理，懂群众语言，懂沟通技巧”“会宣传发动，会主动服务，会调处纠纷，会化解矛盾”，等等。

从这些寓意不同、作用不同、看似标语、实乃文化的名言警句当中，我看到警营主人的儒风雅气，闻到字里行间透出的浓浓书香。

当然，阳台上浅盘里栽培着的水仙花，被东方人视为简朴、吉祥、美好、纯结、高尚的象征，同样在无声诉说着铮铮铁汉也有似水柔情。

有人说：文化是人类生活的反映、活动的记录、历史的积淀；是人们对生活的理想和诉求；是人们认识自然、思考自己、精神得以承托的框架；是人们对伦理道德秩序的认定与遵循；是人们生存的方法与准则。它内在的主要成分，是价值观和社会规范。价值观是人们评判日常生活中事物与行为的标准，决定着人们共有区分是非的判断力。

社会规范是特定环境下的行动指南，它影响人们的心理诉求、思维方式、价值取向，以及行动力。从这个意义上说，积极、健康、向上的警营文化，必将影响作用于每个从警人，进而影响作用于这支队伍，这个团体。

而一位年轻英俊的警官在二楼“三无”活动倒计时牌前对我们说的一番话，恰恰对此做出了最为贴切的诠释。他说：“每天看到这张牌，我就会感到一种约束、一份责任。”

调解室的满屋温馨

调解室，顾名思义，就是指供梳理、排解、劝导、协调当事人双方矛盾的工作室。这样的工作室，在行政机关可谓是屡见不鲜，而峡口所里的调解室却让我耳目一新。

一进门，首先看到墙上悬挂着的一幅毛恺《致家人书》挂图，传世百年的“千里修书只为墙，让他三尺又何妨。万里长城今犹在，不见当年秦始皇”赫然在目，并列悬挂着一幅《和》字图，上写“配合适当，相处融洽。友爱不争，和风细雨。据实讲理，和衷共济。同心协力，克服困难”。在当事人座位对面墙上，分别张贴有《礼让巷》写意图、《打架成本计算》示意图。在《礼让巷》一图中，“林宅”“唐宅”中两位古人装束的老者互相作揖，题跋是“邻里之间，和睦相处。古人礼让风尚，可作我等楷模”。在《打架成本计算》一图中，一个人向外打电话说：“兄弟，我在这里打架，快来这里帮我们。”而接电话的人则在沉思，计算着“打车费 + 医疗费 + 拘留 + 罚款”。

这四幅摒弃了常见的“严禁”“不准”等生硬字眼的图文，暗含着仁、义、礼、智、和的社会道德理念，散发出行为哲学思想，以及厚重的人文气息，极富情绪舒缓、心理暗示、情感规劝之魅力，让人备感温馨。

在牌匾挂图充斥泛滥的今天，这样的图文，就绝非是应付性装饰，而是实实在在的管用。这不由地使我想起某一家农庄，门顶招牌上写的是“× × 土鸡馆”，而刊头背景画却是肥硕高大的饲料鸡，让人不禁莞尔。

双休日的忙碌身影

今天是周六，但所里并不冷清，在岗民警也不少，就在我们在所里逗留的短暂时间里，前来办理户口的、请求调处纠纷的、咨询有关问题的村民此来彼往。

接待处，值班民警一会儿接电话，一会儿接待来访，忙得不亦乐乎。在那间温馨有加的调解室里边，一位年轻的民警正和一位村民娓娓而谈，耐心地在劝说着什么。接待大厅的沙发上，还坐着三个等候的村民，有男的，也有女的，有的手中还拿着纸质材料，我并没有问他们来干什么，但从他们那沉默而又阴郁的表情中，凭经验判断，他们肯定是遇到了什么不太愉快的事，前来求助。

在现行条件下，警察除了打击犯罪，还融合辖区村社民事调解事务，以便知民情、解民忧、安民心。而在实践中，协调一起人民内部纠纷，并不可能两三分钟、三五句话就可解决，往往要经过多少次反复，多少次调解，才能有所见效。有的纠纷，即便当场达成共识，事后也会反弹。由此看来，今日虽周日，民警当无休，已成定局。

日影中移，我们移师素有“三省锁钥，八闽咽喉，方言王国，百姓古镇文化边城”之称的廿八都。这里的青山绿水、黛瓦青墙，这里的古朴典雅、万种风情，还有那美酒佳酿、风味小吃，让我未闻酒香心先醉。所以，去廿八都交警中队采访的时候，我便满眼皆旖旎，无暇环顾谁了。

于是，很多敬业爱岗、可亲可爱的一线民警，我都叫不上他们的名字，事后不免多少有点内疚。但我心里明白，他们都叫警察，都是铁血柔情、剑胆琴心的大好男儿。他们身上的蓝白相间色，无疑就是滚滚红尘中的一抹幸运色，一抹平安色。

2010-11-11

吟自在

红颜羞岁月·帅气度光阴

您永远是我偶像清单中的唯一

——纪念毛主席一百二十七周年诞辰

在我老屋中堂的黄泥墙上，
正好是供奉土地公的那个位置，
挂着一幅长方形画像。
画像中的人我没见过，
但父亲看他的眼神满满都是敬仰。
画像两边分别写着五个字：
左边是“听毛主席话”，
右边是“跟共产党走”。

那时候我已经读小学了，
从课本里知道画中的人。
他叫伟大领袖毛主席，
住在我听过但没到过的北京。
老师上课时常对学生们说：
他是中国人民的大救星。

我的八叔识文断字，
医卜星相都能说出点道理。
他习惯地坐在竹椅上，
一边吧嗒吧嗒地抽着旱烟，
一边神秘地对我和小伙伴说：

毛主席的额头顶着苍天，
那颗痣里记着老百姓。

夏天是属于孩子的，
摸鱼捉虾是固定的游戏。
冬天也是属于孩子的，
可以堆个小雪人帮我答题。
每当母亲看到这般情景，
便用那重复千百次的话数落道：
你呀，你们哟，
都是托毛主席的福哩！

那时候并不懂，
毛主席到底有多大的魅力。
但是我知道，
在我成长的那个小山村，
每家每户的大门都是敞开着的，
从不担心家里会少点啥东西。
就算出远门上个锁，
也会跟邻居说钥匙放在哪里。
在晒场上看守稻谷的时候，
母亲一定会叮咛：
如果下雨了，
先把六奶奶的谷子收起。

那时候不明白，
毛主席到底有多么的神奇。
可是我记得，

在我走过的十里八乡，
如果谁家小伙到了提亲年龄，
女方首先要问这小伙是否爱集体。
如果干活不出力做事不讲理，
那么这婚事多半没戏。
每一次上山去砍柴，
父亲总不忘告诫：
多绕几步路，
莫要踩坏生产队的玉米。

小时候没有做过生日，
没吃过蛋糕没收过生日礼。
可读书不多的父母亲，
却记得毛主席出生的日期。
嘴里还常常念叨着：
这个日子是多么的吉祥如意。
虽然没有专门做寿桃摆酒席，
但一定会换上一套干净的布衣。

公元 1893 年 12 月 26 日，
中国出了个润泽东方的毛主席。
那个名叫韶山冲的小村庄，
成为华夏儿女心中的红色圣地。
当东方升起鲜红的太阳，
我肯定那光芒的中心就是您。
只要我的脉搏还在跳动，
这一天一定是我膜拜的日期。

那座老屋已经拆了好多年，
挂在中堂的那幅画也回归大地。
但这丝毫不影响大山的虔诚，
也从未淡出融入我细胞的记忆。
追随着时光诚实的脚步，
那慈祥的灵光越来越清晰。
纵然岁月把太多的故事沉淀，
您永远是我偶像清单中的唯一。

就在去年，
大哥盖了一座新房子。
高兴地打电话过来跟我商量：
中堂怎样布置才显得端庄大气？
我是这样秒回的：
就跟原来的老房子一样，
挂一幅毛主席的画像，
两边各写上一句话：
左边是“翻身不忘共产党”，
右边是“幸福不忘毛主席”。

（略去原稿中的两小节）

2020-12-26

父　亲

——献给父亲

曾经，
我好想成为父亲。
像您一样，
豪迈地坐在八仙桌上首，
和大人们推杯换盏仰脖子喝酒，
高兴了，还可以撸起袖筒猜拳行令。
有时，看到您掏出皮夹
给亲戚本家送礼，
或者，给我们兄弟分派一张一毛的压岁钱，
觉得这简直就像皇上，
举手投足间满满的都是自信。
对我们说话也无须讲究，
想重就重，想轻就轻。
您没回来，
我们决不能先吃，
锅肚脐里那一碗最甜的焖番薯总是您的，
妈妈说：您是父亲！

曾经，
我不想成为父亲。
不想像您那样，

起早摸黑地和山石田土打交道，
看到实木扁担的两头都弯了下去，
我知道，那挂着的箩筐不轻。
当清晨的曙光刚刚透过天井，
就依稀听到铲耙和尿桶的撞击声，
那时我真的还没睡醒。
暮色中的山道弯弯，
经常有您弓腰曲背的身影，
那是最让我心痛的一道风景。
有时您实在累了，
出嫁的大姐会回来看您，
当然也免不了带点营养品，
而您总是不近人情地说道：
“死不了，咱是当粗的命！”

今天，
我终究成了父亲，
那曾经向往过又害怕过的父亲。
因为您已经离我而去，
带着我给您城里房子的钥匙，
带着您对我说下次再来的叮咛。
此时我才梦中惊醒，
我，已经做完了孩子，
我，已经成为至高无上的父亲，
可以任性地做您做过和没做过的一切事情！
可是我一点都不觉得开心，
除了平添几分不再被呵护的高傲，
还有几分不再有依靠的坚定。

我忽然明白了：
为什么说男儿有泪不轻弹，
为什么说男儿膝下有黄金，
原来，天底下最不好当的是父亲！
可转念一想，
这是生命的轮回，
上天的注定。
只要是人，
都会有一个如山一般伟岸的父亲。
只要是男人，
大都会成为一个不得不孤独落寞的父亲！

2015-06-21

采　莲

——达河溪观荷

达河有溪，水面有莲。莲开莲花，谢而结蓬。蓬内有子，根曰莲藕。有妙龄少女，轻舒玉腕，浅摇兰舟，欲摘还住。一泓碧波，荡尽羞怯涟漪，直如神仙画卷。草诗一首录之。

兰舟撸波碧，
罗裙玉腕轻。
欲摘还且住，
恐伤莲藕情。

柳荫独钓客，
掬荷曼声吟。
不采更何待？
明春复亭亭。

2009-08-21

如莲的时光

嫣红的枫叶，
有时并非为了秋的成熟。
是那一汪清澈的凝眸，
让飘逸的枫叶含羞。

没有人可以拒绝朴素的优雅，
只是有太多的人无缘邂逅。
一件二十元的街头布衣，
就足以让白云驻足，
风儿无语。

柳丝拽着长裙，
摇曳起烟雨胡同的经年旧事。
那一个不经意的托腮，
估计天地间都会为此静音。

青石板上踏出的歌声，
每一步都是节奏。
人与自然的共鸣，
就算是草尖上的一滴露珠，
便胜却那红粉点缀。

中土的姑娘哟，
你可否去一趟天竺？
摘一朵无尘的雪莲花，
送给自己。

总是有如此的不舍，
即便是一次瞬间的回眸。
如莲的时光，
无须预支。
青春的曼妙，
从来只有醉人的遇见。

2016-12-04

海岸早晨

大海很坦诚，
接纳所有和她的对话。
就连逗留在海岸的沙，
也那么的随性。

潮水按照当下的心情，
把沙粒荡漾成喜欢的模样。
人们从中获得灵感，
发明了沙画。
脚底踩着少女般温柔，
让并不光滑的肌肤颇感羞涩。

喜欢被海浪花亲吻，
那是一种被母亲抚摸的感觉。
虽然只是打了一个漩儿的时间，
但已足够让你依恋。
待到第二波再来，
已经属于奢侈。
平平得意地对我说，
恼人的脚气退了。

海滩上有很多大小不等的沙洞，

说不上一种什么蟹，
极速地从洞中进出。
那轻盈的姿态，
让你相信它练过芭蕾。
但终究躲不过快门，
定格移动的瞬间。

太阳不是我托起来的，
那一抹橙色把海天链接。
金粼的波光，
唤醒帐篷里的沉睡，
还有早沐的人。
阳光海岸的木门，
正对着紫薇。

2017-08-09

大明湖畔

如果可以，
我愿做一棵柳树，
拥有垂帘般的一头青丝。
欺玉环，
赛飞燕，
更让无数仕女艳羡。

斑驳的年轮，
只是一个抽象的阿拉伯数字。
那一簇簇鹅黄淡淡，
才是生命的重组。
可以亭亭，
却从未苍老。

北方的土壤，
总是比江南粗犷一些。
小家碧玉，
不是她的爱好。
对那点晶莹露珠的渴望，
驱使她向上伸展。

或许是大明湖故事的诱惑，

同行的美女居然做了一回夏雨荷。
有没有碰到乾隆哥，
我不知道，
相信她也不可能穿越。
月光宝盒的魔力，
最多成全一段无心的遇见。

海棠就在那里看着，
她不带绿叶殷情的衬托。
很热烈，
也很奔放，
即便是面对陌生，
看来自由并非是人类的唯一。

一首采桑子《重阳》，
刻在石碑上。
我看到了藐视宇宙的气度，
也感到了吞吐天地的风范。
忽然明白了，
伟大其实是有质无形的气场。

2017-03-18

美　篇

我也曾浓眉大眼，
我也曾长发披肩。
白长裤的裤脚是八寸半，
黑皮鞋的鞋跟钉了好几层。
手里拎着时髦的三用机，
里面装的是邓丽君的唱片。
背靠石头弹起蹩脚的吉他，
口中唱着“你到我身边”。

我也曾身轻如燕，
我也曾蜂腰提臀。
骑自行车双放不是问题，
水库里可以来回游好几遍。
夏夜里抗旱从不怕蚊子，
天亮了还守在放水的渠边。
背上挎包翻过崎岖的山岭，
服从安排去村里蹲点。

就这样过了许多年，
曾经的画面早已无法还原。
可血液里依然流淌着冲动，
心中装的还是山里的天。

四个轮子无法替代双脚，
窗外飘来的风比空调自然。
好想重现那平坦的小腹，
再见那屋顶的炊烟。

如果不出意外，
估计还要过若干年。
坐公交车无须别人让座，
喝酒时也不必提醒少倒点。
不妨吟诗作对歌一曲，
偶尔沾花惹草尝点鲜。
交朋结友醉山水，
邀月品茶忘年轮。

这不是青春的奢侈，
这是生命的美篇。

2019-06-26

从来没和你说再见

我并没有和你说再见，
是你自己渐渐淡出我的视线。
这不是心与心的距离，
是你的冷漠让我无法缱绻。

从不怀疑付出是一件好事，
从不否认感动只在一瞬间。
但如果你是一根木头，
又怎能让我长久地眷恋！

风儿吹走夏日的大汗淋漓，
无须问她姓甚名谁。
所谓的大爱无疆，
其实并不针对活着的人。

很多时候我都在否定自己，
爱不应该是一条单行线。
没有正能量的互动，
就算高铁也无法往返流连。

没有相应的回报，

就像手指拨动的琴弦，
送出去的是音符，
收回来的是自恋。

也许是修养不够，
但允许我只是一介凡人，
仅有的那点智慧与定力，
只能滋润我的今天。

无须对号入座，
无须浮想联翩，
所说的一切，
只是我的酒后胡言。

因为
在清醒的时候，
在大庭广众之下，
我从来没和你说过再见。

2016-09-01

小荷故事

燕子打来电话，
说毛董要给我和君君接风，
地点最好选在小荷人家。
还说那里我熟悉，
电话就由我来打。
好像很有理由，
我俩刚从远方回来，
春节后没聚过，
明天又正好放假。

订餐的电话打过去，
小荷说：
在火车站接女儿，
左顾右盼，
出站的人都走光了。
才发现，
指针还停留在一点半，
离三点半还有两个小时。

我说：
不是因为不小心，
把时间看错。

是那份毫不掩饰的迫切，
让发动机自己启动。
这是母亲都会犯的错，
去自由地美拍吧。
于是在电话那头，
传来“一号包间”的声音。

君君从贵州回来，
一点钟下的车。
迎接他的不是宝马鲜花，
也错过了早到的小荷。
那一方满含乡愁的热土，
还有那偷弹的男儿泪，
都化作柔柔细雨。
不用遮掩，
一号公交车就是起点。

和燕子遇见是在迪欧，
浙江省最美天使，
最美衢州人。
这样的桂冠，
不是谁都可以摘取的，
我叫她刘最美。
灵敏的事业嗅觉，
近乎路盲的方向感，
恰好成反比。
那一汪深邃的眼神，
暗示你此处风景独好。

霞霞很贴心，
用极灵巧的小手指剥好荸荠。
趁旁人不注意，
放在我面前的碟子上。
其实是有人看到的，
他只是沉浸于黔西的奇丽，
还有美丽乡村的憧憬，
大情怀不介意这小小的温馨。

佳佳像风中的柳絮，
飘进包厢。
一件抹绿风衣，
是配有腰带的那种，
脖子上打了一条印花丝巾，
腰是腰腿是腿的。
精致的脸庞，
欺负灯光的明眸，
透着自信，
义无反顾不读也懂。

梅子的红呢子短装，
其实是多余的。
高山红般自然的双颊，
把千色都盖住了。
那一缕甜美的空中之声，
从性感的唇齿中流淌，
仿佛回到从前。
一丝浅笑，

足以让白云驻足。

珍珍坐在我对面，
这是第一次零距离接触。
一开口脸颊就会微微泛红，
小儿女家般的忸怩，
没有造作的羞涩。
在这萌妹辣妹主宰的王国，
简直就是奢侈。
透过岁月的年轮，
可以还原低首垂眉的俏模样。

一定是某人的授意，
龙哥今天少有的爽，
说就是来陪我和君君喝酒的。
虽然选择啤酒，
但一杯一口地干，
就算喝黄酒也没啥优越感。

迟来的吴灌溉，
干练中透着腼腆。
那横贯在鼻梁上方的二线天，
足够让女儿家弱智。
连自称可以当经纪人的霞霞，
也心甘情愿。

江山也有夏雨荷，
但不是大明湖畔的那一个。

文笔像露珠那样的晶莹，
寻古访幽是她的爱好。
偶尔喝点小酒，
纯属怡情。
就像进舞蹈房一样，
开饭店不是她的追求，
在匆匆过客中择三五知己，
于愿足矣。

人生因故事而丰满，
故事因无心而生成。
有时候，
擦肩并不代表永久的错过。
或许在某个站点，
用更柔软的方式见面。
可以在桃花树下，
可以在十里秦淮，
也可以在云端。

红尘中的你我他，
都是故事。
只不过，
谁的故事都不会重复。
比如今天，
就用这样的方式与三月挥手，
那么明年呢？

2017-04-03

炊烟里

当时针指向一月一日，
生命年轮又多了圈纹理。
借问老家屋后的那棵枫树：
我该用什么敬献给自己？

古枫赐我红叶一片，
上面写着三言两语：
多少年你独行不过百里，
多少年你孤飞不足千米。
好在有颗虔诚心，
修得一席之地。

告别青涩的昨天，
留下清爽的回忆。
待到山花烂漫春风起，
醉卧炊烟里。

2019-01-01

听　蛙

——在海口澄迈

我痴痴地站在芭蕉树下，
遥想当年的青梅竹马。
你性感地蹲在河岸草间，
和心爱的姑娘说着情话。

你的出现让我好生惊讶，
初春海南咋有夏天的青蛙？
若在烟雨江南心归处，
恰好是风催杨柳芽。

慢追问大自然奇妙神话，
休破解小生命幸福密码。
别打扰这忘情的热恋，
悄然转身放慢步伐。

让三角梅留下一丝牵挂，
让椰子树记住此刻想法。
风儿捎来远方的呼唤，
白云那头貌美如花。

独立阳台凭栏侧耳再细听，
终于明白小青蛙的表达。
一个月前是劝我留下，
而今天是催我回家。

2020-03-05

醉吻

如果我是孔明，
一定能知天象明地理，
提前算到新冠到来和宣战日期。
事先用八阵图和诸葛连弩，
阻击小股偷袭的先遣敌。
还我城池节日的繁华，
保我乡村四季的安宁。

如果我是华佗，
一定会邀请叶天士，
带上《温热论》和青蒿素联袂出击。
用当年刮骨疗毒的回春妙手，
荡平大举来犯的隐形敌。
还我姐妹往日的优雅，
保我兄弟曾经的帅气。

如果我是观音，
一定要暂停珞珈山修行，
带上起死回生的羊脂玉净瓶，
用无量慈悲和灵丹妙药，
消弭危害生灵的全民公敌。

还我人间不变的吉祥，
保我江山永恒的美丽。

可这仅仅是如果，
就算事后也做不到从容淡定，
即便穿越也成不了圣手神医，
千年修行也脱不去凡尘俗气。
所有的如果都出现在梦里。

真正的救赎，
依靠平凡中的伟大群体。
且看运筹帷幄者指挥若定，
守土戍边者布防无缝隙，
更有那身披白袍的万千将士，
在前线与病毒生死博弈。
龙的传人炎黄后裔，
共同聚焦全民除夕。
被温柔保护在家的我，
能做的只有闭门追问自己。

可我有个小小的心愿，
当风儿刷新自由的空气，
当花儿簇拥凯旋的战旗，
我要毫不吝啬地摆一桌酒席，
感恩所有降妖除魔的真人，
醉吻凤凰涅槃的你。

2020-02-07

今夜温柔

青空的月亮啊，
你从来不问自己有多温柔，
只按照恒定的轨迹去了又回头。
三百六十五个昼夜轮回，
总有星光为你守候。

喜欢你望日的玉盘如镜，
也接受你朔日的新牙如钩。
每当虔诚仰望的那一刻，
便勾起几多欢乐几多乡愁。

缺了终有圆的时候，
眼泪就是笑靥如花的前奏。
但愿今夜的银河浩瀚，
把人间所有的伤痛全部带走。

亲爱的吴刚，
如果你真有桂花酒，
且慢在月宫独自消受。
待到万家团圆连空气都自由，
再来痛饮百杯一醉方休。

亲爱的嫦娥，
如果你会唱霓裳曲，
莫要出广寒独自旅游。
待到千军凯旋连白云也颔首，
再为英雄儿女长歌舒袖。

2020-02-08

周岁的你

——为江山市朗诵协会成立一周年而作

带着诗经无邪的气息，
穿过东晋风流的领地。
漫步楚辞汉赋的翰墨长廊，
把唐诗宋词的绚烂揣在怀里。

告诉春天的繁花，
告诉落叶缤纷的秋季。
一个高雅的名字——江山朗协，
把诗和远方连接在一起。

多少人相约在飞扬的旗下，
多少人陶醉在诗歌的梦里。
有多少人趁机和李白纵情斗酒，
有多少人由此和上官婉儿成为闺蜜。

百人微信群，
不乏天籁之音，
也有生花的妙笔。
透过个性的微信名，
便知谁是携书仗剑的风流佳客，
谁是红袖添香的窈窕淑女。

高歌一曲《满江红》，
自当领悟岳飞的英雄豪迈。
低吟一首《钗头凤》，
最能体味唐婉的难说爱你。
夜深人静时最好诵读传世的经典，
绿水青山间不妨大写新时代的主题。

城市的霓虹灯，
常为你的风采而入迷。
通往文化礼堂的乡村路上，
留下你潇洒的足迹。
企业的舞台，
因你的亮相而风生水起，
窗明几净的校园，
因你的走进而书香满地。

是真善美的基因，
孕育出如此丰满的肌体。
是楚越文化的营养，
年方周岁便这般有魅力。
愿同样的审美成为永恒，
愿心灵的共鸣经久不息。

亲爱的朋友，
喝什么酒并不重要，
关键的是和谁在一起。
兰苑深处总能闻到醉人的芬芳，
枫叶红了必定会有爱情的快递。

亲爱的朋友，
我们无法把握生命的长度，
却可以书写人生的传奇。
把每一个无心成就的故事，
刻录成回眸时最温暖的记忆。

就像今天，
我们相约毛主席诞辰前夕，
缅怀人民领袖的丰功伟绩。
并用讴歌中国梦的主旋律，
向朗协昨天的沉淀送上祝福，
也为朗协明天的升华输入内力。

2018-12-23

江山魅力

——为江山市创建全球绿色城市而作

翻遍所有的人文典籍，
没有哪个名字比您更高端大气。
四书五经赋予您国家的内涵，
伟人诗篇把您和社稷联在一起。

上下五千年，
从这里可以找到传承的轨迹。
纵横九万里，
从这里可以参透风流的玄机。

神州丹霞第一峰，
汇聚了太多的人间胜景。
迷住了徐霞客，醉倒过白居易，
潇洒亮相世界自然遗产名录里。

仙霞岭古道雄关，
镌刻着千年时光的记忆。
见证过风起云涌的朝代更迭，
亲历过金戈铁马的红色洗礼。

清湖码头千帆竞渡万商云集，

这里是水岸丝绸之路的源起。
六百里钱江七百里商道，
把南北繁华锁定在清溪。

清漾村人杰地灵藏风聚气，
孕育八位尚书八十三名进士。
吉祥青龙头和一字文川溪，
守候着人民领袖祖居地的威仪。

谜一样的廿八都，
是珍藏在浮盖山下的文化秘籍。
一百四十二个姓氏十三种方言，
像一脚踏三省的坐标那般神奇。

散发着田野芬芳的村歌，
唱出了老百姓发自内心的甜蜜。
她惊艳过北京人民大会堂，
又入选 G20 峰会的国礼。

绿色是您永恒的底色，
山水是您不变的主题。
走过了云淡风轻平安四季，
才明白全球绿色城市的确应该有您。

高铁是您延伸的速度，
科技是您超越的内力。
看到中华蜂儿在追花逐蜜，
才知道穿梭在万花丛中的必定是您。

正因为生来气度不凡，
走到哪里都有十足的底气。
正因为始终不忘初心，
干什么事都能无往而不利。

就像大花园建设，
只是追梦的开场序曲。
摘取花园城市的国际桂冠，
才是当今时代的江山魅力。

2019-11-08

伍

歌性情

身须草根味·品当雪莲风

妈妈的茶道

云雾中把嫩芽摘下，
炉火旁将绿叶烘炒。
让春夏秋冬的小故事，
随着青烟缥缈。

沏一杯给长辈奉上，
泡一壶愿亲友安好。
把四书五经的大道理，
化作芳香缭绕。

这就是妈妈的茶，
这就是妈妈的道。
看杯中沉浮深浅，
乐在人生逍遥。

这就是妈妈的茶，
这就是妈妈的道。
问舌尖浓淡凉热，
爱与岁月共老。

（本歌词获 2017 年浙江省“一带一路”丝瓷茶专题歌词大赛银奖）

2017-11-29

当年的小孩

天真的角落里蒲公英摇摆，
游戏的石头旁牵牛花盛开。
光着脚丫和红蜻蜓赛跑，
月光下听萤火虫表白。

黄色的操场上纸飞机摇摆，
清爽的小溪里八脚蟹搞怪。
光着膀子给黑泥巴造型，
牛背上为金稻穗喝彩。

当羞涩的脚步跨出村外，
当绿色的火车开出站台。
那形影不离的小伙伴，
像小蜜蜂一样散开。

当游戏的石子布满青苔，
当相逢的热泪洗去尘埃。
那远方归来的小伙伴，
像小童心那般相爱。

2019-12-12

山里的雪

山里的雪总是下得很大，
铺满了道路压弯了枝丫。
抄着雪球踩着咯吱去上学，
眼望窗外没理会老师说啥。
下课后去操场堆个雪人，
把不懂的题目叫它解答。

山里的雪总是下得很大，
遮盖了田野冻住了屋瓦。
含着冰凌燃起木炭忙烧烤，
烟熏火燎找不到土豆在哪。
总是被红炭火烫到小爪，
啃红薯时嘴角流着哈喇。

小时候我们不怕冷，
只怕天井飘落的雪停下。
因为常听爸爸讲：
冬天的雪最能养庄稼。

小时候我们冷不怕，
只盼天井飘落的雪更大。
因为常听妈妈说：
冬天的雪最能护桑麻。

2019-12-22

轻轻地吹一吹

轻轻地吹一吹，
把米汤送进娃儿嘴。
轻轻地吹一吹，
把煮熟的鸡蛋敬长辈。
吹一吹，落地杨梅吃不坏，
吹一吹，大碗米酒也喝不醉。

轻轻地吹一吹，
把灰尘带出眼眶内。
轻轻地吹一吹，
把受伤的指头来抚慰。
吹一吹，针尖挑刺不会疼，
吹一吹，乒乓球儿也知进退。

这一吹呀，
吹出了生活的大智慧。
这一吹呀，
吹出了人性的真善美。
都说是简单就好乡愁最贵，
那就让我们轻轻地吹一吹。

2019-02-06

愿自己永无城府

原先我以为你很有风度，
后来我明白你只是套路。
就像一位高明的设计师，
把下载的素材 P 成原图。

原先我以为你可以托付，
后来我发现你并不靠谱。
就像一个微信的附近人，
在虚拟的空间打个招呼。

感谢你让我觉悟，
从此逍遥不再有包袱。
就算是风餐露宿，
那也是金风玉露花间舞。

看一幅绝妙的美图吧，
让自己赏心悦目。
听一曲无邪的瑶琴哟，
愿自己永无城府。

2018-11-19

东方美

——中华百年旗袍主题歌

风摆柳腰月牙眉，
轻移莲步竞芳菲。
俏打花纸伞，
羞把折扇偎。

玲珑曲线樱桃嘴，
语笑嫣然待春归。
粉脸桃腮红，
回眸秋波醉。

说不完国色天香，
道不尽燕瘦环肥。
独爱你中华旗袍，
装点我东方妩媚。

2015-06-29

不能来怪你

——森林防火主题歌

是你创造了灿烂的农耕文明，
是你送来了美丽的红色温馨。
你是大自然永恒不灭的精灵，
你是老祖先伟大智慧的结晶。

你也曾把青山绿林化为灰烬，
你也曾把飞禽走兽梦中惊醒。
你的放纵让天地间布满烟云，
你的威力让老百姓胆战心惊。

不能来怪你，燃烧是你的天性。
都是我的错，总怪自己不小心。
如果不是无所顾忌心存侥幸，
哪里会有森林火灾防火禁令。

风也含情，雨也含情。
水也有情，火也有情。
只要我们尊重自然珍惜生命，
就一定会山青水秀云淡风轻。

（本歌词获 2015 年浙江省“依法治国 共筑和谐”歌词大赛兰花奖）

2014-12-08

回头是岸

——反邪教主题歌

如来佛祖宝相庄严度人从善，
南海观音柳枝净瓶普度四方。
太上老君尊道崇德风清气扬，
儒家精华伦理五常定国安邦。
这是咱东方文化传世的内涵，
这是咱华夏儿女修身的良方。

天地永恒物质不灭没有终场，
一介匹夫怎么会是耶稣下凡！
妖言惑众无非是要中饱私囊，
邪魔歪道就是想让百姓遭殃。
不要听旁门左道荒谬的主张，
不要做危险路上离群的羔羊。

迷途知返，回头是岸。
红尘中没有通天的桥梁，
入邪教将是你此生最大的灾难。

相信真理，选择自强。
人世间自有大爱的殿堂，
真善美才是你生命永久的健康！

2015-04-20

净　土

——禁毒主题歌

美丽的罂粟花，
迷惑你弹错青春的音符。
多彩的摇头丸，
诱导你踏入人生的歧途。
片刻的感官愉悦，
长久的心灵痛楚。

慈爱的父母亲，
背负你涉毒带来的屈辱。
祥和的大家庭，
承受你任性引发的荼毒。
耗尽了万贯家财，
断送了一生幸福。

我们是爱的使者，
我们有道德法律的约束。
愿你我成为禁毒路上的天使
守候这生命灿烂东方净土。

我们是龙的传人，
我们有中华儿女的风骨。
让你我成为复兴路上的风景
不负这江山锦绣伟大民族。

（本歌词获浙江省 2018 年禁毒公益歌曲大赛三等奖）

2018-08-06

倒　影

对你动了心却不敢看你的眼睛，
只好低着头寻觅你水中的倒影，
如果不是凌乱的水草遮住了河面，
杨柳那就不会笑我自作多情。

拨开了水草我看见晶莹的蓝天，
微波轻轻地荡漾你妩媚的倩影，
此时此刻距离你虽然也不是太近，
水岸已让我们悄悄同框入镜。

看你漂洗白云的样子，
看你逗乐水鸟的神情，
当你在舀起青山的时候，
那风儿打开了我绿色的梦境。

没有鱼儿不喜欢水清，
没有河流会拒绝倒影，
当我要迈开脚步的时候，
却发现走不出这美丽的风景。

（本歌词获浙江省 2019 年“歌颂新时代”歌词大赛金奖）

2019-10-17

虔诚的心

——2016年全国新年登高江郎山现场主题歌

仰望天地间的精灵，
亲吻大自然的胸襟。
牵手新年的第一缕曙光，
把那问天的郎峰唤醒。

脚踏蓝天下的白云，
远眺烟霞中的风景。
送上新年的第一声祝福，
献给冬奥的圣地北京。

说不完江山风流，
道不尽华夏柔情。
今日南北相约圆梦同行，
不负胸中那颗虔诚的心。

2016-01-01

就让我爱上你吧

——广西壮族自治区花山岩画申遗专题片主题歌

是谁把你送上了高耸的悬崖?
是谁为你披上了神秘的面纱?
你的恢宏蕴藏着多少的春秋佳话?
你的灿烂暗示着怎样的秦汉烟霞?

你是流淌在左江的千古神话!
你是镶嵌在花山的文明密码!
你把骆越人刀耕火种的神韵表达!
你把老祖先金戈铁马的古风留下!

就让我爱上你吧,
古老的花山岩画。
就让我赞美你吧,
永恒的民族精华。
就算你再历经岁月沧桑风吹雨打,
依然会保佑着沃野千里十万人家。

就让我爱上你吧,
不朽的花山岩画。
就让我赞美你吧,
伟大的艺术奇葩。

只要你唤醒那千年能量雄姿英发，
一定会潇洒地走向世界名垂天涯。

（本歌词获全国“歌唱花山助力申遗”原创歌词征稿一等奖）

2014-12-08

丝路清三

——江山市清湖丝路文化暨清三村村歌

千帆竞渡走钱塘，
万商云集下苏杭。
六百里水上丝绸路，
从清溪码头扬帆起航。

千夫挑担出仙霞，
万宗货物入东南。
七百里咽喉通商路，
从航山脚下举步丈量。

丝路清三，情深意长。
清湖儿女，名满四方。
数不尽长街繁华古村新韵，
都化作清三恋歌余音绕梁。

（本歌词获村歌十年·江山盛典金奖）

2018-01-08

中国有好戏

有过秦皇汉武，有过唐宗宋祖。
北京天安门的开国大典，
拉开了中华崛起的帷幕。
东方红是主场的音乐，
共产党是顶梁的台柱。

有过天翻地覆，有过龙飞凤舞。
两个一百年的历史剧本，
拉开了民族复兴的大幕。
新思想是主导的旋律，
中国梦是优雅的台步。

中国有好戏，
生旦净末再现风流人物，
唱念做打重振中国功夫。

中国有好戏，
让那台上台下的金戈铁马，
化作戏里戏外的欢乐幸福。

（本歌词获浙江省 2018 年“歌颂新时代”歌词大赛金奖）

2018-07-16

让世界听到
中国新时代的声音

新时代来临，
新思想指引，
新目标确定，
新征程开启。

从长夜迷茫到东方黎明，
你照亮了中国坚挺的身影。
从自力更生到改革先行，
你见证了中国富裕的自信。
从全面小康到两个百年，
你描绘了中国复兴的愿景。

站起来
这是中国神州大地尊严的觉醒；
富起来
这是九亿中国农民美好的憧憬；
强起来
这是幸福乡村美丽中国的和鸣；
唱起来哟
让世界听到中国新时代的声音。

2017-11-01

从未想过

小时候，没想过会成为什么“师”，或者什么“家”。

在我的想象中，如果有谁被尊称为“师”或者“家”，那么，这个人肚子里除了墨水，不可能装有其他，脑子里除了学问，也不应该再有别的，用我们山里人的话说：“连大腿毛都是空的。”所以，我把这些人看成天上的星星来仰望，当作凡间的高人来膜拜。

进入学堂，是硬追着二哥去的，二哥入学迟，刚上小学一册。那时候，无论自然村有多边远，适龄儿童有几个，都要开办小学。我所在的自然村，也有小学，离家还很近，相距不过二三十米，方便得就像过一条弄堂。那年，我虚岁才六岁，没到上学年龄，没书，没座位，老师权当小孩子好奇，让我挤在二哥一条凳子上合着看、凑着读。未曾想，竟跟得上其他孩子，就这么着，我提前成了正式学生。

反观现在，我倒觉得，那时的教育，才是真正方便老百姓的，至少，孩子在家门口就可上学，无须家长陪读。

爱上看书，是受堂哥的影响。堂哥是衢州师范学校毕业生，在他家阁楼上，堆满竖排繁体字的小说书，有《三国演义》《水浒传》等四大名著，有《封神演义》《聊斋志异》《济公传》等神话小说，有《七侠五义》《隋唐演义》《蜀山剑侠传》等武侠小说，有“三言”“二拍”等传奇小说……那些算无遗策的谋士、武艺高强的将军、锄强扶弱的侠客、保家卫国的英雄，以及荡气回肠的故事，深深地打动了我，让我不知冷热，忘却晨昏。

不夸张地说，现今在书市上能看到的古典白话小说，到初中段，我就差不多看过。虽然那时的我，识字不多，学识尚浅，但认一部分猜一部分，对此类书，居然能看进去六七成。

也就从那时起，我对古典白话小说情有独钟，尤其偏爱历史小说和武侠小说，对散文与诗歌却不怎么感兴趣，至于外国文学，则鲜有涉猎。因此，到 20 世纪 90 年代，金庸、梁羽生的武侠小说风靡大陆，我自然百看不厌、全数收割，算得上一个忠实金迷和铁杆梁粉。记得第一次看连载《冰川天女传》，不吃饭不睡觉，也要一口气把所有章回看完，而等待后续章回的时间，又觉得是如此漫长。可以说，我文学创作的营养，百分之九十得自中国小说。

可奇怪的是，我爱看小说，却从未写过小说，哪怕是微小说。这种鲜明的反差，自己也不明所以。

开始写作，指比较有系统的纯文学写作，是在十二年前，准确的时间，应该从注册 QQ 开始。有 QQ，就得有好友；有好友，就得有互动。于是乎，我用生硬且不规范的指法，点击键盘上的拼音字母，把采撷的美好和瞬间的感动用文字记录下来，上传 QQ 日志，以此圈粉刷存在感。

时间长了，我便尝试着向纸媒投稿，当稿件被编辑采用并刊发的时候，有作品在国、省、市获奖的时候，特别是读者给予文章鼓励性赞美的时候，心中自不免有一种小窃喜，这种小窃喜，又催动我认知世界、咀嚼生活、组装文字。如此这般地且行且写，日积月累，竟也攒下了近两百篇约四十万字的文稿。

如果说创作是快乐的，那么，是指作品引起读者共鸣并受到崇拜的那一刻，就过程而言，其实好辛苦。

当然，没想过要出书。

是每每在杯觥交错、酒酣耳热之际，不少熟稔相知半开玩笑半认真地撺掇我：“可以出书了喂，到时候记得送我一本哦。”

几经撩拨，我心萌动。想想也是，雁过尚且留声，人过岂能无痕。想当年，我曾试图给自己改名“一痕”呢。更何况，人之一生，犹如白驹过隙，弹指即过，即便我的作品不被赏识，若能储存一些供自我陶醉的片段，那也不失为对自己的一个交代。于是，在2018年3月，我开始着手整理。

整理的过程，充满了不自信。

因早先未曾有过出书的念头，疏于设计，所以，从开始至今日，我所写的文章，皆是随机单篇，彼此间缺乏逻辑关联，就像写我的母亲，四篇文章都是片段，没有全景。涉猎的体裁也多样，有散文、论文、诗歌、歌词，比如，写我的父亲，采用的就是诗歌体裁，关于自己的生活趣事和价值取向，则有散文，有诗歌，有歌词。打包在一起，看似文集，倒更像杂烩。而且，按目前的文学修养重新审美，发现初写的有些文章还比较粗糙，诸如文章标题尚欠火候，遣词造句有失精准，详略简繁不尽合理，民俗史料略显单薄……这些困扰，使得我迟滞了一年不敢定稿，甚至连放弃的心都有。

疫情期间，寓居海南五十天，趁此不期而遇的闲暇时光，我再次打开去年收集经初步整理的文稿，针对上述瑕疵，进行全盘梳理，有的篇目提炼素材，有的篇目更换事例，有的篇目删减瘦身，有的篇目雕琢润色，有的篇目留档尘封。

经过几度干预，文稿看上去较之前要顺眼好多。

临近结集，踌躇再三，通过去粗取精，我最终甄选出一百三十篇单篇作为出版文稿，其中包括抒情散文五十篇、哲理散文四十二篇、记人散文八篇、诗歌十五首、歌词十五首。大抵对应体裁，把书稿分编为醉乡愁、思无邪、问桃李、吟自在、歌性情五个篇章，每个篇章自拟一联，以表题中之义及创作初衷。

书中选入的诗词与歌词，从体裁的统一性考量，似乎不怎么协调，这并非凑字数、增页码，乃试图通过多样化集合，记录自己的创作线路和审美风格。

事实上，一个写作者，可以擅长某一特定体裁的创作，也应进行别样体裁的尝试。因为，无论何种体裁，都属于文学，而文学之所以永恒，就在于传递正能量、弘扬真善美。

关于书名，倒是有过比对。第一个冒出来的是“山里人”，而后试图改为“樵”，蔡恭老师给本书作序期间，曾提议用“枫香树”。前后三个书名，几经斟酌，几番思忖，最后与蔡恭老师一致确认，还是“山里人”的匹配度高一些。

这也验证了这样一个道理，第一个想到的，往往是最想要的。

我本是大山的孩子，写的多是与大山有关联的故事，文中所表达的情感和思考，无不透着山里人的味道。虽然，空调替换了麦秆扇，汽车轮子提速了光脚板，泥瓦房柴火灶青烟变成了水泥楼煤气灶油烟，但任凭岁月洗刷，我骨子里就是一个山里人。

是以，“山里人”之名，既是留根，复亦点睛。

关于题签，最初有过两个设想，或电脑下载，或请名家手书。但考虑再三，若用电脑下载，则少灵气；若请名家手书，又恐粗文陋章，羞见方家。干脆，大着胆子自题。不难想象，一个毛笔书法功底为零的人，其字断难登雅室、入法眼，差幸有自己的温度，很踏实。

关于封面，我一直试图寻求一种若无实有的意境，就像以“深山藏古寺”命题作画这一典故中的“藏”，或者用“看山是山，看山不是山，看山还是山”的表现手法来呈现“山里人”的主题韵味。但数度构思，总觉不够通透，还隔着一层薄薄的纸，未真正抵达内心，因而，又几番否定。

是一次回老家，我走进山凹里那座瓦墙犹在、炊烟已远的黄泥屋，闻到山谷中熟悉的青竹味，触景生情，才确认本书印刷出版的封面。

本书封面的背景为实拍的老家黄泥墙，以此匹配山里人的本色身份，应该不违和，黄泥墙上隐约可见、深浅不一的纹理，是对应山涧沟壑、山路溪流的合理联想，黄泥墙上自由斑驳的青黛，可以解读为俯瞰的峰峦、叠翠的远山。题签山里人三个字略微压图，大半留白，则寓意无论走到哪里，根仍在大山。

整个背景的意象，好似一幅拙朴的画，颇有烟火味、水墨风。

封面上的作者署名以及辑封编号的外形，取材于江山地图，寓意江山人说江山事。

人是有社会属性的，文学也不例外。在本书出版前后，得到师友的提点、亲人的助力，实乃本人之幸、本书之幸。在此，我要向他们表示深深的谢意。

感谢蔡恭老师，在古稀皓首之年，金笔封藏之际，给本书作序，还以他多年从事史志编撰的阅历和学识，就书稿中涉及史实和民俗的段落给予勘误标注。

感谢素未谋面的河南文友、中原作家申向利女士，不仅对本人曾经上传QQ空间的部分单篇给予点评，在本书出版前夕，欣然提笔，为《山里人》点睛。曰：

身在中原，素未谋面。忝为Q友，互访空间。十年来的汉字碰撞，让彼此的默契凝聚指尖。

用新奇的视角认知风花雪月，用哲学的思维审美春夏秋冬，用率真的禀性表白豪风侠气，用个性的语言铺排词赋文章。读之有文味，品之有人味。

于是，我自觉地走进仙霞千年古道，欢喜地捡起江山一叶红枫，贴在胸口，小心收藏。

精简妙语，直抵内心，如此懂我，堪称知音。

感谢吴慧娟老师，以其细腻的眼神和广博的学识，先后两次对书稿进行追问并修饰；感谢王石良老师，以其资深语文老师练就的扎实功底，对书稿进行扫描校正；感谢徐海萍女士，约请专业摄影师为我拍个人简介照，这是本人迄今为止最为养眼的一张照片；感谢浙江工商大学体工部部长郑苏法先生，为本书出版事宜牵线搭桥，无缝对接；感谢浙江工商大学出版社鲍观明社长，初次见面，便温暖如故人，感谢沈明珠编辑那透着青草味的咖啡。

在本书出版之际，还要感谢我的爱人，她不仅是我文章的第一个读者，而且把小家打理得内外无忧，给我以任性与安逸的创作空间，并一路温暖地陪伴；感谢我的女儿，是她的自律与勤勉，让我攒足自由潇洒的资本，找到心无旁骛的理由。

出书不代表终结，只是一个段落。今后，我当然还会写，不过一定是被感动到了，至于日后会不会再出书，我从未想过，缘来就好。

真正的作家是对人性有哲学思考的人，真正的书是无字的。

唐晋枫

2020 年 11 月 1 日写于鹿溪